エンジェル

石田衣良

集英社文庫

エンジェル
CONTENTS

エンジェル

プロローグ

とてもいい気持ちだ。
ふわふわと闇に浮いている。
上下も左右もなかった。
空気の抜けた風船のように、あたたかな闇を漂っている。
これはきっと夢だ。ひさしぶりの飛ぶ夢。
ちょっと回転してみよう。
そう思うだけで、彼の身体はゆっくりと傾き始めた。
足元には地平線の彼方まで続くゆるやかな山の稜線。
夜の底は鮮やかな緑だった。
木々の梢は風にあおられ、海藻のようにうねっている。
空には無数の星とガラス片で削った三日月。
夜空はこれほどまぶしかっただろうか。
投げ捨てられた宝石のように星々は発光し、
灰色の光りが星の隙間を埋めている。
試しにすこしだけ空中を移動してみた。

銀の線となり後方へ流れる星。わずかな空気抵抗さえ感じない。
彼は不自由な左足を思いだし、思わず歓声をあげた。
夢のなかでなら、思いきり駆けることも、こうして飛ぶことも自由だ。
ジグザグを描き、冷たく冴える三日月に上昇し、
ジェットコースターのようにひねりを加え、急降下してみる。
山の斜面を覆う梢の葉先を、指の腹で点々と叩きながら、夏の夜を滑空する。
夢のなかでは超能力でもあるのだろうか。
指先でふれる一枚一枚の木の葉から、植物の感情がたっぷりと流れこんできた。
みずみずしい緑に命の力を溜めて夏を祝う声。
眠りを邪魔されて不機嫌な声。
急激に生長する若木の泡立つような歓びと苦痛。
数百の夏を見つめてきた老木の静かな満足と諦め。
それは不思議な、けれども楽しい夢だった。

空を舞う彼の視界に、森を抜ける小道と自動車が映った。
ひび割れたアスファルトの農道をそれて数十メートル、
雑木林のなかに白いワゴンの屋根がぼんやりと光っている。
後部のハッチは開かれ、ヘッドライトも車内灯も消え、

キャビンに人の姿はなかった。
彼はワゴンのうえを旋回すると、再び夜空に上昇した。
森の息吹を断って、下方から鋭い音が立ちのぼってくる。
ザクッ、ザクッ、ザクッ。
その音は銃声のように彼を撃った。
ザクッ、ザクッ、ザクッ。
金属の刃が土を削る音。
彼は夜の猫のように木々をすり抜け、音へむかって飛んだ。
そこは背の低い灌木がまばらにはえる森のなかの空き地だった。
周囲は懐中電灯の明かりひとつなく、闇に沈んでいる。
闇のなかで男の影がふたつ、黙々と動いていた。
男たちはかたわらの土をシャベルですくい、穴へ埋め戻していく。
棺ほどのおおきさの長方形の闇が地面に口を開けていた。
土の棺の底に横たわるのは若い男だ。
胸で組まれた手、神経質そうな指先、やせた白い肩にすっきりと締まった首筋。
穴の底の男は裸だった。
暗くて判然とはしないが、端整な目元をしている。
彼に冷静に観察できたのはそこまでだった。

目を凝らすと男の唇は裂けてめくれあがり、叩き折られた前歯はでたらめな方向を指し、血と泥にまみれている。下顎は原形をとどめないほどの潰れ方だった。

この男はもう死んでいる――彼は直感した。

土砂は男の顔に降りかかり、まぶたや鼻や口を容赦なく埋めつくしていく。

自分の頬にひんやりと土の湿りを感じた気がして、つぎの瞬間彼は理解した。

（これは、ぼくだ！　ぼくが埋められている）

不思議な夢の論理は、理由のない確信だけ残し、楽しかった飛ぶ夢は、得体の知れぬ悪夢に変貌した。

「やめろー！」

彼は叫び声をあげて男たちに殴りかかり、不自由なはずの左足で蹴りあげた。

それでも、ふたりの男は何事もなく、黙ってシャベルを使っている。

大柄なほうの男の面前で彼は叫んだ。

「お願いだ。やめてくれ」

視界いっぱいに男の顔が広がっていた。

厚い一重まぶたの奥には、感情のかけらも映さない石炭クズの瞳、途中でわずかに左に曲がった太い鼻柱と紙やすりで研いだ荒い頬、だらしなく伸びた角刈りのしたには、切り傷の跡が深い畝《うね》を刻む額。

左耳の耳たぶは、噛みちぎられたようになくなっている。

闘犬のような顔だった。

男たちには、彼は存在さえしていないらしい。

シャベルは彼の身体を通り抜け、つぎつぎと死体に土をかぶせていった。

闘犬の顔の男が手を休め、虫を追うように顔を払った。

「兄貴、どうかしましたか」

もうひとりの金髪の坊主頭が、妙にかん高い声で聞いた。

「いや、羽虫がぶんぶんいってたような気がしてな。まあ、いい、さっさと片づけようぜ」

彼は墓穴のうえに浮かび、埋葬される自分を呆然と見つめていた。

男たちは土を戻した跡をシャベルでならすと、ゴムの長靴で踏み固めていく。

「ちょっとションベンいってきます」

弟分の背が林に消えると、しゃぼしゃぼとぬるい液体が地面を打つ音が聞こえた。

これは本当に夢なのだろうか、彼のなかで初めて疑いが芽生えた。

男たちはワゴンに戻ると靴の泥をかき落とし、気だるそうに車に乗りこんでいく。

金髪がエンジンキーをひねった。

ヘッドライトが灼けたナイフのように両目を刺し、
眼底まで貫くまぶしさに、彼は悲鳴をあげた。

心臓は不規則に激しい鼓動を刻み始める。

ワゴンの方向指示器が、乱れた脈にあわせ一斉に点滅を繰り返し始めた。

「消せ。目立ってしょうがねえ」

金髪がスイッチを操作しても、消えたのはヘッドライトだけだった。

「おかしいな、壊れちまったかな」

ウィンカーの明滅はさらに頻繁になり、

激しく波打つ彼の心臓と同じリズムを刻んでいる。

これが夢でなければ……いったいぼくはどうしたんだ。

ワゴンが後退すると、タイヤが枯れ枝を踏み折る轟音が夜の森に響いた。

舗装路に戻るころには、不可解な点滅もやんでしまった。

二人組を乗せた自動車はヘッドライトもつけずに走りだすと、

農道の先につながる闇に消えていった。

彼には白いワゴンを追って、空を駆ける余裕はなかった。

頭にあるのは、たったひとつの疑問だけ。

これが夢でなければ……

　これが夢でなければ、ぼくはどうしたんだ。

　　これが夢でなければ、あそこに埋められた死体はなんだ。

誰が、なぜ、どうやって、殺したんだろう。

ぼくは……殺された？
ぼくは、もう死んでいる？
すでに死体となって土のしたにいるのだろうか。
では、こうして、飛んだり、考えたり、震えたりしているのは誰だ。
死んでしまったぼくは、一体「何者」なんだ。

そのとき自分の墓の上空で途方に暮れる彼を光りの渦が襲った。
黄金色の渦は柔らかに彼を取り巻き、全身を包みこんでいく。
彼は輝く渦のなかで意識を失い、遥かな時間と空間の彼方にむかって、
初めての跳躍に落ちていった。

フラッシュバック

そこは暗く、あたたかで、たっぷりと濡れていた。

あの夢の続きかもしれない、彼は一瞬恐怖に震えた。だが、あの悪夢とは違い、そこには絶対の安心感があふれていた。彼が丸くなり手足を縮めて納まる場所はひどく狭く、身体にぴたりとあっていた。薄く強靭なゴムの皮膜で締めつけられるような圧迫感を全身に感じる。目を開けても、奥行きのないあたたかな闇が広がるだけだった。口のなかがなぜか塩辛かった。舌の先で探ってみると、歯茎には一本も歯がなく、口腔内はなまぬるい塩水でいっぱいだった。彼はその不思議な香りをゆっくりと味わい、あたりまえのように飲みくだした。下腹部に張りを感じると、ためらうことなく自分が浮かんでいる液体のなかに小便をする。

意識が戻ってからまったく呼吸していないことに気づき、彼はパニックを起こしそうになった。だが、息はすこしも苦しくない。呼吸にあわせて胸がふくらまないどころか、肺のなかさえ塩水で満ちているようだ。耳元では安心を誘うゴーゴーという血流が巨大な音量で鳴り響き、何重もの膜を抜けて外の会話が遠く漏れてくる。腹から延びた細い管を通して、栄養分と酸素が波打ちながら送りこまれてきた。大丈夫、ここなら安全だ。これはあの悪夢とは違う。彼は安らぎとともに眠りについた。

そして、定められた時間のなか、すでに過去となった未来にむかって、振り子のように投げ跳ばされた。

つぎに目覚めると、世界がぐらぐらと揺れ動いていた。

なにかが始まろうとしている。肉の壁に圧迫されて、左足の先が内側に折れ曲がり少々痛んだ。全身を襲う激しい揺れは続いている。これまでもこんなふうに、あたり全体が振動したり、上下に揺さぶられた記憶があった。しかし、今度の揺れはとまらないどころか、一段と激しさを増していくようだった。取り返しのつかない変化が、彼の世界に起きようとしていた。

周期的に繰り返される収縮と振動が極限に達し、柔らかな頭蓋骨を押し潰しそうになったとき、彼を包む肉質の袋のどこかが破れ、目のまえが暗い赤でいっぱいになった。

血だ！　お母さんがたいへんなことになっている。

誰かにこの危機を伝えたかったが、彼にはなにもできなかった。陣痛の周期は分刻みから、秒単位に加速し、出産もすでに始まっている。当人の意思に反して、ちいさな身体は足から先に、狭いトンネルをねじれながら押しだされていった。左足が伸びきったトンネルを抜け、外気にふれた。誰かの手が曲がった足首をしっかりとつかんだ。あまりの痛みに泣き声をあげようとしたが、口腔は血液と羊水に満たされ、泣くことさえできなかった。

万力で締めあげられるような圧迫感のなか、三十分が経過した。下半身がようやく分娩室の空気にさらされる。しかし、肩と腕は狭い産道に引っかかったままで、身動きのとれない彼の目前では、あふれるように母の血液が揺れていた。

腰に氷のような冷たさを感じると、金属の鉗子《かんし》がしっかりと骨盤をはさみこんだ。つぎの瞬間、誰かが力まかせに彼を引っ張った。斜めにさがった左肩がゆっくりと関門を抜け、続いてずるりと右肩が滑りでた。産道のおおきさにあわせ、頭が縦に伸びるのが感じられる。頭蓋骨のきしむ音を聞き、舌に血と羊水の辛さを味わいながら、彼はようやく肉のトンネルを通り抜けた。

記念すべき誕生の瞬間は、実に不愉快なものだった。

外の世界の第一印象は、圧倒的なまぶしさと凍えるような寒さである。頭上の無影灯から正視できないほどの光りの束が、敏感な肌に豪雨のように叩きつけてくる。顔をマスクで覆い、帽子に髪を押しこんだ青い制服姿の人間が、何人も彼を取り巻いていた。へその緒が切られたときも、痛みはまるで感じなかった。彼の頭で栓をされていた大量の血液が、後産よりも早く分娩台からあふれて、タイルの床に粘る円を描いていく。

「先生！」

看護婦のひとりが、悲鳴のような声をあげた。

「赤ちゃんを頼む」

周囲の動きが、急にあわただしくなった。彼を受け取った看護婦は、分娩台を離れ、新生児の身体を逆さにすると、背中を思いきり叩き始めた。

安全な場所を追いだされた怒り、母体から切り離されたいらだち、極寒の見知らぬ世界への憎しみが、ねばりつく喉をこじ開けてついに爆発した。彼は全身を震わせて泣いた。思いきり泣き声をあげ、そのまま世界が消滅することを願った。泣き声の合間をぬって、羊水で濡れている肺に初めての空気が流れこんでくる。彼はその空気の冷たさを心から憎んだ。

看護婦はステンレスの浴槽に汚物まみれの彼を浸け、消毒済のタオルで機械的に全身の汚れを拭き取っていく。吸引器の管が騒がしい音をたて、彼の鼻や口から痰《たん》と羊水を吸い取った。

お母さんを助けて欲しい、必死で泣き叫んだが、これが夢でないのなら結末は知っているのだ。

光りに慣れない目を凝らし、彼は懸命に母の顔を記憶に刻もうとした。腰高のベッドに彼女は横たわり、下半身は青い布に隠されて見えなかった。しっかりとあわせた浴衣の襟元が汗で重そうに濡れていた。意識は失っているようだ。広い額に柔らかな前髪が張りついている。目のしたにはえぐったようにくまができ、暗い影が落ちていた。ふっくらとした唇は半分だけ開かれ、息をするたびに下顎がかすかに上下している。死の床にあってさえ、彼の母は美しい女性だった。

「血圧降下しています」

看護婦の言葉に医師が叫んだ。

「ご主人を呼んで」

「いらしてません」

別な看護婦が耳元で母の名を繰り返し叫んでいた。

「貴美《きみ》さん、貴美さん……掛井《かけい》貴美さん……」

父さんはなにをしているんだ。彼は怒りのために息をすることさえ忘れた。わかっている、どうせ仕事なのだ。いつだってそばにいて欲しいとき、父がいることはなかったのだから。

分娩台では輸血と緊急手術の準備が始められた。

若い看護婦が彼を抱きあげると、母の枕元に立ち寄り優しく声をかけた。

「元気な男の子のお子さんですよ。難産でしたけど、とてもよくがんばってくれました。お母さんもがんばって」

彼は全身を震わせて泣いた。この部屋を出てしまえば、もう二度と母の顔を見ることはできない。これが夢でないのなら、彼はその事実を知っている。

そのとき汗染みの広がる枕に沈む母の顔に、ほほえみが浮かんだように見えた。死を間近に控えた下顎呼吸のために起きた、無意識の痙攣《けいれん》だったのかもしれない。しかし、その笑顔を彼はしっかりと受け取った。

一生忘れないよ、さようなら、お母さん。一生といっても母さんと同じように、短い一生だったけれど。

スイングドアが開かれ、彼をのせた台車は薄暗い廊下に送りだされた。エアコンディションされた消毒液くさい病院独特の空気。点々と規則正しく間をおいて光る蛍光灯のしたを移動しながら、再び定められた運命をたどるため、彼は時間の井戸のなかを未来にむかって落ちていった。

意識が戻ると身体を包む綿布と硬いマットの肌ざわりを感じた。四方は白いスチールパイプで囲まれている。視界の隅にいくつも同じ形の小型ベッドが見えた。何人か自分と同じ新生児が、この部屋にはいるようだ。

誰かの視線を感じて足元の壁に目をやる。はめ殺しのガラス窓のむこうに黒い背広姿の男が立っていた。窓にかけた手に額を押しつけ彼を見つめている。ガラスがなければ倒れてしまいそうだった。トレードマークの口ひげが見えた。周囲を威圧する動物的な精気も今日は影をひそめているようだ。

あの男だった。彼のかつての父親。男の目が赤く染まっているのを見て彼は驚いた。あの男が泣いているのを見たのは初めてだ。やはり母さんは助からなかったんだ。ちいさなこぶしが力なくシーツに落ちた。

その男はしばらく彼を凝視すると、涙をぬぐい病院の廊下を去っていった。彼は頭上にさがったちいさなホワイトボードを見あげた。そこに書かれた名前は、父の姿を見たときすでに思いだしている。

掛井貴美　長男・純一　1968・3・28　3260g

掛井純一《じゅんいち》。それが彼の名前だった。幸運を呼ぶ名ではなかったようだが、自分自身の運命には、諦めと穏やかな悲しみしか感じなかった。

あの悪夢のなかで死を自覚してから、純一はもう一度自分の人生を猛烈な勢いでフラッシュバックしているようだった。なぜだろうか、理由がまるでわからなかった。いったい回想する自分とは、どんな存在なのか。

幽霊、魂、生き霊、ゴースト、スピリット……現代のこの国のたいていの家庭と同じように無宗教に育った純一は、死後の存在を表現するどの言葉にも納得できなかった。それになぜ自分は死んだのだろう。あの夜の参列者のいない埋葬を考えると、誰かに殺され闇へ葬られたのだろうが、純一には動機も犯人もまるで心あたりがなかった。

新生児室の空気が金色の光りに染まった。また無理やり跳ばされるのか。あてのない跳躍への恐怖が、生まれたばかりの赤ん坊にも伝染したようだ。しわだらけの新生児は全身を震わせて泣き叫び始めた。ナースステーションから駆けてくる看護婦の足音を遠くに聞きながら、純一は金色に輝く渦にのまれた。

「純一くんは先天性の内反足《ないはんそく》という足の障害です。これは胎児のとき子宮内で足が強く圧迫されたせいで起こると考えられています」

左足をもつ手の冷たさに、純一の意識は急激に目覚めた。白衣の医師と父が、赤ん坊をはさんで対面している。白い壁に灰色のスチールデスク、濃い灰色のビニールマット。机のうえにはレントゲンフィルムが重ねられ、扉の手前の目隠し用のカーテンがエアコンの風に揺れていた。どこかの病院の診察室のようだ。

「内反足は、かかとからくるぶしのしたの部分の、この三つの骨」

中年の医師はていねいに、足の骨をひとつひとつ指で示す。

「踵骨《しょうこつ》、距骨《きょこつ》、舟状骨《しゅうじょうこつ》というんですが、これが変形して、足の先が内側に捻じれてしまう足の障害です」

「それは治るんですか」

若い父がまえのめりにいう。

「はい、まずは」

医師の声は明るく、顔には元気づけるような笑みが浮かんでいた。

「内反足は足の変形の八十五パーセントを占めるありふれた障害です。治療例も多数あります。ほとんどの場合、手術をしなくても、生まれてすぐ器具や靴で矯正すれば、正しい歩行ができるようになります」

違う、それは違うんだ。純一は叫びたかった。どんなことにも例外はある。ぼくの左足は治らなかった。ぼくは未来を知っている。

「よかった」

「それにはまず、この変形している左足を、正しい形に矯正してやらねばいけません」

だめだ、それは無駄だったんだ。やめてくれ。

幼い純一は、恐怖と怒りのために火がついたように泣き始めた。

「よしよし、大丈夫だ。ちゃんと歩けるようになるぞ」

父の慰めの言葉は純一の耳には入らなかった。くるぶしのしたの肌が矯正靴とこすれ、肉がそげ落ち、傷口からうっすらと血の色をのせた骨が覗いたこともあった。そのときさえ、もっとがんばれといった父なのだ。ギプスと矯正靴による終わりのない痛みを思いだし、それが役に立たなかったことに、純一はやりきれない怒りを感じた。矯正靴による圧迫のせいで、左足の存在を絶えず意識しながら過ごす長い年月が、この子のまえに広がっている。生きていることはなにより素晴らしいという、楽天的な人たちの無邪気さを彼は呪った。死んでしまった自分には、そんな素晴らしさは無縁だ。皮肉な笑いが純一のなかに生まれた。

「お父さん、見てください。赤ちゃんも喜んでいますよ」

見知らぬ医師と若い父が、純一の笑顔を覗きこんだ。赤ん坊はちいさな手を勢いよく上下に振って笑い声をあげ、その歓声はつぎの涙が流れるまで続いた。

その日、医師の手で最初の矯正がおこなわれるまで。

目覚めると雨の音が聞こえた。眠れない夜に何度も柾目《まさめ》の筋を数えた杉張りの天井が見える。懐かしい部屋だった。首を振るとガラス戸越しに雨の中庭が煙っていた。丸く刈られた柘植《つげ》の植えこみの細かな葉が昆虫の卵のようにびっしりと濡れ光っている。柔らかな春の雨と深い緑。幼いころはよくぼんやりと雨の庭を眺めていたものだ。水たまりに落ちる雨粒の波紋は、いくら見ても飽きることがなかった。

純一の子ども部屋は中庭に面した南むきの八畳間だった。東京都武蔵野市、井の頭公園脇にある父の屋敷の一室である。敷地は七百坪ほどの広さで、周囲を取りまく土塀により、外界からは完全に遮断されていた。外の世界に通じるのは、石組みの門柱と大型車が二台すれ違える巨大な鉄製の扉がものものしい正面入口だけだった。

掛井さんの「鬼屋敷」。

その呼び名を聞くたびに、嫌な気分になったのを思いだす。

父の名は掛井純次郎《じゅんじろう》。企業の売買と再建を専門とする悪名高い事業家だった。父の仕事は基本的には単純なものだと純一は思っていた。問題を抱え身動きのとれなくなった企業を、底値で安く買い叩き、強引な外科手術で不採算部門や余剰人員を、すっぱりと切り捨てる。筋肉質になった残りの収益部門は、利を乗せて他の企業に売り抜けるか、自分の事業計画に沿うものであれば、グループ企業のひとつとして所有する。

それは悪質なステーキハウスに似ていた。腐る直前の熟れた肉を他の店から安く仕入れ、余分な脂肪をカットして火に焙り客に食わす。あるいは気に入れば自分で食ってしまう。その繰り返し。ただひとつ純次郎が違うのは、肉のおおきさと値段が回を追うごとに天文学的につりあがっていったことだ。

冷酷無比な剛腕には反発やトラブルが絶えなかったが、純次郎は大抵の問題を力ずくで抑えこんだ。政治家や官僚への贈賄を繰り返し、暴力団を利用しては抵抗する少数派をもみ潰していく。純一は父の言葉を覚えていた。

「ヤクザはスパイスみたいなもんだ。ここぞというとき、ほんのすこし使うといい」

企業のサルベージ業者として、掛井純次郎はその世界では広く知られた名で、一時期は経済専門誌に「鬼の純次郎」と書き立てられたこともあったという。もっとも、元右翼の編集長から法外な価格の広告掲載を依頼され、あっさりと断ったせいだと弁護士の高梨《たかなし》先生はいっていた。だが、純一は父が「鬼純」であることを身体で理解していた。二十年も一緒に暮らせば、誰でもあの男が鬼であることくらいわかる。

廊下を踏んで足音が近づいてきた。ガラスの引き戸が開けられ、畳の鳴る音が聞こえた。あおむけに寝ている純一のうえに、たっぷりと肉のついた赤い頬が突きだされた。素朴な表情の若い女だった。白いかっぽう着に毛玉の目立つ紺のセーター、足首の締まった絣のパンツをはいている。アーアー、純一の口から懐かしさのあまり意味不明の音が漏れた。住みこみのお手伝いで、乳母を兼ねていた岡島豊子だった。純一は今では年下になる豊子の若さに驚いていた。

「さあ、ミルクの時間ですよ」

豊子は赤ん坊を胸に抱きあげ、哺乳瓶を口にふくませた。飴色の天然ゴムの乳首に反射的に吸いつく。粉ミルクはあたたかく、ほとんど甘さを感じなかった。飲み続けるうちに身体中に力がみなぎってくる。赤ん坊は一息で半分ほど飲みほし、げっぷをすると鼻と口からミルクを滝のように噴きだした。豊子は湿ったガーゼのハンカチで優しく口元をぬぐってくれる。感謝の気持ちを伝えたくて、純一はガーゼを持つ豊子の人差し指を、手のひらいっぱいにつかんだ。

「アーアー、ネイ、ネイ、ネイ」

「イチくんは、おしゃべりね。もっとミルクが飲みたいんですか」

金色の光りが天井に渦巻き、波打つように四隅に広がると、ゆっくりと床へおりてきた。ゴムの乳首の感触を舌に残したまま、純一は時間の壁を越えて跳んだ。


意識が戻ると白い線が見えた。丸みをもって削られた大理石の角だった。そこにふたまわりほどおおきくなった乳児の手がかけられている。左足が鈍く痛んだが、それより「動きたい、自分の足で歩きたい」という意志のほうが遥かに強かった。純一は大理石の縁をつたいながら何歩か歩いた。左足をまえに出すたびに、身体をおおきく右に傾けなければならなかった。

乳児の低い視点からは体育館ほどの広さに見えるが、そこは父の屋敷の客間だった。八人掛けの黒革のソファがたっぷりとあいだを取って置かれていた。電気ヒーターを仕こんだ暖炉を背に、定位置の席にネクタイをゆるめた父の姿を認め、純一の背にひやりと衝撃が走った。左足の痛みは鋭さを増して、自然に涙が浮かんだ。父のまえで歩いていることの誇らしさと痛みによる涙が混じりあって、幼い顔はくしゃくしゃになった。

「いいぞ、純一。もっと歩いてみろ」

ソファの横に心配そうに豊子が立っていた。純一は力を振り絞ってテーブルの角を曲がり、左右に身体を振りながら二、三歩進むと尻を落とした。

「どうした、もうダメなのか。医者はおまえの足は順調によくなっているはずだといってる。純一、なまけて座ってちゃ治るものも治らん。歩いてみろ」

いわれなくてもわかってる、そうこたえたかった。それはリハビリのあいだ、何年にもわたって聞かされることになる科白《せりふ》だ。純一は再びつたない歩きに挑戦したが、数歩あるいてはまた倒れてしまった。頰は涙で濡れている。

「トヨ、純一を毎日必ず歩かせてくれ。情けをかけて、さぼったら許さんぞ」

父の声に冷たいいらだちを感じて純一の怒りも爆発した。火のつくように泣きだした男の子から顔をそむけ、父は応接室から出ていった。ドアが勢いよく閉められると、豊子が純一に駆け寄り涙を拭いてくれた。

「だいじょうぶ、お父様もイチくんのことが心配なのよ。がんばれば、きちんと歩けるようになりますからね」

あの男は自分の後継者が心配なのだ。それに結局、ぼくの身体にふれさえしなかったじゃないか。ちいさな怒りの塊が、そのとき純一のなかで生まれた。それは長い年月をかけて成長させていくことになる純粋な怒りの核の誕生だった。冷ややかに燃える核を抱いたまま、純一は再びあてのない未来へ跳んだ。

「どうかな、純一君。痛いところはあるかな」

　このまえの医師の顔が鏡のなかに見えた。医師は三歳ほどの男の子の肩に手を置き立っていた。病院の廊下のようだ。壁には姿見が張られ、木製の手すりがどこまでも延びている。右側に並ぶ窓から、陽光が斜めに注ぎ、白塗の天井までたっぷりと光りが撥ねていた。幼い純一は半袖の白い開襟シャツに紺の半ズボンのよそいき姿で、左足にはひざからアルミニウムの外側桟《がいそくさん》が伸びる矯正用の外転靴《がいてんぐつ》を履いていた。白いハイソックスと鈍く光るアルミのギプス、おろしたての黒い革靴が、灰色のタイルに冷たく馴染んでいた。

「だいじょうぶかな」

　医師が優しい声で尋ねた。

「うん」

　返事は勝手にこぼれた。

「じゃあ、ゆっくりでいいから、ちょっと歩いてみようか」

　純一は奇妙な感覚に襲われていた。この子はもう自分の意識をしっかりもっていて、新生児のときのように、大人の純一の意思で動かすことはできなかった。男の子は鏡のなかで左足を恐るおそる踏みだした。靴底がタイルの床にあたると、ギプスを経由してショックがひざまでまっすぐに伝わってくる。体重は靴とひざで半分くらいずつ支えるようだ。

「いいぞ、もっと歩けるか」

背後から父の声が聞こえた。男の子は振り返ると声のもとへ歩きだした。

「純一君、無理はしなくてもいいからね」

「いや、先生、このくらいは大丈夫。これからはもっとたくさん歩いて、足を治さなきゃならないんだ」

そうだ、もっと歩いて足を治すんだ。それで友達と野球をやったり、自転車に乗ったりして遊ぶんだから。純一の意識に直接、男の子の希望に満ちた声が響いてくる。

純一は幼い自分をほめてやりたかった。結局野球ができるようにはならなかったけれど、できることはやったんだからそれでいい。初めての矯正靴がうれしいのだろう、鏡のなかで男の子は手をおおきく広げ、左右に身体を振りながら誇らしげに歩いている。見あげると父もめずらしく笑顔を見せていた。

鏡のなかの自分に純一は語りかけていた。希望をもてるあいだは、それがどんな希望だろうと、しっかりとしがみつくといい。そのとき幼い笑顔に、四角い穴の底に横たわる若い男のデスマスクが、突然重なった。血まみれの唇と砕けて泥に混ざる前歯。強烈なイメージに純一がひるむと、男の子にもその衝撃が伝わったようだ。ギプスを履いた足ではふんばりきれずに倒れてしまった。タイルの床につかれたちいさな手が、目のまえに見える。

この子はまだ知らないのだ。

未来がわからないということが、どれほど幸福なのか。

光りの渦は今回も突然やってきた。穴のあいた船底のように病院の床から金色の光りがしみだしてくる。医師も純次郎も、再び歩き始めた男の子も、その光りにはまるで気づかないようだった。純一はただひとり、未来への跳躍にそなえ心を固くした。


身体のなかにミルクのような霧がかかっていた。

微熱があるようだ。鼻の穴になにか差しこまれて息が苦しかった。薄目を開けると左腕から延びる透明な管が見えた。空気の粒がきらきらと光りながら、点滴のチューブをのぼっていく。左足の先が心臓の鼓動にあわせ、遠くで太鼓を鳴らすように痛んだ。身体はベッドのうえ、ふわふわと浮かんでいる。

病院のベッド。点滴。左足の痛み。

記憶は突然よみがえった。純一は小学校入学を一年遅らせ、踵の骨の「骨端核が完全に化骨する」まえに、左足の整形手術を受けた。手術は大成功とはいえなかった。普通に歩いたり、スポーツができるようにはならなかったのだから。だが、軽く足をひきずる程度に歩行障害が目立たなくなったのは事実である。それでも、医師の言葉に完治を期待していた純一の落胆は深かった。

全身麻酔に酔う少年の内側で、純一はこのけだるい感覚を最近味わった覚えがあると感じていた。それがいつ、どこでのことだったかは、思いだせなかった。おぼろげな意識を絞り、記憶を探ってみる。

なぜか、暗闇をずるずると落ちていく自分の姿が浮かんだ。周囲は一点の光りも見えず、闇のなか黒い斜面を滑り落ちていく。不思議なことに、斜面の終わりが切り立った黒い絶壁であることを純一は知っていた。絶壁の先には、ただ黒い空が広がるだけで、一度手がかりを失えば、闇のなかを無限に落ちていくのだ。濃密な霧が身体の内部にかかり、悲鳴をあげることも、指一本動かすこともできなかった。純一は黒い崖から、闇の空に投げだされ、ひたすら落下していった。

落ち続ける純一の脳裏に、輝く針のイメージがひらめいた。それは先端を斜めに断ち落とした注射針で、蜜のように透明な滴をのせて、ゆっくりと近づいてくる。純一は闇のなかで絶叫の形に口を開いたが、かすれ声のひとつも漏らせなかった。自分がすでに呼吸をしていないことに気づき、全身を悪寒が駆け抜ける。

(助けてくれ！　これ以上落ちたら、二度と戻れなくなる)

純一は黒い空を落下しながら、心のなかで叫び続けた。

病室の蛍光灯がでたらめな点滅を数度繰り返すと完全に消灯した。ベッドのしたの暗がりから黄金色の光りの渦が巻き起こり、タイルの床に広がっていく。暗い病室で声のない叫びをあげる少年を置き去りに、純一は定められた未来へ跳んだ。

見あげるとたくさんの本の背表紙が並んでいた。手が届かないほど高くまで本は積み重なり、紙の津波となって崩れ落ちてきそうだった。きっとここには世界中の本が集まっているに違いない。

わくわくと弾む意識の断片が聞こえてきた。Tシャツから伸びる手はほっそりと幼いままで、二の腕の内側が痛々しいほど白かった。目のまえには子どもむけの物語がぎっしりとつまった本棚がそびえている。左右にも灰色の鉄製ラックが延び、高い窓から夏の日ざしが斜めに落ちて、ほこりっぽい書庫の空気が煙のように揺れていた。

純一が生まれて初めて本というものを発見した図書館の児童室だった。あれは確か一九七六年、八歳の夏のことだ。それなら、あの本がきっとある。思うとおりに動かせない揺れ動く視界のなか、純一は思い出の本を探した。

E・R・バロウズの『地底世界ペルシダー』。午前と午後に一冊ずつ図書館から本を借りだし、熱病のように読みふけった夏休みの、最初の火花になった本。あまりのスリルに読みながら息が苦しくなり、手のひらが汗でびっしょりになったのを覚えている。

その本は背伸びして手を伸ばせば、ようやく届く本棚の三段目の端に見つかった。背表紙の文字は記憶にあるよりずっとおおきかった。J・ヴェルヌの『十五少年漂流記』とM・トウェインの『ハックルベリー・フィンの冒険』のあいだにはさまれ、静かに息をしている。

純一にはあたり一面の背表紙が、内側から輝きだしているように見えた。そこに並ぶどの一冊も、その夏夢中で手に取ることになるだろう。一月半の夏休み、純一は本棚のうえから三段分を、すべて読みきるのだから。

ちいさな手が本棚に伸びていった。幼い男の子はお目当ての本を取るとぱらぱらとページをめくった。翼竜型地底人が洞窟に刻まれた階段をおりてくる見開きいっぱいのさし絵に、ちいさな親指が爪を立てる。男の子はため息をつくと、胸にしっかりと一冊の本を抱え、左足を軽くひきずりながら貸出カウンターにむかった。

生きていれば楽しいこともあったのだ。階段をおりる矯正靴の足音が図書館のホールに一段と鋭く響いた。純一にはその金属音も今は気にならなかった。光りの渦は再びやってきて、本を抱えた男の子を優しく包んでいく。

いいものを見つけたね、うんと楽しんでくれ。純一は幼い自分に呼びかけていた。地底や海中やジャングル、そして数億光年離れた別の銀河系。無限に広がる想像力のフィールドで始まる、君のひと夏の冒険にはつきあえないけれど、それがどんなに楽しかったかはぼくが誰よりも知っている。

最後にそうつぶやくと、純一の魂は光りの渦の底深く沈んでいった。

ちいさな手のひらのうえに青と緑の塊が見えた。

視界の隅にゆっくりと後方に流れるガードレールと歩道の敷石が映っていた。背中には懐かしいランドセルの重さを感じた。日ざしはすでに夕方のようだ。道路と歩道を分ける白線があたたかなオレンジ色に染まっている。

もう一度手のひらに注意を戻すと、純一はその正体を思いだした。当時小学生に大人気だったスーパーカー消しゴムである。青はランボルギーニ・ミウラ、緑はロータス・ヨーロッパ。ヨシハルくんのフェラーリ・カウンタックと交換するには、ミウラになにをつけたらいいかな。幼い純一の頭は消しゴムのおもちゃでいっぱいになっている。鬼屋敷の正門に着くと男の子はインターフォンのボタンを押した。

「ただいま」

通用門の電気錠が開く音を聞いてから、男の子は重い扉を肩で押した。スーパーカー消しゴムを見つめたまま、車寄せを母屋にむかって歩いていく。

なにか嫌だな。すごく嫌な感じがする。もしかすると、これはあのとき……

男の子は自分の部屋に近い勝手口からあがろうと母屋の裏手にまわった。

その角を曲がってはいけない。純一はなんとか行動を変えようとしたが、少年は左足を軽く引きずりながら、ゆっくりと裏庭に入った。

鬼屋敷の裏庭は近所でも有名な桜の名所で、花の盛りを過ぎたその日、玉砂利には薄汚れた花びらがびっしりと混ざりこんでいた。

キュッ、キュッ。なにかが擦れる音が前方から聞こえてきた。

男の子の視線はゆっくりとあがっていく。手のひらから玉砂利の地面、背の低いつつじの植えこみ、そして花の残りと若葉がせめぎあうソメイヨシノへ。

薄紅の雲のあいだから、なにかがぶらさがり風に揺れていた。

裸足の足先は力なく地面を指し、ズボンのまえは黒く濡れている。

あれー、なんだろう、トヨちゃん、コートでも干してるのかな。

男の子ははじめのうち、それが初老の男の遺体であることに気づかないようだった。春の盛りのなまぬるい風に揺れる首吊り死体から視線が動かない。純一は嫌でも縊死《いし》の現場を見続けることになった。男は屋敷のほうに顔をむけ首をくっていた。足元に置かれたＡ４サイズの封筒の表には筆で一文字「怨」。純一はその男のことを考えていた。純次郎に乗っ取られた電子部品会社のオーナー社長だという。いや、あれは玄関先で焼身自殺した中年男のほうだったろうか。

幼い純一はそれが人間の死体であることにようやく気づいたようだ。今度は悲鳴がとまらなくなった。その夜は眠りに落ちるたびに、桜の花のあいだで揺れる黒い影を夢に見て、一晩中うなされることになるだろう。

光りの渦がやってきて立ちつくす男の子を包んだとき、純一はひとりため息をついた。ようやくこの時点から解放される。勝手口から駆けてくる使用人の足音と、幼い自分の悪夢のような叫び声を聞きながら、純一は時の奔流にのまれた。

「ヨシハルくん、うまいねー」

肩越しに覗くディスプレイには黄色と赤とオレンジのブロックが見えた。宇宙空間のように無限の広がりを感じさせる漆黒の地に、鮮やかな光りを放ち整然と並ぶブロックの美しさは、幼い純一の心を一瞬で奪った。

白いボールがぶつかるたびにブロックが消え、空気の抜けたテニスボールのような間の抜けた電子音が機械の横から漏れてくる。男の子の目は、画面のなかを縦横無尽に駆けめぐる白いボールと、それを打ち返すちいさなパッドに釘付けになっていた。

この子はひどく興奮して、なにかを感じている。純一には興奮の理由がよくわかっていた。コンピュータゲームとの生まれて初めての、記念すべき出会いなのだ。これ以降ゲームは短い生涯の最後まで、純一には不可欠の存在になるだろう。

そこは小学校の帰り道、友達の家にランドセルを置かせてもらって、よく遊びにいったボウリング場の一角だった。レーンの空き待ちの客用につくられたゲームコーナーに幼い純一は友人ときていた。そのコーナーでは古典的なピンボールマシンや射撃ゲームを追い抜いて、ブロック崩しが登場してすぐに人気ナンバーワンになっていた。

仲良しの同級生、川上義治《かわかみよしはる》が最後のショットをミスして純一の番になった。このゲームはかなりうまかったはずだなあ……楽しみにプレイを待つ。だが、百円玉を挿入口に落とすと、男の子は持ち玉の三球をすぐに失敗してしまった。幼い純一は頭の芯が熱くなるほど悔しがっている。

レーンの奥からピンク・レディーの『UFO』が、遠い海鳴りのように響いてきた。

「ねえ、キャンディーズ、解散しちゃったね。ジュンはつきあうなら、誰がよかった」

ブロック崩しに再挑戦するために、順番待ちの列に並ぶとヨシハルがいった。

「おれなら、スーちゃんだな、だってこうだもん」

ヨシハルは胸で水風船を抱えるポーズをする。たぶん、たぶん。幼い純一は顔を赤くしてこたえに詰まっている。つきあうなんて考えられないよ。まだ小学校四年生だもん。

「やっぱり、ランちゃんかな」

曲はビー・ジーズの『恋のナイト・フィーヴァー』に変わった。胸をはだけ白いパンタロンスーツで踊るジョン・トラボルタの姿は、幼い純一でさえ知っている。弾むような心の声が聞こえた。

（お年玉を引きだして今度はひとりでこよう。ヨシハルくんよりも誰よりも、ブロック崩しがうまくなれますように）

遠くない将来、その願いが実現することを純一は知っていた。ブロック崩しで小学校一の腕になると、翌年にはスペースインベーダーを攻略し、つぎの年にはギャラクシアンとパックマンを征服する。幼い純一とゲームセンターの第一期黄金時代が始まろうとしていた。

ディスコビートの跳ねるようなベースラインと、ボールがピンをなぎ倒す痛快な炸裂音が響く板張りのフロアから、輝く渦が巻き起こり少年を包んでいった。ブロック崩しをワンプレイだけ、せめてビー・ジーズの曲のサビが終わるまで、この時点にとどまりたかったが、光りの力に背を突かれ、純一は未来へと跳ばされていった。

暗闇のなかラジカセに伸びる指先が見えた。AMラジオの雑音が懐かしかった。子どもらしい肉づきのいい指先が手慣れた動作で選曲ダイヤルをまわし、探していた局にぴたりと一発でチューニングを決めた。ベッドの枕元に置かれたデジタル時計の青い数字は、まもなく深夜一時になろうとしている。

時報が鳴ると同時に馴染みのギターが弾むように流れだした。ニッポン放送の『オールナイトニッポン』。木曜日第一部のパーソナリティは前年ダディ竹千代からビートたけしに代わり、中学生の純一には聞き逃せないプログラムになっていた。

内気な少年にとってビートたけしは自由のシンボルだった。息の詰まる世間や家族の重力圏から、無敵の笑いの推進力で脱出する宇宙飛行士である。伸び盛りの身体をタオルケットに包み、明かりを消した部屋で深夜放送に耳を澄ませる、けだるく快適なラジオの夜。それは少年の一日のなかで、緊張から解放されるわずかなひとときだった。ただ中学に通っているだけなのに、なぜこれほど疲れるのだろう。

「今夜も思いっきり逆噴射！」

若いビートたけしの声が、まえのめりにラジオから飛びだして番組は始まった。

早春に日航機の羽田沖墜落事故があったこの年、純一は中学二年生になっている。吉祥寺の繁華街のはずれにある純一の通う私立学校は、小学校から大学までエスカレーター式に進学でき、のんびりした校風と自由な雰囲気で知られていた。だが恵まれた環境にも、純一は馴染むことができなかった。友人はすくなく、クラブ活動にも積極的には参加していない。ゲームセンターで新しいゲームを攻略しているか、本を読んでいるか、今は名前が変わってしまったFENを聞いているか。中学時代を通していつも孤独だった記憶しか残っていない。欧米のポップ音楽を聴き始めたのもこの時期だった。月曜日が嫌いだからと学校で銃を乱射する子どもの歌を、ブームタウン・ラッツが歌っていたあのころ。

「タマキン全力投球！」

たけしが全国から送られてきた奇想天外なオナニーの方法を、速射砲のように読みあげていく。純一はベッドのなか、転げまわり笑っていた。クラスの友人から自慰のやり方を教わったのもこのころのはずだ。肉体をなくしてしまった今、性欲はどうなってしまったんだろう。

金色の光りの渦が、濃淡の波を打ち、子ども部屋のカーペットに広がっていった。排水口にのまれる木の葉のようにベッドがゆっくりと回転を始めても、ラジオに夢中の中学生はなにも感じていないようだ。ビートたけしの歯切れのいい下町の東京弁を耳に残して、純一は時の壁を越えた。

ゆるやかな坂道だった。

足元に落ちた視線の先には真新しい黒のコインローファーが光っている。少年はしきりに襟元に手をやった。指先に触れる感触でネクタイを締めているのがわかった。お気にいりだった紺のニットタイ。ネイビーブルーのスーツに青と白のギンガムチェックのボタンダウンシャツ。今日はめかしこんでいるようだ。あたりの景色にも見覚えがあった。三方に翼を広げたホテルオークラのちょっとくすんだ建物である。純一は車寄せに続く長い坂道を、左足を軽く引きずりながらのぼっていた。もらったタクシー代は節約して、七月に出る任天堂の「ファミリーコンピュータ」にまわそう、少年の意識がはっきりと響いてくる。これは、あの日か。あまり思いだしたくない日に限って、すぐに記憶はよみがえるようだった。

ドアマンの挨拶に目を伏せてうなずくと、中学三年生の純一は自動ドアを抜けロビー右手のラウンジに入った。壮年の純次郎が窓際のテーブルに座ったまま手をあげ、純一を招いた。全盛期の日本映画のスターのように、ぎらぎらした精気をあたりに放っている。父のむかい側には若い女性の肩口が見えた。胸になにか抱えているようだ。純一はゆっくりとテーブルに近づいていった。背中を硬くして振りむくこともできずにいる女性の緊張が、純一には感じられた。少年がテーブルに近づくと、髪も生え揃わない赤ん坊をしっかりと抱いて、彼女は立ちあがった。

純次郎が座ったまま、ぶっきらぼうにいった。

「おまえに新しい母さんと弟ができた。これからよろしくやってくれ」

その女性は赤ん坊を抱いたまま、深々と頭をさげた。

「はじめまして、峰子《みねこ》です。この子は純一さんの弟になる純太郎《じゅんたろう》です。突然で純一さんは驚いたかもしれませんけど、来月から吉祥寺のお屋敷にいっしょに住むことになりました。どうぞ、よろしくお願いします」

年は二十代後半だろうか。薄いブルーのツーピースは凹凸のはっきりした身体の線を隠してはいなかった。たっぷりと開いた襟ぐりに水商売風の着こなしが匂う。峰子の首筋は淡いサックスに無理なく溶ける白さで、青い枝影のような静脈が薄い肌に透けて見えた。

「どうせ、ぼくが反対したって、どうにもならないんでしょう」

冷静を装った少年の声に、気まずい沈黙が続いた。

「まあ、そうだな」

純次郎はまったく動揺を見せずにこたえた。

「わかりました。こちらこそ、よろしく」

純一はぺこりと頭をさげると、背をむけて歩き去ろうとした。

「ちょっと待て、純一。レストランの部屋を取ってある。いっしょに飯だけ食っていきなさい」

冗談じゃないと叫ぼうとしたら、峰子が先に頭をさげた。

「私からもお願いします。お食事だけでもごいっしょしてください」

頼まれると断れない優柔不断な性格を少年は呪った。長いディナーになるなという心の声が聞こえる。だが、どちらにしても関係ないのだ。純一はこの状況を冷静に見ていた。新しい母親と弟の出現も、少年の生活にはほとんど影響を及ぼさないはずだ。同じ家に暮らしていても、顔をあわせることも口を利くこともほとんどない。翌年高校に入学すると、純一は食事のとき以外は自分の部屋から離れず、引きこもり状態になるだろう。父は連日、真夜中を過ぎなければ帰ってこない。たまに深夜の廊下ですれ違い、元気か、うん、と言葉を交わすことだけが、親子のコミュニケーションになる。

諦めた少年は新しい家族とテーブルに座った。ミルクティをひとつ注文する。銀の盆にのせられた紅茶が届けられるころ、少年のまわりを淡い光りの渦が取り巻き始めた。気まずい空気から解放されて、純一はようやく一息ついた。

あの底知れぬ光りの渦が、これほど待ち遠しかったことはない。


「なあジュン、おまえ、女の子とつきあったことないだろ」

大人びたヨシハルの声が聞こえた。

「まあね」

「ヨリなんか、どう」

意味不明の言葉が通りすぎて、プラスチックのカウンターに置かれた一冊の本に急激に意識の焦点が絞られた。懐かしいピンクの布張りの単行本。村上春樹の『世界の終りとハードボイルド・ワンダーランド』だった。ヨシハルに貸したまま返ってこなかったことを覚えている。あの本が出たのは確か一九八五年、純一は高校二年生だった。

光りの渦から目覚めた純一の記憶が急回転した。この年、ファミコンでは『スーパーマリオブラザーズ』が大ブームになり（純一の記録は六日間で全面クリア）、少年ジャンプの

『ドラゴンボール』では、まだチビの悟空がレッドリボン団と闘っていた時代。音楽はソウルとディスコの全盛期。アメリカの片田舎のダンスバンドのアルバムを、レアものといってはあちこちの輸入盤屋でよく探しまわったものだ。

そこは学校帰りのたまり場だった吉祥寺駅南口のマクドナルドだった。二階の窓際のカウンター席から、横断歩道を駅にむかう人波が見える。目のまえにはマックシェイクとポテトのLが散らばり、油の臭いが鼻についた。

「なんで、ヨリなんだよ」

「いや、たださ、ヨリがジュンのこと悪くないっていってたって、エリナに聞いたから」

「ふーん」

動揺を悟られないように、高校生の純一は無関心を装った。ヨシハルはいたずらっぽい目つきでいった。

「あいつだって、そんな悪くないじゃん」

阿部絵里奈と大滝依子《よりこ》は高校一年のときのクラスメートだった。音楽の趣味があうので、クラスが替わっても、渋谷へディスク探しにいっしょにでかけることがあった。七歳から同じ学校なので、純一はふたりの少女をよく知っていた。このまま大学に潜りこめればいいという上昇志向のないお気楽なタイプ。よその偏差値の高い大学を志望する生徒は、純一たちの高校でも必死に受験勉強に励んでいる。

エリナは校内でも有数の美少女で、モデルスカウトによく声をかけられると自慢していた。

背が高く、手足は北欧のモダンな家具のように伸びやかで、色素の薄い明るい茶色の髪と瞳をしている。ヨリはその親友で、きれいな少女の横にいる気の強い引き立て役だった。それでも純一はヨリを結構かわいい女の子だと秘かに思っていた。顔は中の上くらい、ボーイッシュなショートカットにとがったあごをしている。

「私、あごだけはキョンキョン似なんだ」

ヨリはエリナより好奇心が旺盛で、音楽や読書の趣味も幅広く、純一とは話が弾んだ。洋服のセンスも鋭く、流行をちょっとひねった着こなしをする。同じ紺のブレザーでも、他の女子よりどこかシャープに見えた。ガールフレンドのいない純一にとって、ヨシハルの話はひどくうれしいニュースのはずだ。

「それで」

未来の純一からは、無理をしているのがよくわかる声だった。

「それだけだよ。なにか期待してんのか。おまえ、ヨリに気があるんじゃないの」

ヨシハルは横目でにやりと笑う。純一が返事に詰まると、同級生の肩にかかる長髪が淡い金色の光りに包まれていった。

ポップスなんかでは、ハイスクールの放課後には楽しいことがいっぱいあるように歌われているのに、いいことなんてぜんぜんなかったな。ため息をひとつつくと、純一は光り輝く渦のなか、未来へと落ちていった。

真新しいピローカバーのうえに、しっかりと目を閉じた大滝依子の白い顔が、夜光塗料のようにぼんやり光っていた。裸の胸は横になっているせいか、ほとんど乳房の盛りあがりが感じられない。純一は虚ろな驚きとともに、その時点を思いだした。高校卒業直後の春休み、この部屋は渋谷のラブホテルの一室だ。ホテルの名も部屋の番号さえ覚えている。円山町の「クレセント」602号室。別なフロアのどこかにヨシハルとエリナもいるはずだった。

記憶の通り部屋の壁はレンガ積みで、ベッドの四隅には銀の支柱が立っている。ソファのまえ、ボルトで固定された三脚にはポラロイドカメラがのせられていた。高校生の純一にはなんのためにカメラがあるのか、理由がわからなかった。ラブホテルの部屋のなかは、かすかにカビくさい臭いが漂っている。

少年は少女の身体を壊れ物のように大切に扱った。唇から始まったキスは、頬、眉、閉じたまぶた、汗ばんだ額へと移っていく。工芸品のような耳から首筋をおり、鎖骨を横滑りして脇腹へ。唇による探索は、最後に少女の硬い乳房に帰ってきた。味のしない淡い頂で少年はゆっくりと休息に入った。少女の控えめなため息が頭上から聞こえて、少年のペニスはこれまでにない硬度を記録する。

「ぼくでいいの」

少女は黙ってうなずいた。

少年は震える指先でコンドームを装着し、薄い腰と腰をあわせた。指先につたうぬめりを押し分けて、少年のペニスが少女のなかに道を開いていった。女の子のなかってこんな感触なんだ。少女の爪が肩にくいこんだが、痛みを感じる余裕はなかった。

「だいじょうぶ？　痛くない？」

再び少女は目を閉じたまま、うなずき返した。体重がかからないように上半身を腕の力で支える。体力のない少年には厳しい姿勢だったが、じっと我慢した。しばらく休んでから、ゆっくりと動き始める。ため息が連続して聞こえた。ヨリも初めてだといっていた、すごく痛いのかもしれない。頭の隅でそう考えたが、動きをとめることはできなかった。もし今、頭を吹き飛ばされても、腰だけは動いちゃうかもしれないな。

少年の限界はすぐにやってきた。自制心の堤防のむこう側、なみなみとあふれるような快感が押し寄せている。腰の回転はさらに速度を増し、少女とくっついている先端が溶けそうに熱くなった。

「いくよ」

「あっ、ヨシハルくん」

少女の漏らしたかすかなつぶやきが少年を激しく打った。同時に腰のほうからエクスタシーの荒波が背骨を突き通り、後頭部へ駆けのぼってくる。少年は傷ついた気持ちのまま、全身を痙攣させて何度も射精した。

純一は以前から大滝依子がヨシハルを好きなことを知っていた。だが、ヨシハルはエリナと学校中で公認のベストカップルだった。自分が二番目の選択であることを納得していたはずなのに、最後の瞬間にヨリの口から漏れた親友の名前で、少年の涙はとまらなくなってしまった。

純一は少年を内側から静かに見ていた。興奮することも、哀れむこともなかった。ただそういう人生の時があったのだ。せめて少女が断ってくれさえしたら、こんな初体験にならずに済んだのに。声を殺して少女の胸に涙を落とす少年の頬の熱さを感じながら、純一はつぎの光りの渦がやってくるのを、ひたすら待ち続けた。


「大学の調子はどうですか」

水底から浮かびあがるように意識が回復すると、にこやかに問いかける高梨康介《こうすけ》の顔が正面に見えた。五十代初めくらいだろうか。眼鏡の奥に飛びだしそうにおおきな目が光っている。度の強いレンズの端によじれるように目尻のしわが映っていた。唇は厚く血色がよいせいか、いつも濡れ光っているようだ。だが、特徴ある目と口の造作にもかかわらず、全体の印象は端整といってもいい知的な顔立ちだった。欲しがっていない客にでも信頼を売れる顔。高梨康介は、掛井グループと純次郎個人の法律顧問を兼務する辣腕の弁護士だった。

「別によくも悪くもないです」

自分の声の皮肉な調子に純一は驚いた。丸の内の一角に建つ、時代がかった御影石のオフィスビルに高梨法律事務所はあった。純一は執務室で高梨と対面しているようだ。ほとんど身体が沈まない張りのある黒革のソファ、美しい矢筈《やはず》模様の寄木の内装、壁には嵐の海を描いたターナーが一枚かかっていた。複製なのか本物なのか、純一にはわからなかった。

神は自分にひどい罰を与えたいのだろうか。フラッシュバックで再訪する純一の人生は最低な出来事の連続だった。今回も記憶がよみがえるにつれて、気持ちが重く沈んでいく。

「今日はわざわざいらしていただいたのに、非常につらいお話をしなければなりません」

高梨弁護士の顔が引き締まり、ビジネスの表情になった。

「純次郎様からの通達です。純一さんはご長男ですが、掛井グループの相続権をいっさい放棄していただきたいと、お父上はおっしゃっています」

「どういうこと」

頭のなかが真っ白になった。

「純一さんには、大学を卒業されても掛井グループの関係会社への入社を、許可されないそうです。万が一お父上が亡くなられても、掛井グループおよび純次郎様の個人資産への相続権は認められません。その代わり……」

「息子と絶縁するのに、なにか条件があるんですか」

「はい、その代わり相続権放棄の念書にサインされたら、十億円の信託基金が純一さんのものになります。大学のご卒業までは私が管理いたしますが、ご卒業以降はどのようにお使いになっても自由です」

「要するにぼくを十億で売り払いたいってことか。もう掛井の家にも近づくなってことなんですか」

虚勢を張ってはいるが、虚ろな声だった。

「非常に厳しいのですが、そのような意味かと存じます」

高梨弁護士は汗もぬぐわずにこたえている。未来からきた純一には、弁護士が置かれた厳しい立場に同情するだけの余裕があった。相手の目を見ることさえできず、手元の書類に視線を落としている弁護士に普段の切れ味はなかった。高梨のおじさんには子どものころからよく遊んでもらったものだ。

「それは峰子さんや純太郎のためなんですか」

「それもあるでしょう。将来のグループ内の禍根《かこん》を断つため、お父上ご自身で決断されたようです。もちろん、とてもそんな念書にサインできないと純一さんがおっしゃるなら、裁判にもちこむこともできます」

「ぼくの勝ち目は」

「おおいにあります。もともとこれは無茶な話ですから」

「高梨さんは、ぼくの弁護をしてくれますか」

弁護士は流れる汗を胸のポケットチーフでぬぐった。

「いいえ、残念ながら、それはできません。ただし、私の知っている一番優秀な弁護士をご紹介します」

「それで、高梨さんやおやじや全掛井グループと闘うんですか」

「そうです、長い裁判になるでしょう」

「でも、勝算はある」

「はい。つぎの十年間を裁判だけに費やす覚悟が必要になりますが。相手は巨大な組織ですし、純一さんはひとりきりです。裁判は委細にわたり、複数同時に進行するでしょう。それでも、純一さんに闘う意志がおありなら、私も陰ながら応援します」

十億円か。純一には想像のつかない金額だった。CDが三十万枚以上買える、ばからしい。だが逆に考えると、この話は純次郎と縁を切るいいチャンスなのかもしれない。父がビジネスライクにくるなら、こちらもそうすればいい。迷いやためらいなど見せることはない。自分には蛸の足のように入り組んだグループ企業を切り盛りする才覚などないし、ビジネスへの野心もない。もともと大学を卒業したら、どこかちいさな会社に就職して、掛井の家とは縁を切り、ひとりで静かに暮らすことに決めていたのだ。

「わかりました。高梨さんのことだから、もうその書類は用意してあるんでしょう」

弁護士は肩を落とした。安心したのか、純一が理不尽な命令と闘わないことに落胆したのかわからなかった。

「先程の書類を」

高梨はインターフォンで秘書を呼んだ。

届けられた念書は黒いフォルダーにはさまれた二十枚ほどの書類だった。純一は一枚目の半分ほどに目を通すと、残りを読むことを諦めた。どうせ全部理解できるとは思えない。甲は乙の法定相続権を永久に放棄し、乙は甲への賠償として……。

「高梨さんがきちんとつくってくれた書類なら、もういいです。ぼくは印鑑なんてもっていないから、ここで拇印《ぼいん》を押してすべて終わりにします」

「ちょっと、待ってください、純一さん。私の知りあいの弁護士を紹介します。あなたの立場なら、この十倍の金額だっておかしくない」

「いいや、もういいんです」

青年の決意は揺らがなかった。逆に晴れやかな気分だ。純一は過去の自分を誇りに思った。念書は二部つくられ、片方は追って郵送されることになった。部屋を出るとき、純一は振りむいて高梨弁護士にいった。

「父にはもう会わないと伝えてください。元気で、さようならと」

純一はうしろ手に静かにドアを閉めた。一見冷静そうな青年の心には、静かな決意が固まりつつあった。ぼくはもう決して結婚しない。当然子どももつくらない。生涯絶対に家族をもたない。ひとりきりで生きるのだ。これまでそうだったように、そして今、徹底的に思い知らされたように。

フローリングの廊下を歩くと、テニスシューズのゴム底がキュッキュッと耳障りな音を立てた。二十歳になったばかりの純一は固い決意を秘めたまま、突きあたりに待つ黄金色の光の渦へ、暗い廊下をまっすぐに歩いていった。

「ジュン、起きろよ」

誰かに肩を揺さぶられて目を覚ました。目のまえには染みの浮いた不織布の灰色のカーペットが広がっている。寝袋にくるまり、床のうえで寝ていたようだ。

「さあ、仕事にかかろうぜ」

十二畳ほどのワンルームの事務所には、当時珍しかった二十一インチの大型ディスプレイをつないだコンピュータが、壁際に四台ずつ並んでいた。すでに何人か仕事を始めているようだ。純一は寝袋から這いだして、おおきく背伸びした。明け方から数時間の仮眠では、腫れて熱をもった目の疲れも、鉄板を入れたような肩や背中の凝りも回復していない。連続二十八時間コンピュータゲームをプレイしていたのでは、当然の代償だった。

光りの渦を放りだされたショックから立ち直り、純一の意識はいきいきと動き始めた。ここは渋谷道玄坂のコンピュータゲーム製作会社「ゲームフロンティア」の事務所だ。社長でプロデューサー兼ディレクターの黒崎《くろさき》も、プログラマーの吉川《よしかわ》も、グラフィックデザイナーのトオルの姿も見える。ゲームの音楽は当時、シンセサイザーおたくの音大生に外注していたはずだ。まだあの会社が活気に満ちて、家族的な雰囲気がいっぱいだったころ。きついけれど、楽しいアルバイトだった。

念書を交わして家を出た純一の元には、月々三十万円の生活費が高梨弁護士から送金されていた。だが、仕送りだけに頼って暮らすのを嫌った純一は、部屋代だけでも自分で稼ごうと早々にアルバイトを始めていた。

職探しでは小学生から鍛えていたゲームの腕が役に立った。このころコンピュータゲームは将来有望なビジネスの一分野として注目を集め始めていた。ゲームフロンティアでの純一の仕事は、できあがったゲームを徹底して「やりこむ」ことである。バグを探し、ゲーミングの改善策を提案し、難易度を評価し、必要ならストーリーに厚みを加えるサブプロットを考案し、マニアが喜ぶ隠しアイテムのアイディアをひねりだす。映画でいうならシナリオの見直しと編集作業を、観客サイドからおこなうのと同じ作業だった。アルバイトをしていたのは大学生活後半の三年間で、この忙しい雰囲気をみると、四年生秋の修羅場ではないだろうか。

一九九〇年十一月に発売予定の任天堂「スーパーファミリーコンピュータ」の登場にあわせ、ゲームフロンティアでもロールプレイングゲームの新作を準備していた。マニアックなゲームファンなら覚えているかもしれない。題名は『ロスト・イン・ザ・ダーク』、地下ダンジョンを舞台にした渋い剣と魔法のRPG《ロールプレイングゲーム》だった。

物語の分析をすればRPGの構造はいつも単純なものだ。『ロスト・イン・ザ・ダーク』でも、悪の魔王に奪われたプリンセスと王家の秘宝、そして魔王だけが知っている主人公の本当の名前と出生の秘密を求めて、従者を連れたヒーローが不気味でときにユーモラスな幻想世界で冒険を繰り広げる。怪物や恐怖と闘い、道を失いまた発見し、無数の謎にこたえ、経験と知性の数値を高めていく。自己の真の可能性を求めて、ファンタジーの世界に迷いながら、それでも実際の人生よりは退屈せずに、コンパクトに展開する単線の成長物語。それは純一にとっても、莫大な数のゲームファンにとっても、何度でも試してみる価値がある物語なのだった。

正面に置かれたディスプレイのなか、16×16のドット絵で描かれた主人公が三人の従者——僧侶・女剣士・格闘家を連れ、画面を一列に横切っていった。すべてのドア、すべての質問、すべての罠と闘いを試みながら。

「ジュンくん、地下の第五フロアがあがったよ。君のアイディアの地底湖が生きてる。ちゃんとチェックして、なにかいいネタがあったら頼むよ」

できたてのフロッピーをプログラマーの吉川から渡された。大学生の純一は無言のまま目をそらせ受け取った。純一の嫌人癖はこのころ一層激しさを増していた。大部屋で同僚と顔をつきあわせ徹夜作業に入っても、誰とも一言も口を利かないことが珍しくなかった。

純一は無表情にフロッピーを開いた。ディスプレイに青い水晶の湖が広がると自然に胸が躍った。これがマニアに人気だった第五のダンジョンか。だが、美しく結実した自分のアイディアにも、純一の表情は動かなかった。澄んだ地底湖を映すディスプレイを取り巻いて、金色の光りがゆるやかにおりてきた。輝く渦はコンピュータとウーロン茶の空き缶が並ぶデスクを静かにのみつくしていった。


たんぱく質と油脂が焦げるこうばしい香りが漂っていた。目のまえにはホッケの一夜干し、イカそうめん、焼きお握りと飲みかけのビール瓶が、なげやりに並んでいた。匂いの記憶は瞬時によみがえるようだ。そこは打ち上げによく使った渋谷百軒店《ひやっけんだな》の炉端焼き屋だった。

三十代前半の社長黒崎を中心に、ゲームフロンティアのメンバーが座敷の入れこみに顔を揃えていた。

「残念だよな。『ロスト・イン・ザ・ダーク』、まあまあの評判だったのに」

中西トオルがいった。トオルは純一と同い年だが、デザイン専門学校に在籍していたころからCGの仕事をしているので、ゲーム業界ではすでにベテランの部類に入っていた。

「社長、どっかから借金できませんかね」

プログラマーの吉川の落ち着いた声が聞こえた。

「銀行も信用金庫も、知りあいのおもちゃメーカーもまわってみたよ。だけど、どこでも新しい担保を出さなきゃ、これ以上金は一銭も貸してくれない。いくらいい出来でも、つくりかけのゲームを担保にしてくれるとこなんて、日本にはないんだよ」

黒崎はそういうと一気にビールを干した。コップの底が座卓を叩く。

「じゃあ、どうしたらいいんでしょうねえ」

吉川の声はいつもながら他人事のように切迫感がなかった。

「『ロスト・イン・ザ・ダーク』の売上が入ってきたら、それで細々と製作を続けるしかないな」

「そりゃ厳しいよな。もうあのゲームの売上はピークを過ぎてるんだから。おれたちの給料や事務所の維持費を出すのもぎりぎりじゃん」

いつも思ったことをはっきりというトオルの声も、今は残念そうだった。

この年、純一の大学生活は五年目を迎えていた。バブルが弾けても、売り手優位の就職市場は依然続いていたが、内気で寡黙、軽度の対人恐怖症の純一は、普通の会社への就職を考えられなくなっていた。その点、大量のオタクが流入したゲーム業界は、社会性に乏しい規格外の人間でも受け入れる度量の広さをもっている。純一にとってゲームフロンティアは、社会に通じるただひとつの扉になっていた。新作に資金難からストップがかかり、その会社が立ちいかなくなろうとしている。

純一は飲み慣れないビールを黙ったまま口に運んでいた。表情には出さないが内面の葛藤は激しかった。ひとたび秘密を漏らしてしまえば、同僚とは二度と今までのようにつきあえないかもしれない。

前年、ゲームフロンティアから『ロスト・イン・ザ・ダーク』がスーパーファミコンむけに発売されていた。ゲーム誌や評論家からの評価はそれなりに高く、満足のいく結果だったが、肝心の売上には思うように反映されなかった。しかし、ちいさな製作会社に立ちどまることは許されない。一作目の成功を確認せぬうちに、次回作『ロスト・イン・ザ・ダークII～葬られた天使』の製作が、急ピッチで進められていた。

当初は、それまでの内部留保でまかなえるはずだったパートIIの製作費は、物語自体が格段にスケールアップしたこともあり、一作目の数倍に跳ねあがった。こうしたとき予算にあわせてストーリーを刈りこめるような人間は、もともとゲームづくりにむいていないのだと、ディレクターの黒崎自身が、のちに専門誌のインタビューで述べている。あちこちの金融機関からの借入金と社員の無理を重ねて、なんとか六割ほど仕上がったところで、社運を賭けた大作は頓挫していた。仕事もせずに夕方早い時間から、この炉端焼き屋で飲み始めるのが社員の習慣になっている。

「あの……」

純一はためらいがちにいった。

「なんだよ、珍しいな。いいたいことがあるならいえよ」

「……あとどのくらいでパートIIは完成できるんですか」

純一は目を伏せたまま小声でいった。

「時間のことか、金のことか。金さえありゃあ、ジュンの卒業までには完成できる」

「資金の問題です」

純一は顔をあげ、はっきりと社長の目を見ていった。

「そうだな、あと四千万かな。発売のときの広告とかパブリシティを考えると、五千万あるといいんだがな。でも無理すれば三千五百でなんとかなる。おまえんち、すごい金持ちなのか」

純一は父の純次郎や掛井グループのことを、会社では誰にも話していなかった。地方から出てきてひとり暮らしをしている。両親は事故で亡くし、叔父夫婦からのわずかな仕送りでなんとか大学に通っている。どこかで聞いた苦学生の話を適当にアレンジして経歴をごまかしていた。

新作シナリオの三分の一ほどは、純一のアイディアが生かされ、パートIIへの愛着もそれだけ強かった。これまでにない画期的な戦闘シーンも用意されているし、トオルのグラフィックもところどころ息をのむほど美しいシーンがあった。主人公を巡る謎は一作目より格段に深みを増し、ゲームキッズを魅了するあの定義できない不思議な吸引力を、そのゲームは備えているように思えた。

純一には大当たりの予感があったのだ。通常、製作の段階ではそれは単なる匂いや思いこみに過ぎないのだが、後年そのかすかな匂いを感じとる能力こそ、どんなに強大な資金力やコネクションよりも大切なことを、骨身に沁みて感じるようになるだろう。

「……あの、ぼくがその資金を……用意できるかもしれません」

座卓の表に目を落としたまま、細い声で純一はいった。ビールのコップの丸い水滴の跡に、几帳面に折りたたまれた箸袋がふやけていた。その一言は断崖から飛び降りるような勇気を必要としたが、周囲の反応は平然としたものだった。

「おまえ、どっかの国の皇太子殿下か。その割りにはゲームがうますぎんだよな、ジュンは」

トオルが横から口を出すと、笑い声が巻き起こった。

「ちょっと黙ってろ」

黒崎社長の目が光り始めている。

「おまえはトオルと違って、絶対に自信のあるときしか、シナリオのアイディアだって出さないからな。なあ、ジュン、五千万だぞ。本当にあてがあるのか」

純一の口の端が引きつるように痙攣した。

「落ち着いて、話してみろ」

「……あの、なんとか……知りあいの……弁護士に頼んで……用立てることができると、思うんですけど……」

「おまえの一存で決められるってことは、それ誰の金なんだ」

声は聞き取りにくいほどちいさくなった。

「……えーと……まあ、ぼくのだと……思います」

「ほんとかよ、ジュン、おまえってすげーな」

トオルが目を輝かせていうと、純一は酸欠の魚のように息を荒くした。

「……やめてよ……トオル」

「まあ、いいじゃありませんか。純一くん、別に金もちは恥ではありませんよ」

吉川が珍しく冗談をいったようだ。

「よーし、スポンサーもついたことだし、こうなったら今夜は徹底的に飲むぞ。ジュン、その金の話、たっぷり聞かせてもらおうか」

黒崎がビールを注文すると、沈んでいた座が一気に活気づいた。当面は自分を見る周囲の目は変わらないかもしれない。手のひらの汗をおしぼりでぬぐいながら、大学生の純一は安堵していた。

一方、未来からこの時点に帰ってきた純一の感慨は深かった。ときには驚くほどの幸運に巡りあうことがあるものだ。そのゲーム『ロスト・イン・ザ・ダークII〜葬られた天使』は、つぎのシーズンを代表するヒット作になるだろう。高梨弁護士と純一がつくりあげた契約書によると、純一の取り分は製作費回収後の純益の三十パーセント。それでも投資額の十倍近い配当を、続く数年にわたり純一は受け取ることになる。

ビギナーズラックとはいえ、純一の天職がこのとき決定された。パートIIの成功をきっかけに、純一はゲームの製作者ではなく、ゲーム製作を含むさまざまなプロジェクトを資金面でバックアップする、ベンチャーキャピタルの道に進むことになる。

もっともベンチャーキャピタルという言葉より、純一自身は「エンジェル」という呼び名を好んでいた。経営学でいうエンジェルとは白い羽をはやした神の使いではなく、ベンチャー企業の創業時に立ち上がりのための資金＝シードマネーを提供し、創業を援助する個人投資家のことである。ベンチャーキャピタルほどは株数を要求せず、絶対的な経営権を確保しようともしない。金は出すが口も欲も（それほどは）出さない個人投資家のことで、ベンチャービジネスの創業者には天使のようにありがたく、日本では天使のように実際に出会うのがむずかしい存在だった。

長年の油煙に黒光りする天井の梁のあいだから、光りの渦がゆっくりとおりてきた。黄金色の光りは炉端から立ちのぼる煙にふれると、オーロラのように輝くカーテンとなり狭い店内を満たした。

自分の選んだ道は間違っていなかった。満ちたりた魂は、輝く白い渦へと消えていった。

「おまえはどうする」

トオルの声が聞こえた。純一の視線は丸く削られた氷が沈むロックグラスに落ちている。目をあげると正面の鏡張りのキャビネットには、さまざまな色と形のガラスの酒瓶が、凍りついた波のように並んでいた。グラスから一口すすってみる。ウォッカがのどを落ちると、野草の香りが舌に残った。

「……ぼくもゲームフロンティアを辞めるよ」

声はちいさかったが、言葉は滑らかだった。このころトオルとの会話だけは、純一にもそれほど負担にはならなくなっていた。同世代であることに加え、同じ会社で過ごした四年間の努力が実を結んだのかもしれない。隣のスツールにはTシャツと半ズボンにいつものメジャーリーグの野球帽をかぶったトオルの姿が見えた。サンディエゴ・パドレス。

「やってらんねえもんな。でも、ゲームはこれからもつくるんだろ」

「いいや、ぼくは製作のほうから、手を引こうと思ってる」

「もったいねえな。おまえなら、ディレクターだってできんのに」

黒いピアノフィニッシュのカウンターが店の奥にむかって延びていた。乃木坂の会員制の高級バーは会社のそばにトオルが見つけた店で、店内は赤と黒のモダンなツートーンで統一されている。音を消した『時計じかけのオレンジ』が壁のスクリーンに映写され、どこにあるかわからないスピーカーから、ラヴェルの弦楽四重奏曲が低く流れていた。純一は不思議だった。魂だけの存在からは、あらゆる欲望が消え失せているのに、音楽の魅力はすこしも変わらない。第二楽章の激しいピッチカートの開始に胸が躍る。

『ロスト・イン・ザ・ダークII』が大ヒットを記録し、ちいさな会社にはおおきな転機が訪れた。社員は週を追って増え、道玄坂のワンルームはすぐに手狭になった。バブルが弾けて二年目、都心のオフィス賃貸料は雪崩《なだれ》を打って転げ落ち、乃木坂の一等地に建つインテリジェントビルの最上部二階分が、格安の保証金と賃貸料でゲームフロンティアの新事務所になっていた。

黒崎は社長業に専念し、トオルはCGデザイン室長、純一は仕上がり検査室長という肩書きさえ与えられている。純一は年の上下に関係なく部下の扱いが苦手だった。ゲームの操作で純一をしのぐ部下は見あたらなかったが、業務上であれプライベートであれ、意思の疎通を図ることに極度に臆病では、管理職は務まらない。結局、成功しすぎるのは失敗するのと同じことなんだな、純一は未来から苦々しく振り返った。

「監査役のあのジジイさえいなけりゃな」

「そうだね」

「だけど、ゲームづくりに集団指導制だの原価計算だのって、うまくいくと思ってんのかね、あのオヤジ」

監査役はかつて『パートII』の製作費の融資を渋った大手都市銀行から送りこまれたOB

だった。メインバンクからのトロイの木馬である。黒崎は新しいゲームのプロジェクトを四本同時に進行させ、借入金は以前では考えられないほどの額にふくらんでいた。

「……トオルはどうするの」

「おれは、もちろんゲームつくるよ。ジュン、おまえ金出せよ、いいアイディアがあるし、できるやつに何人か声かけてあるんだ。おまえも誘おうと思ったんだけどな」

「そうなんだ……ぼくも会社をつくろうと思ってる……幽霊会社だけど」

「なんの会社なんだよ」

「トオルみたいなやつに仕事ができるように……その、融資する会社……パートIIのときゲームフロンティアにやったみたいに」

「決まりだな。金出せよ。だけどおれんところは監査役はいらないぜ」

「いいゲームさえつくってくれたらいいよ……ぼくはあんな金、本当はどうだっていいんだ」

グラスを打ちあわせた。トオルの会社は大ヒットは飛ばさないが、一味違うゲームづくりで、マニアックなファンをつかむ気鋭のゲームメーカーになるだろう。純一の会社にとっても長期間にわたる大切な取引先になる。

ぼくが死んでトオルはどうしているだろうか。死の事実をすでに知っているのだろうか。フラッシュバックも終わりのときが迫っている。自分はいったい誰に、どうやって殺されるんだろう。生きる喜びからは遠かった純一の人生で、最大の謎が明かされるときが近づいていた。

弦楽四重奏はラヴェルからシェーンベルクへ替わった。この店にはカルテットマニアのバーテンダーがいるに違いない。四つの弦楽器のあいだをピアノ線のように強靭なソプラノが駆け抜けて、黒いダクトがむきだしになったバーの高い天井に消えていく。

純一の音楽の趣味も二十代の半ばにさしかかり変わり始めていた。六、七〇年代風のメロディやアレンジを下敷きに、反省の影もない拡大再生産を続けるポップ音楽に嫌気がさして、クラシックを聴くことが多くなっていた。もちろんロックの新譜はチェックしていたが、熱の入らない聴きかたになっている。

片方の目だけつけまつげとメークを施し、笑いながら女をレイプするマルコム・マクダウェルが大写しになったスクリーンから、金色の光りの渦が巻き起こりバーを包んでいった。つぎはどの未来へ跳ばされるのだろう。もし、現在に追いついてしまったら、自分は何者かにもう一度殺されて……

雨に濡れた窓が見えた。窓の外には銀座の裏街の不揃いなビル影が灰色に広がっている。アンティークのローズウッドの机には新聞が放りだされていた。トップの見出しはおおきすぎて、読まなくても目に飛びこんだ。「教祖、初公判！」純一はもう一度新聞を取りあげた。オウム真理教関連に押されてちいさくなったその他の事件の最後、社会面の一番隅に目をやった。ふだんなら見ることもない死亡欄である。

掛井純次郎氏（かけい・じゅんじろう＝掛井グループ代表）15日午後7時20分、交通事故のため死去、62歳。東京都出身。葬儀・告別式は18日正午から東京都中央区築地3の15の築地本願寺で。喪主は長男純太郎（じゅんたろう）氏。

何度読み返しても文面は同じだった。父の悪名高い再建屋の顔には、一切ふれていない簡潔な死亡記事である。純一はなにを感じていいのかわからなかった。ぼんやりと雨の窓を見つめるうちに、時間は過ぎていく。殺しても死なないと思っていたあの男が、交通事故であっけなく死ぬなんて。元長男としてはなんといえばいいのだろうか。親子の縁を金で解消したとはいえ、年に一度ほどは顔をあわせる機会があったのだ。

そこは投資会社「エンジェルファンド」の事務所だった。ひとりで使うならなんの不足もない三十平方メートルのワンルームは、仕事に必要なOA機器だけが置かれた殺風景な部屋だった。手入れが面倒な純一は、観葉植物ひとつ飾っていなかった。ひとりきりの事務所は歌舞伎座の裏、銀座三丁目に建つ積み木のおもちゃのようなポストモダンスタイルのペンシルビルの七階だった。

純一は高梨と相談して株式会社を設立した。取締役には高梨に加わってもらい、弁護士と純一以外のその他役員三名分の名義は、名義貸し専門の裏業者から高い金を払って買い取った。エンジェルファンドは実質的には完全な純一の個人投資会社である。上司も部下も、報告するのもされるのもたくさんだった。それでは時間がかかりすぎるし、共同作業はひどく負担になる。

ビジネスのルールは簡単だった。自分で決定し、間違ったら自分で損をかぶればいい。投資のタネ銭には『ロスト・イン・ザ・ダークII』でふくらんだ信託基金をあてた。中西トオルの会社だけでなく、すでにいくつかのプロジェクトが進行している。新人エンジェルとしては悪くない滑りだしだったが、それは自分の力ではないと純一は冷静に判断していた。ある業界全体に光りがあたっているときは、ただ流れに身をまかせているだけでいい。バブル崩壊後の経済界で、ゲーム業界は数少ない成長産業だった。純一は遠い昔ボウリング場の片隅で、ブロック崩しに出会った幸運を感謝していた。

今日はもう帰ろう。ノーネクタイのシャツに麻のジャケットを羽織り、純一はクルマのキーを取りあげた。コピー機とパソコンの電源を落とし、オフィスに鍵をかける。地下の駐車場には、小学生のころあこがれだった銀色のロータス・エスプリが停められている。

晴海通りを抜けて勝鬨《かちどき》橋を渡るいつものルートを取らずに、新大橋通りでハンドルを左に切った。右手に純次郎の葬儀の準備で忙しい築地本願寺のイスラム風の青銅の丸屋根が、雨に煙っていた。

葬儀の日、ぼくがここにくることはないだろう。アクセルを踏みこむと、タービンの高周波音が鋭く伸び、ロータスは轟然と雨の通りを加速していった。

佃《つくだ》大橋にさしかかると、高層ビルの並ぶ川沿いの光景が一気に開けた。空を灰色の雨雲が群れをなして駆け、橋のしたをガラス屋根の観光船がゆっくりとさかのぼっていく。セントルークスのツインタワー、大川端《おおかわばた》リバーシティ21、数々のオフィスビルとマンション。このあたりの隅田川両岸は、新しい高層建築がつぎつぎと背を伸ばし、東京で最も美しい都市の稜線を描いている。季節にあわせ空の色を映す川面が広がる分、西新宿よりうえではないだろうか。スケールダウンしたマンハッタンのようだった。

だが、そこにはニューヨークでは見られない魅力も数多かった。佃大橋を渡り、佃島の家並みを、ロータスは滑るように抜けていく。佃煮屋、銭湯、住吉神社。鉢植えの並ぶ路地は、傘をさしたまますれ違うのが困難なくらいの狭さで、住宅地を分けて巡らされた掘割には無数の屋形船が繋がれている。そのすべてが灰色の雨に濡れていた。渡し船がのんびりと築地と月島を結んでいた帝都東京の下町のイメージが、バブルの狂騒を生きのびて、あたりにはまだ鮮明に残されていた。

古い家並みが途切れ、ゆるやかな丘陵に自動車はさしかかった。手入れのゆき届いた植栽のなか、大理石で縁どりされたマンションのエントランスが見える。リバーポイントタワーの最上階は、低い雨雲に墨絵のように溶けていた。

ロータスは地下駐車場に続くスロープに滑りこんだ。純一は地下のホールから三十六階の住まいまで、一気にエレベーターでのぼった。気圧の変動を調整するため途中で二度息をのむのが無意識の習慣になっている。純一の住まいは広めの1LDKで、購入することも可能だったが、あえて賃貸契約を結んでいた。マンションを自分のものにするのは気が重かった。人や物と断ち切れない関係を結ぶことに、純一は極端に臆病なのだ。

四隅に太い柱が張りだしたリビングルームに戻ると、純一はCDプレーヤーのスイッチを入れた。倒れるようにソファに横になり、ウィスキーを注いだグラスを胸にのせる。いつもなら隅田川河口の中央卸売市場が見おろせる窓が、雨雲に染められ一面曇りガラスのような灰色の板になっていた。

澄んだコーラスとゆったりとした弦の足取りが部屋に満ちて、バッハの『ミサ曲ロ短調』が始まった。頭の芯が熱く、ひどく眠たかった。いつしか純一は両目を右腕で覆っていた。すこしだけ泣いたのかもしれない。あるいは泣いたのは、夢のなかのことだったのかもしれない。それは当の純一にも、フラッシュバックした魂にもわからなかった。降り注ぐハーモニーのなか金色の光りがやってきて、ソファを柔らかに包んでいく。

純一は時空の壁を超え、時間も場所も予測不能の未来へと、輝く渦の底深く転落していった。

今へ帰る

夜の空。あたたかな風。正視できないほどまぶしい三日月と星の群れ。

ここは、どこだろう。

純一はこれまでのように、確かな肉体の存在を感じなかった。

ゆっくりと空中で一回転してみる。

足元に広がるのは、地平線まで続くゆるやかな山並みと風にうねる夜の緑。

ここは、あの悪夢が始まった場所だ！

スタート地点に逆戻りしている。

ぼくがなぜ殺されたのか。誰に、どんなふうに殺されたのか。これではまるでわからないじゃないか。フラッシュバックは死の謎を解き明かしてくれるものと、期待していたのに。

あたたかな闇に漂い、失われた結末に呆然としながら、純一は自らの死を疑い得ないものとして受け取っていた。人生の断片を生き直して純一は悟った。自分の人生はつまらない、価値のない一生だった。純一の死に涙を流す者はいないだろう。家族も友人も恋人も、契約を交わした愛人さえいない。誰も愛さず、誰にも心を開かなかったのだから、誰ひとり泣いてくれるはずがない。

純一は自分を哀れだとも、もう一度やり直せれば、別のもっと充実した人生を選択できるとも思わなかった。簡単な結論である。自分など死んだほうがよかったのだ。純一は動物や昆虫の鳴き声が、ラッシュアワーのように喧《やかま》しい夜の森を見おろしていた。あの生の世界にふれることはもうないだろう。生きるための命の奪いあい、果てしなく続く順列付けと椅子取りゲーム。それは文明化された人間の社会でも同じではないか。

純一は森のなかの空き地にふらふらと降下していった。凶悪な二人組が自分の死体を埋めていたところ。たぶん腐乱と白骨化が進んでいるだろうぼくの死体。

夢のように跡形もなかったらと、心のどこかで期待しながら墓穴の上空に静止する。生きているときの癖が残っているのだろうか、かつての視線と同じ高さに自然に浮かんでいた。地面を確かめるとシャベルでひっかいた砂利混じりの土の表には、ゴム長の靴跡が残っていた。やはり夢ではなかったのだ。再び上空に戻ると、白いワゴンが消えた農道をたどって移動してみることにした。

夜の空気は濃厚な緑の匂いに満ちていた。光りや音に過敏なように、匂いにも敏感になっているのだろうか。純一は空気のなかに幾層にも重なるさまざまな種類の匂いを嗅ぎ取ることができた。花と葉と幹の微妙に異なる匂い、甘く酸っぱい土の匂い、埃っぽく乾いた石の匂い。すべてが生まれて初めて味わう新鮮な香りだった。夏の夜空には極彩色の香りのリボンがたなびいている。

飛翔の速度はせいぜい時速数十キロどまりで、アクセルを踏まれたら軽自動車にも追いつけそうもない。左足を引きずりながら歩くよりずいぶんと速かったが、この山中から仮に東京まで移動するには、たいへんな時間がかかりそうだった。

純一は東京を自分の故郷と考えたことはなかった。無表情な他人が雑然と寄り集まった街、からからに乾燥したコンクリートとガラスの街、平然と肩をぶつけて人々がいきかう、排気ガスと生ゴミの集積所が臭う街。東京の欠点をあげつらいながら、口元には自然に笑みが浮かんでしまう。

夜空を駆ける純一の脳裏に、なぜか佃のマンションのバルコニーから広がる東京の街並みが鮮やかによみがえった。隅田川に突きでた中州からまっすぐ空に伸びる大川端リバーシティ21。豆電球をぶちまけた東京の夜景。わずかな星が気弱に瞬くだけの鈍く明るい夜空。イメージはしだいに鋭さを増して、目を開けたまま夢を見ているようだった。

あの街に戻りたい！　東京がぼくの場所だ。

かっちりと時計が一秒を刻むほどのあいだ、完璧な空白が純一の意識に訪れた。

場面転換は唐突だった。目を開くと遥か下方に鉛色の隅田川が揺れていた。ライトアップされた勝鬨橋の欄干は青と緑の照明に浮きあがり、セントルークスツインタワーはまだほとんどのフロアで明かりがともされている。川面から聞こえる波音、自動車のクラクション、百店近いもんじゃ屋が軒を連ねる月島商店街のにぎわい。いきいきした街の雑音が一塊になって、足元から津波のように押し寄せ、純一は空高く吹きあげられた。

喧しい街の雑音に打たれるのがうれしかった。どのようにしてかはわからないが、一瞬にして純一は東京へ帰っていた。子どものころ熱中したSF小説のように、瞬間移動を体験したのだろうか。訳がわからないまま歓声をあげて、隅田川と晴海運河を分ける光りの塔の周囲を飛びまわった。

興奮が治まると、もう一度、今の「移動」を試してみることにした。それは死後の存在が持つ本来の自然能力かもしれない。今度は三十六階の自分の部屋から数十メートル離れた空中に浮かび、自宅のリビングルームを強く念じてみる。

ベージュの布張りのラブソファ。掃除のとき動かすのが面倒な重量級のガラステーブル。本とCDが雑多に詰まったオープンシェルフ。ブックエンド代わりに使っているのは沖縄土産のシーサーだ。背の高さほどある巨大なスピーカーのあいだには、三十六インチのワイドテレビとすべての種類の家庭用ゲーム機が、専用のラックに納まっている。壁はポスターや絵画の類など一枚もないむきだしの白のままだった。うつろな主人と同じ、生活感のないうつろな部屋である。

再び一秒間ほどに感じられる完全な空白がやってきた。

意識を取り戻した純一はリビングルームでソファに腰かけ、部屋の内部を見つめていた。住み慣れたマンションに帰ってみると、肉体がないという事実のほうが信じられなかった。エアコンが静かなうなりをあげている。室内には争ったような形跡もなく、整理はいき届き、異常はまったく感じられなかった。ソファから見あげる壁の時計は、九時十五分を指している。

純一はソファからデスクに移動した。このあたたかさを考えると季節はまだ夏だろう。西暦では何年になるのだろうか。最後にフラッシュバックした時点では、父の純次郎の事故死が報じられていた。あれは確か一九九六年のはずだ。卓上カレンダーを確認する。

一九九八年！

二年間も記憶は欠けてしまっている。失われた二年間になにかが起こり、その結果、自分は殺されてしまった。死の謎を解き明かしたい、真実を知りたいという欲求が、肉体的といえるほどの確かさで純一のなかに湧きおこった。

その夜を、純一は久しぶりに自分の部屋で過ごした。早速調査を開始する。地下の駐車場を確認すると、ロータスはいつもの駐車スペースに停められたままだった。しばらく使用していないらしく、ボンネットの埃はかなりの厚さである。

一階の郵便受けを覗くと何通か郵便物が見えたが、ボックスはほとんど空のままだった。扉についているダイヤル錠をまわすことも、手紙を手に取ることもできなかった。物理的な力は純一には一切なく、チラシの紙一枚動かすことさえ望めなかった。瞬間的に目的地へ移動できても、純一はまったく無力だった。

このマンションは賃貸料、水道光熱費や管理費も銀行口座からの自動引き落としで、部屋の主がいなくても当面のあいだは影響がないだろう。肉体をもたぬ家主が住むにはふさわしい部屋だが、その有利さは自分を殺した犯人にとっても同じだろう。

西むきのリビングルームから東京湾にのぼる日の出は見えなかったが、夜明けが近くなると、純一は自分でも気づかぬうちに金色の光りの渦へのまれていった。

翌日の夜から失われた記憶を取り戻すための探索が始まった。純一は記憶に残るかぎりの場所を瞬間移動で訪れた。吉祥寺の父の屋敷、真夜中の学校、ゲーム製作会社の数々、銀座のエンジェルファンド。しかし、純一の記憶障害は手強かった。生涯最後の二年間の空白の壁は、揺るぎもしない。

ある夜、純一はセンチメンタルジャーニーに出かけた。苦い初体験を済ませたラブホテルはどうなっているだろうか。よく晴れた夏の夜で、佃のマンションから渋谷まで瞬間移動を使用せず、熱気の残る空中を飛行することにした。

残業帰りのサラリーマン、客待ちのタクシー、原色のネオンサイン。夜の街を形づくるすべてのものが、いとしく感じられた。快適な速度で夏の空を駆けると、眼下に規則正しく並ぶ街灯の光りのリズムに酔ってしまいそうだった。濃紺の夜空を背にした夏の街路樹、にじむ信号機の青、高層ビルの角で点滅する赤い航空障害灯。東京の夜は美しいものに満ちている。

渋谷につくと人波をかすめて道玄坂を漂いのぼった。見覚えのある喫茶店の角を曲がり、思い出のホテルを覗いてみる。今ごろ、大滝依子はどうしているだろうか。結婚して子どももできたと聞いたけれど。瞬間移動にそなえ、赤レンガの部屋のイメージを研ぎ澄ました。

気がつくと純一は天蓋つきのベッドのうえに浮かんでいた。シフォンのカーテンを透かしてまだ十代のカップルが重なっているのが見えた。ほの暗いシーツのうえ、少年のやせた背中に筋肉の影があらわれては消える。皮膚のしたになにか別の生き物がいるようだった。少年の左耳には銀のピアスが一列に鈍く光っている。少年のしたでは水着の跡もなく全身見事な小麦色の少女が、ガムをかんだまま足を広げていた。

「なあ、ユリ、ちょっとなめて硬くしてくれよ」

「いいよ」

ユリと呼ばれた少女はガムを口から出すと、ベッドの側板に押しつけた。金色に近い髪をゴムでとめ、慣れた手つきで少年のペニスのつけ根をつかむ。純一は空中に浮かんだまま、好奇心に駆られてふたりの作業を見つめていた。少女はしばらくすると口を離していった。

「これくらいなら、ダイジョブだろ」

少女はうえをむいて足を伸ばした。少年は再び少女に重なる。リズムのあわないぎこちない動きが続き、純一は退屈して部屋のなかを見てまわった。ソファもテレビも新しくなっている。ポラロイドカメラはなくなって、新たにカラオケのマイクとゲーム機のコントローラーが増えていた。かつての職業柄、純一はゲーム機にセットされたソフトをチェックした。懐かしい『ロスト・イン・ザ・ダークII』。まいどあり。

ベッドから聞こえる少年のうめき声が騒がしくなった。

「だめだよ、今日はなかで出しちゃ」

「そんなことといっても……ユリ……がまんでき……」

少年の白い尻が痙攣して動きがとまった。こちらをむいた左側の半球におおきな吹きでものがふたつ見える。みんな同じようなものだな、純一はほほえもうとした。

　そのとき、目のまえに数千のフラッシュが一斉にたかれたような閃光が弾け、視界は白い闇に包まれた。すべてを貫かずにはおかない鋭い光りが、ラブホテルの古びた部屋を満たした。赤レンガの壁の埃がたまった目地《めじ》にさえ、光りがあふれ跳ね散った。しばらくするとその光りはゆっくりと後退し一点に収束していった。残るのはただひとつの粒になってしまう。その粒子は、水着の跡がない少女の滑らかな下腹部のうえに浮かんでいた。ビー玉くらいのおおきさで、ゆっくりと回転しているようだ。ときどき光りを閉じこめた白い玉から、きらりと貫くように光線が漏れた。純一はあっけにとられて少女を見つめていた。

「なにしてんだよ、ダメじゃん。今日は、アブナイ日なんだから」

　少女は何事もなかったようにティッシュを使った。下腹部をぬぐう少女の手が通り抜けても、光りの玉は静かに輝いたままだ。あの閃光がこのふたりには見えなかったのだろうか。

「わりい、わりい、ユリ、チョーよかったから」

　少年もティッシュを取った。光りの玉は少年の腹には浮かんでいなかった。学校のこと、バイトのこと、ふたりの無邪気な会話は続いたが、純一の耳にはまったく入らなかった。

　あの白い光りは、きっと新しい生命の誕生の閃光に違いない。純一は渋谷駅のハチ公前広場へ跳んだ。待ちあわせでにぎわう広場の空中に浮かび、女性たちを観察する。まれに腹のうえに白い光りの玉を浮かべ歩いている女性が目についた。妊娠後期で腹が目立ってふくらんだ女性には、おおきさは変わらないが、より明るい光りの玉がみつかった。中学生にしか見えない幼い少女が、制服のスカートのうえにその光りを浮かべていて驚くこともあった。街にはこれほど生命の光りがあふれていたのか。純一はハチ公前広場の空高く浮かんだまま、通りすぎる人波を不気味な思いで見つめていた。

夜空を飛んだり、他人の生活を覗いたりすること以外にも、死後の世界にはおおきな楽しみが存在した。純一の場合、それは映画と音楽だった。

連日の探索に疲れきったときなど、映画館の暗がりは居心地のいい場所で、指定席の白いカバーの数メートル上空に浮かび鑑賞する映画は、孤独な純一には格好のストレス解消法だった。自分の身体を通り抜けた光りが、スクリーンで美しい女優が流す涙になったり、怪物がたらす強酸の唾液になったりする。生きているころは巨額の製作費を喧伝するアクションやSF大作が好みだったが、死後は繊細な感覚で描かれた恋愛映画や家族映画に惹かれるようになった。

それは以前より、遥かに敏感な視覚と聴覚のせいもあるのだろう。発砲や爆破シーンの白熱光と轟音は、物理的といっていいほどの衝撃を純一にもたらした。実際の死を体験してみると、映画のなかで演じられる虚構の死には関心が薄れてしまった。贋物《にせもの》の死や残虐さを売り物にする作品から、純一の足は自然に遠のいていった。週末の夜は、もっぱらオールナイトのアートシアターをはしごするのが、死後の新たな習慣になった。

映画は読書の埋めあわせの意味もおおきいかもしれない。純一は生前、重度の活字中毒だったのである。銀座の旭屋やくまざわ書店やイエナなど、いきつけの本屋を覗いても、表紙を眺めることしかできなかった。あれほどの本の洪水のなかで、たった一冊も開くことができない。気になる本を手に取り、厚みや重さを手のひらに感じ、中面の紙質や文字組をじっくりと楽しみたかった。嫌いだった著者近影さえ懐かしく感じられる。普通の客のように退屈を装って立ち読みし、何冊か手にさげて帰りの喫茶店で目を通せるなら、いくらでも払うのに。

それでも死後の楽しみの深さという点では、映画よりも音楽のほうがさらに素晴らしいのではないか、そう純一は考えていた。死後の「生」で最大の芸術は音楽だ。いや音楽は死者のためにある芸術だといったほうがいいのかもしれない。純一は夜ごと思いつくかぎりのコンサートホールを瞬間移動で訪れた。

クラシック、ジャズ、ロック、ソウル、ポップ、フォーク、エスニック、歌謡曲、民謡。ジャンルはまったく関係なかった。そこにいい音楽がありさえすれば、音楽は文字通り純一の魂を震わせた。空気のように実体のない死後の存在を、美しい音の波が直接揺さぶるのだろうか。肉体のない心にしみじみと音楽は染みとおった。

音楽がこれほど美しく聴こえるとは、音楽好きだった純一にさえ予想もつかないできごとだった。ピアノのひとつの和音、ヴァイオリンのひとふし、エレクトリックギターのワンストローク、地鳴りのように低くチューニングされたバスドラム。たったひとつの音が、純一を悲しみと喜びの頂点にやすやすと連れていく。

自分の席に縛られないのも、死後の音楽鑑賞の素晴らしさだった。あるときはそびえたつパイプオルガンの尖端に座り百人のオーケストラを見おろし、あるときはピアニシモを奏でるグランドピアノのしたに寝ころび、あるときはステージでバックダンサーと一緒に踊り狂う。コンサートは毎回が素晴らしい音楽の祭典になった。

不満な点はひとつだけ。自分の部屋でくつろいで音楽が聴けないことである。専用のラックに納まった数千枚のCDは、眺めるだけの役にしか立たなかった。コンサートで淋しいのは選曲が自由にならないことで、純一はジャンルの壁を超えて興が乗るままCDをかけるのが好きだった。バッハ、バルトークからビーチ・ボーイズ、ブライアン・フェリーを経由して、西アフリカの民族音楽や沖縄民謡へ。新刊の本が読めて、好きな音楽家の新譜を自分のステレオでゆっくりと聴けたらいうことないのに。

そんなコンサート通いを続けていたある晩、純一は初めて自分以外の死者に出会うことになる。

その夜のコンサートは室内楽だった。池袋の東京芸術劇場中ホール。円形の一階席は六割ほど埋まっていたが、二階席は閑散としていた。弦楽四重奏曲はハイドン、ベートーヴェンを終えて、プログラム最後の演目ショスタコーヴィチの六番へさしかかっていた。純一は終楽章の第一ヴァイオリンにあわせ空中で踊っていた。北風に翻弄される枯れ葉のように、よじれながらどこまでも舞いあがる旋律に乗って、ホールの高い天井に逆さまの放物線を描いてみる。足が不自由で内気だった純一は、生きているころ踊ったことがなかった。それが今はショスタコーヴィチの複雑なメロディにあわせ、空中を上昇下降し、急旋回してはジグザグを描き、無重力状態のバレエダンサーのように、インスピレーションにまかせ自由に踊っていた。

「楽しそうですね」

しゃがれた老人の声を聞いて、純一の空中バレエは急停止した。冷水を浴びたような震えが背筋を走る。

「どうぞ、続けて続けて」

声だけしか聞こえなかった。純一は空中に静止し周囲を見まわした。誰の姿も見あたらない。じわじわと恐怖が足先から這いのぼってきた。純一は瞬間移動の用意をしながら、言葉を絞りだした。

「……姿を見せて、くれませんか」

死後初めて発する声は、細くかすれて別人のようだった。

ステージの片隅の影のなかから、半透明のビニール袋でできた人型のようなものが立ちあがり、見る間に男の形をつくった。白いシャツに黒に近い灰色のスーツとネクタイ。革靴は黒。どの衣服もふたサイズはおおきそうで、針金細工のような身体がありあまった布のなかで泳いでいた。どことなく疲れた雰囲気を感じさせる初老の小柄な男で、垂れさがった白い眉のしたには、実直そうなちいさな目が光っている。

「驚かせてしまって、すみませんな。私、小暮秀夫《こぐれひでお》と申します。もしお気に召さなければ、このまま退散いたしますが」

老人は空中で軽く頭をさげた。身体を揺らせ熱演を続けるカルテットの上空三メートルで、ふたりはむきあっていた。純一は目を伏せたまま自己紹介した。

「いえ、そのままで……自分以外の、幽霊……というんですか……に会うのが初めてで、驚いただけです……小暮さんの他にも、いるんですか」

「ぽつぽついますよ。ここは落ち着きませんから、二階席に腰かけませんか」

小暮が先にたって空中を飛行し、手すり越しにステージと客席が見わたせる二階の特等席にシートを取った。

「霊は生きている人間ほどたくさんではありませんが、探せばいるんですよ。なんらかの強い思いをこちらの世界に残している人が多いですがね。あなたが誰とも会ったことがないのは、あなた自身が無意識のうちに他の霊とはあわない波長で、存在しているからです。ひどい恨みを抱えておかしくなったものもいるので、単独行動をとっている人は、みんなそっとしておくんですな。さわらぬ神にたたりなしというんですかね。コンサートであなたのことを何度かお見かけして、思いきって声をかけてみたんですが、ご迷惑ではありませんでしたか」

小暮の染みの浮いた手を通して、座席の赤いモケット地が透けて見えた。

「ありがとうございます。別に誰とも会いたくないわけじゃありません。ただ気がついたらひとりで、この世界に戻っていただけです」

「そういう人もいますよ。でもしばらくすると、他の存在に気づいてコミュニケーションを取るようになる。だって、あなたは自分の適性さえ、ご存知ないようだ」

純一は目をそらしたまま黙りこんだ。適性というと試験を思いだす。死後の適性試験？

「適性というより、得意技ですかね。例えば私なら……ちょっと見ていてご覧なさい」

小暮秀夫は右手をあげ、枯れ枝のような指で空中にくるくると円を描いた。同時に風のないはずのホールにちいさなつむじ風が巻き起こり、コンサートのチラシを天井高く舞いあげる。何人かの客が二階席のほうを驚いて見あげた。

「すごい」

「いいえ、すごくはありません。どんな霊にも得意技があるものなんです。あるものは光りをコントロールし、あるものは雨や水に作用し、あるものは私のように風を使います。変わったところでは、動物や虫や植物と対話できる人もいますよ」

「どうすれば自分の適性がわかるんですか」

鳴りやまないアンコールのなか、純一は身を乗りだして尋ねた。

「適性は初めから定められたもので、自分で選べるものではありません。あなたが最初に目覚めたときに、なにか変わった印《しるし》はありませんでしたか。なんらかの自然現象が多いんですが。くわしく話してみてください」

どこかわからない森にある墓穴の話をした。あの悪夢のような夜の細部。小暮秀夫は悲しげな表情で聞き入っている。

「それで、自動車の方向指示器が心臓の鼓動にあわせて、異常な点滅をしたんですね。私のときは嵐のような強風が一瞬吹き荒れました。なるほど、あなたの場合は電気かもしれませんね。電気使いも最近は増えてきていますから」

「電気をどうするんですか」

「電気の流れを変える。電気機器を点灯させたり、コミュニケーションの手段にする。あるいは……」

にこやかだった小暮の顔から感情が消えた。一瞬で木彫りの面のような硬い表情になる。

「……復讐のために使うこともできる」

その言葉を聞いたとき、純一のなかでなにかがじわりと動いた。苔むした岩をひっくり返したようだった。心の底に押しこめられた暗い感情が一斉に動きだすのを感じ、純一は息をのんだ。

「どうすれば、適性の力を伸ばせるんですか」

「たゆまざる意志の力と鍛錬によって。人それぞれのやり方しかありませんから、あなたにアドバイスすることはできません」

ひどく落胆したが、返事は自然に出ていた。

「わかりました……さっそく家に帰ってやってみます」

小暮秀夫に柔らかな笑顔が戻った。再び指先でつむじ風をつくると、コンサート帰りの客でざわめき始めたホールに、さざ波のように風が走った。何人かの女性がスカートの裾を押さえている。

「このくらいのことができるようになるまで、数カ月もかかりました。まあ、私は奥手のほうなんですが。あなたなら、まだお若いから上達も早いでしょう」

「また小暮さんに会うには、どうしたらいいんですか」

「私もよく室内楽のコンサートにくるんですよ。あちこちのホールを覗いてみてください」

純一は礼をいうと佃のマンションをイメージした。電気でなにができるのかはわからない。だが、今夜から始めてみよう。

死後初めて取り組む課題が生まれ、純一はその夜、単純にうれしかった。


自分の部屋に戻ってもなにをするべきなのかまるでわからなかった。

リビングルームは暗闇に沈み、つきっぱなしのエアコンの運転音だけが静かに流れている。

純一は考えた。ウィンカーの点滅ができたのだから、たぶん電気製品のオンオフはできるんじゃないだろうか。それも物理的な動作は無理だろうから、機械式ではなく電子式スイッチのほうが希望がありそうだ。

最初に選んだのは机に置かれたマッキントッシュだった。灰色の画面を見つめて、動け動けと必死で念じてみる。精神集中は十五分ほどしか続かなかった。ディスプレイよりコンピュータ本体のほうがいいかもしれない、そう思い直して机の脇に座りこみ床に置かれたタワー型本体に再び命じた。飽きると声に出してみる。

動け。点《つ》け。働け。繋がれ。作動しろ。流れろ。目覚めろ。

囁き声から声を振り絞っての絶叫まで、思いつくあらゆる言葉でマックに語りかけ、命令し、懇願した。しかし一時間、二時間と必死の努力を続けても、ディスプレイは無表情な灰色で、本体のパイロットランプも点灯しなかった。

明け方、純一の忍耐も限界になった。また明日の夜がある。自分を励ましつつ、純一は夜明けの金色の渦に消えた。

つぎの夜も早速、電気の練習に取りかかった。どれかひとつくらいは、相性のいい機械があるかもしれない。コンピュータだけでなく、家にあるあらゆる電気製品を試してみる。すべての部屋の照明、テレビ、ビデオ、ステレオ、電気ひげそり器、冷蔵庫、電気炊飯器、時計、カメラ、ジューサーミキサー、バスルームの水温調節パネル、コーヒーミル、換気扇、ちいさなモーターが入った電気ゴマすり器から、トイレの暖房便座のスイッチまで。電気製品は思いもかけぬところに存在したが、どれひとつもち主の命令を聞くものはなかった。

その夜の終わりにはなにか電気製品が目につくと、反射的に「動け！」と心のなかで念じるのが癖になっていた。嫌気はさしていたが、純一は諦めなかった。まだ二晩しかチャレンジしていない。何事もたゆまざる意志の力と忍耐が必要だと、小暮秀夫はいっていた。長期戦の覚悟を固め、つぎの夜から以前のように映画やコンサートにも足を運ぶようになった。一度、渋谷のオーチャードホールで小暮と話をする機会があって、純一は自分の練習方法と悪戦苦闘を報告したが、小暮は笑っているだけだった。

「たいへんでしょうが、そこがふんばりどきですよ」

気晴らしの外出から帰ると、電気製品に命令するだけの単調な生活が、くる夜もくる夜も続いた。それから二週間、純一の意志の力はなんとかもちこたえた。しかし、いくら精神を集中させて命じても、機器はまったく反応を示さなかった。

恐ろしい疑いは電気使いの練習を始めて十七日目、深夜の三時過ぎにやってきた。自分には本当は、電気の適性などないのではないだろうか。

最初はちいさな疑問だった。無駄な努力をしているのではないか。なけなしの意志の力と愚かな思いこみだけを頼りに、二週間もかけて行きどまりの道を迷っているだけではないか。自分自身への疑いは、いったん発生すると嵐の雲のように急速にふくらんでいった。

第一、スイッチを入れられたからどうだというのだ。ひげそりの必要なんてないし、見たいテレビだってない。純一は怒りを抑えられなかった。死にたくて死んだわけでもないし、好きこのんで幽霊になったわけでもない。死ぬのならきれいさっぱりなにもなし、すっかりゼロにしてほしかった。

自分は生きているときも、死んでからも、まるで不必要な存在だ。意味のない人生を送った価値のない人間で、訳のわからない死に方をして、今は情けない幽霊になっている。

明かりの消えたリビングルームにはエアコンのうなりが静かに流れていた。そのかすかな運転音さえひどく耳に障る。周囲にあるすべてが憎らしかった。純一は思わず声を荒らげて叫んだ。

「うるさい、静かにしろ」

するとリビングルームのエアコンの青い運転ランプが消えて、ため息のような音とともにゆるやかに上下動を繰り返していた送風口のフィンがとまり、エアコン内部に納まっていった。純一はしばらく、その意味が理解できなかった。

エアコンがとまった。スイッチが切れた。うるさいと叫んだだけで!

つぎの瞬間、純一はでたらめな歓声をあげながら、リビングルームのなかを飛びまわっていた。ついにやった。電気を意志の力で動かせた。

それから明け方まで、純一は集中力を振り絞り、エアコンに取り組んだ。二時間かけてもう一度エアコンを点けることに成功すると、十分に満足してその記念すべき朝、金色の光りに溶けていった。


てこでも動かないと思っていた壁も、一度乗り越えてしまうとなんでもないものだ。電気を扱う技術は、続く数日で急速に上達した。エアコンのオンオフはもちろん、テレビのチャンネルを替えたり、暖房便座のスイッチを入れたりすることも、簡単にできるようになった。純一は誰かに成果を報告したくてたまらず、小暮秀夫を探しに夜の街に出た。

瞬間移動でつぎつぎと音楽会場を訪れる。四つめのコンサートホールで小暮が見つかった。

演目はモーツァルトのヴァイオリンソナタ。生きている人間に混ざってホールの響きのいい席に座り、小暮秀夫は楽しさと悲しさをまったく同じ量だけ含んだ、不思議な音楽に耳を傾けている。純一は背後からそっと囁いた。

「よろしかったら、お話があるんですが」

小暮秀夫は振りむかずに、声を殺してこたえた。

「この曲が終わったら、外に出ましょう」

ヴァイオリンの余韻がホールの高い天井に消えると、ふたりは大勢の人でにぎわう銀座の裏通りに出た。

「日比谷公園にでもいきませんか」

ふたつの霊は風の速さで、並木通りの上空を飛んでいく。

「ちょっと見ていてください」

純一はガス灯を模した銀座の街灯の傘にふれていった。純一の飛行を追いかけて、青いガラスのフードに包まれた灯はつぎつぎと波を打つように消え、数瞬後、再び点灯した。

「お見事です」

ふたりはプランタン銀座にぶつかると、空高く上昇しデパートの頂を乗り越え、まっすぐ日比谷公園にむかった。信号待ちの自動車が一斉にブレーキを踏んで、晴海通りは赤い光りの河になっている。虎ノ門の官庁街は輝く巨大なサイコロを積みあげたようだった。ビル街のはざまに広がる緑の森にむかってふたりは降下した。立入禁止の花壇に入ると、湿った芝のうえに腰をおろす。夏の終わりの夜、花壇を取り巻くベンチはカップルで埋まり、空席は見えなかった。

「適性を伸ばす方法は、教えられるものじゃないと、以前おっしゃってましたね。その意味がよくわかりました」

純一が息を切らせていうと、小暮は目を細め、うなずいた。

「あれは意志の力の限界を一度越えてしまわなければなりません。人それぞれで限界は違うものですしね。あなたは音楽がお好きなようだから、オーケストラの話は聞いたことがあるでしょう。本当のアンサンブルというのは、楽団員のひとりひとりが全力で自分の楽器を鳴らしきって、初めて生まれてくるものだといいます。私たちの意志の力も同じかもしれませんね」

「力を振りきって、その先にあるもの」

「そうです。安全なところにいては、生まれない力です」

「でもその力は、もともとぼくらのものじゃありませんよね。小暮さんの場合なら、空気がなければ風は起こせないし、ぼくだって電気の流れていないところではなにもできません。すでに存在するものの流れを整えて、目的にあわせて動かすだけのことなんですね」

それは純一がこの三週間に身体で覚えた事実だった。

「それが秘訣です。人間のやってることはみんな同じかもしれない。巨大な製鉄会社だって鉄鉱石は自分のところで生みださないし、ガラスメーカーも珪素《けいそ》を発明したわけじゃない。

私たちの産業はもとからある材料を純化して、目的に応じて組みあわせるだけのことです。それは案外モーツァルトみたいな天才だって同じかもしれませんよ。音楽は歴史の始まるまえから、この世界にあふれていた。彼はそれを独特のやり方で調《ととの》え、流れをよくしたのかもしれない」

「それがあんな奇跡のような音楽になることもある」

「でも風や電気をちょいと使うくらいなら、それほど大それたこともないでしょう。私たちは歴史に名を残す心配はいりませんな」

小暮秀夫はそういうとちいさく笑った。純一は以前から気になっていたことをきいてみる。

「小暮さんはどうやって幽霊になったんですか。さしつかえなかったらでいいんですが、教えてもらえませんか」

小暮秀夫の顔から、前回と同じように表情が消えさった。

「それをお話しするのは、つぎに会ったときにしましょう。ところで、あなたは適性を、これからなんにお使いになるつもりですか」

「練習に夢中になっているうちは考えていませんでしたが、自分がなぜ死んだのか、その真相だけはつきとめてみようと思っています」

「そうですか……」

小暮秀夫はしばらく黙りこんだ。

「私からのアドバイスがひとつあります。おせっかいかもしれませんがね。でも知らなくていいことは、知らないほうがいい場合もある。それだけは忘れないでください。知らないでいるというのは、ひとつの幸福の形ですから」

「なんだか、むずかしい話ですね」

「そうかもしれない。だが知ることは一方通行なのです。ある事実を知ってしまうと、知らないでいる状態には決して戻れない。自分の死の謎を追うなら、これから誰かを殺したいくらい憎むようになる可能性も忘れないほうがいい。私はこれで失礼します。またの機会に」

そういうと小暮秀夫はさよならの挨拶も待たずに、瞬間移動でどこかに消えた。純一は誰もいなくなった芝生の青さをしばらく眺めていた。殺したいくらい誰かを憎む可能性。平静につぶやいた小暮秀夫の声が耳から離れなかった。


部屋に戻った純一はマッキントッシュを起動すると、仕事用の統合ビジネスソフトを立ちあげ、文書ファイルのインデックスを開いた。そのファイルには、エンジェルファンドがこれまでに関わった投資案件の書類が、すべて電子化され納められている。膨大なファイルのなかから、純一は最近二年間のプロジェクトを選び、つぎつぎとディスプレイ上に取りだしていった。

一九九六年以降、進行中のプロジェクトは五件だった。それ以前から続いているものに関しては、記憶が失われていないこともあり、とりあえず後まわしにする。

I．ひのまる製作所『HYAKUKI～百鬼』
II．エンドレスヴィジョン『スタークラッシャーIII』
III．スタジオコルク新作長編アニメーション
IV．西葛西研究所　携帯電子玩具『フク郎』
V．木戸崎《きどさき》プロダクション新作映画『騒動（仮題）』限定パートナーシップ

ファイルを開くと、ひとつひとつ丹念に目を通していった。

まず最初はひのまる製作所から。この会社は中西トオルがやっているゲームメーカーで『HYAKUKI～百鬼』はプレイステーション用の新作ソフトだった。百匹の妖怪を退治しながら、精巧に造られた江戸の町を冒険していくロールプレイングゲームで、トオルからじかに構想を聞いた覚えがある。投資総額は六千三百五十万円。余分な金は借りたがらないトオルらしい半端な数字だった。高梨法律事務所で作成された契約書は、見慣れた正規のもので、異常は見あたらない。プロジェクトのスタートは九六年九月だった。

つぎのエンドレスヴィジョンはシューティングゲームに強みを発揮するゲーム製作会社である。七つの要塞惑星を突破して、銀河の悪の帝王の本拠地・暗黒の二重星を攻略する『スタークラッシャーII』で大ヒットを飛ばしている。終了までに恒星系をひとつ破壊し尽くすという壮大なスケールが、マニアのあいだで話題になったことを純一も覚えていた。投資は九七年二月に第一回の一億円が終了。九八年七月に追加で五千万円が振り出されている。

投資家の本能が警告の赤い灯をともした。純一はめったなことでは追加投資はおこなわなかった。しかも一回目の返済の完了を待たずに、追い貸しをしている。常識では考えられなかった。契約書を調べると、この件もまたとくに異常は発見できない。二回とも正式の契約のようだ。純一は奔流のようなフラッシュバックでさえ越えられなかった、記憶障害の不思議を思った。この二年間で自分はどうなってしまったのだろう。

三件目はスタジオコルクの新作長編アニメーションである。このあたりまで現時点に近づくと、仕事の内容はまるで記憶になかった。企画書に目を通して納得する。その作品は『ロスト・イン・ザ・ダーク』の世界を背景にした、書き下ろしの長編アニメだという。それなら純一のところに話がまわってくるのも無理はなかった。出資者にはエンジェルファンドだけでなく、懐かしのゲームフロンティアや大手ゲーム機メーカーまでが名を連ねていた。こちらも契約書は異常なし。投資金額は一億五千万円で、振込は九七年十月だった。

ファイル四件目、西葛西研究所は耳にしたことがない社名だ。ゲームメーカーとも思えないし、携帯電子玩具にも馴染みがない。ゲームボーイのようなものだろうか。好奇心に駆られ、純一は『フク郎』のファイルをスクロールした。

企画書の一枚目にはデッサンの狂った肥満体の鳥が一羽。素人の手描きのイラストのようで、なかなかとぼけた味があった。鳥の腹部にはちいさな液晶パネルがはめこまれ、リーゼントの前髪のように跳ねた頭の羽にはキーホルダーがついている。イラストのしたに「画期的な携帯腹話術ゲーム『フク郎』登場!!」と太いサインペンの筆跡が躍っていた。純一はプロの企画書らしくない稚拙さに心を動かされた。

企画書を読み進んでいくと、単純なＡＩ機能を備えたこのゲーム機は、もち主の返事のパターンを覚え、ものまねを続けながら、腹話術師の人形が冷水のような本音を投げるように、しだいに皮肉な言葉を返すようプログラムされているという。

西葛西にあるから社名は西葛西研究所。この『フク郎』の開発者にも間違いなく面会しているはずだが、純一の記憶は空白だった。どんな人物だったのだろうか。プロジェクトの開始は九八年の三月、投資額は二千二百万円に過ぎなかった。

そして、最後に木戸崎プロダクションが残った。ゲーム関連のアニメならともかく、ビジネス上で日本映画の製作に近づいた記憶が純一にはなかった。もちこまれる企画がないわけではないし、映画自体は好きだったが、現在の日本映画界には、ゲーム産業に見られるような基礎的な活力が欠けていた。ビジネスとしてはリスクが高すぎる。

木戸崎プロダクションは、文化振興という題目には文句なしの製作会社だったが、「わが国の文化振興に貢献するため」などという怪しげな建前は、純一が嫌うところだった。

純一は木戸崎剛《つよし》の監督作品は白黒時代からすべて見ていた。日本映画の水準を世界に認めさせた素晴らしい時代劇の数々で、いくつか国際的な映画賞も受賞している。この時期の代表作のほとんどを、純一もレーザーディスクで収集していた。カラー映像になってからの木戸崎剛は、重厚さと徹底した日本的美学の追求で有名だったが、個人的には白黒時代のスピードと躍動感にあふれた娯楽時代劇が好みで、最近作は立派な主題を美しく撮っているけれど、静的で速度感が弱く、ストーリーに意外性が欠けていると評価していた。それでも木戸崎剛は、新作公開のたびに純一が映画館まで足を運ぶ、数少ない映画監督のひとりだった。

新作のシノプシスは企画書のなかに見つかった。腕の立つ風来坊の浪人が、名もない小藩のお家騒動に巻きこまれ、敵対する勢力を攪乱《かくらん》しながら、最後には共倒れを招き、正統の幼い跡継ぎを殿様に据えるという梗概《こうがい》である。全盛期の娯楽時代劇を思わせる展開で、最先端の撮影技術で鮮明に白黒映像化するという。話題性も十分で、興行も期待できるかもしれない。

この企画書もまるで覚えがないものだった。木戸崎ファンの自分がこれを読んだら、話の是非はともかく忘れるはずがない。失われた記憶をつくづく不思議に思った。木戸崎プロへは九八年の七月に振込が終了している。何気なく金額の欄に目をやって、純一は驚嘆した。

￥７００，０００，０００
七億円。記憶にある限り、それはエンジェルファンド最大の投資額だった。あわてて企画書の細部を読み始める。限定パートナーシップは、ハリウッドやブロードウェイなどでよく使われる製作費集めの手法だという。損失に対する債務が投資額の範囲に限定され、それ以上はいかなる個人的債務からも自由。報酬としては作品の純益の五十パーセントから、総製作費に占める投資額のパーセンテージに等しい配当を得られるという。

「今回導入する限定パートナーシップは、さらにわが国の投資家に有利なよう、細部でいくつかの改良を加えております」

純一は気にいらなかった。まず製作予算二十億円の三十五パーセントにもあたる投資を一個人の自分が負担することが信じられない。木戸崎剛の最近作数本を思い浮かべても、封切り時、大当たりを取った作品はなかったはずだ。いくら国際的に高い評価を受けていても、日本映画の世界への配給の道は限られている。すると、元本にあたる製作費を回収するまでに、数年先のビデオ発売まで待たなければならない。それではとても割りにあう投資とはいえなかった。

改良という言葉も気にかかった。細かなリスク配分は、詳細に企画書を読まなければ判断できないが、外国からなにかをもちこんで、改良と称して手を加える場合、ほとんどはなんらかの権利の制限であったり、メリット、デメリットの平均化であったりすることが多い。比較的自由なゲーム業界でも、そんな例は掃いて捨てるほどあった。

高梨法律事務所の手になる契約書を、入念にチェックした。今回も異常は見あたらない。通常の手続きとサイン、社判も正規のものだ。契約内容から判断するかぎり、この映画がヒットすれば、それほど悪くない投資であるようにも思える。

午前四時近く、純一はひとまずファイルを閉じて、コンピュータ画面上からメインバンクに電話を入れた。二十四時間対応のテレフォンバンキングサービスで、銀行のホストコンピュータとダイレクトにつながる方式である。マックのスピーカーから中性的な合成音声が流れだした。ふたつある暗証番号を音声ガイドに沿って入力し、エンジェルファンドの当座預金の残高を確認する。木戸崎プロへの大口投資で、すでに二億円を切っていた。総資金の六十五パーセントまでという、純一自身が定めた投資額の限界線を大幅に超過している。これでは新規案件を開始するには難しい水準だった。

つぎに取引先からの入金をチェックした。ほとんどは順調に進んでいるようだが、四月から開始予定のエンドレスヴィジョンの返済は記帳されていなかった。

暗証番号を入れ直し、純一個人の普通預金口座を調べると、現在も月々の給与はエンジェルファンドから確かに振り込まれていた。部屋代や水道光熱費も自動的に引き落とされている。しかし細かな生活費の引き出しは、七月に入るとぱったりとやんでいた。

銀行口座で見るかぎり、経済的には誰も純一の死に気づいていない可能性も考えられた。殺害の事実が公になっていれば、この部屋も捜索されずには済まなかったはずだ。コンピュータが手つかずのまま残っていたのは、純一にとって幸運だった。このデータが破壊されていたら、どこから手をつけたらいいか、頭を抱えただろう。

夜明けが近づき、残り時間もわずかになった。最後に思いきって、中西トオルへ電子メールを送ってみることにした。ひとりで考えていても始まらない。わからないことがあれば、時間をかまわずメールを入れて、こたえをもっている人間に聞く。変化のスピードが速いゲーム業界では、それがあたりまえの習慣になっている。

ジュンからトオルへ
久しぶり、『百鬼』の進み具合はどう?

ところでいくつか確認したいことがあるので、メールください。
出先から読みます。まず、
①最近エンドレスヴィジョンの噂をなにか聞いてませんか。
②スタジオコルクの『LID』長編アニメの進行具合、わかりますか。
③木戸崎プロの新作映画について情報ありませんか。
④高梨さんから、ぼくのスケジュールについてどんなふうに聞いてますか。
以上、急で悪いけど、どうしても知りたいことなので、ナルハヤで返事待ってます。

文字を入力するときはなぜか、キーボードをイメージして一文字ずつ拾うほうが楽だった。ディスプレイに直接言葉を念じても、でたらめな文字や記号が並ぶだけなのだ。純一はトオルのメールアドレスを選択し、すこし考えてタイトルを『エンジェルからの質問』と打ちこんだ。画面上で送信をクリックし終了する。

窓の外はもう明るくなりかけていた。死後初めての心地よい疲労感に満ちて、純一は夜明けと光りの渦の訪れを待った。

つぎの夜目覚めると、トオルからのメールが届いていた。

『なにやってんだ？　ｆｒｏｍ　Ｔ．』。トオルらしいタイトルだった。

高梨さんから、アメリカにいってるって聞いたけど、
いつまでなにやってんだ、ジュン？ 金髪のネーチャンでもできたのかよ。
オマエはあんまり遊ばないから、たまにはそういうのもいいけどな。
質問の件、知ってる範囲でこたえるけど、
どう考えてもオマエのほうが詳しいんじゃないの。じゃあ、

①エンドレスヴィジョンはもうだめらしいって噂だ。あぶないニーサン連中が事務所のまえで張ってるって話だよ。

②コルクのアニメは、進んでるんじゃないの。例によって黒崎のおっさんが原作者風を吹かせて、脚本にいちゃもんつけてるらしいけど、それは金を出してるオマエのほうが詳しいだろ。あんまり人に優しいのも考えもんだぞ。あのおっさんはもう切る時期だと思うけどな、オレは。

③木戸崎プロの新作映画？ オレは知らない。日本映画は好きじゃないから。でも、事務所の時代劇オタクに聞いたら、今週、製作発表の記者会見があるそうだ。離婚でもめてる女優が出てるから、ワイドショーでチェックできるって話だ。オマエはアメリカにいるんだろうから、ビデオで録《と》っておいてやるよ。

④高梨さんからはオマエはでかい仕事をまとめたから、のんびりアメリカに視察旅行にいってると聞いた。新しいゲーム業界の動きとネットゲームの進み具合、それに日本のマンガやアニメのフィージビリティスタディとかいってたな。

以上、カンタンだけど、こんなんで役に立つか？
『百鬼』は山場にきていて、徹夜ばかりだ。
オレはスタミナドリンク（一本三千円！）の飲みすぎでハイになってる。
オマエがゲームづくりから手を引いたのは正しい選択だったのかもしれない。
オレもいつまでやるかな。つぎの仕事はまだ考えられないけど。
帰ったら連絡入れろ。飲みにいってクソゲーの悪口いいまくろうぜ。

メールを読み進むうちに、純一の胸は熱い感情で満たされた。孤独な人生と意気がってみても、なにかの拍子で連れができることもある。自分にも（すくなくともひとりは）友人がいた。トオルとどこかのバーで、昔のようにゲームを肴《さかな》に朝まで飲みたかった。

純一はメールを閉じ、ビデオの録画予約をした。朝と昼のワイドショーを収録可能な六時間録画で、木戸崎プロの新作会見をカバーする。

マックを操作し、問題の五社の住所・代表者名を、ひとつのウインドウにまとめて表示させた。純一はディスプレイをまえに腕組みした。今度はコンピュータではなく、直接、自分の目で確かめる番だ。死者には時間だけはたっぷりとある。

一番気になる場所から調べよう。画面上で所在地をしっかりと確認する。港区赤坂四丁目。千代田線赤坂駅の交差点をイメージし、瞬間移動した。

午後九時、赤坂の夜はまだ始まったばかりだった。不景気のせいか酔っ払いの姿はすくなく、呼びこみのホステスが所在なげに街角に立っていた。純一はネオンサインをかすめながら、一ツ木通りの上空を青山通りにむかって飛んだ。ヘッドライトのまぶしさに自動車がくるたびに、高度をあげなければならなかった。なぜ繁華街の空気には焦げた油の臭いがするのだろう。純一は通りのなかほどで、DPEスタンドの角を左に曲がった。

赤坂は表通りこそにぎやかな歓楽街だが、路地を五十メートルも進むと静かな住宅地に表情を変える。武家屋敷の面影を残す立派な門構えと中層の高級マンションが並ぶ裏通りを何度か往復して、純一は現代彫刻のような不思議な形の建物を見つけた。

巨大なコンクリートの立方体を無造作に角をずらして積みあげ、ガラスブロックを壁面にはめこんだような造形だった。エントランス脇の駐車場には、ベントレーやメルセデスのセダンが躾《しつけ》のいい猟犬のように停められている。郵便受けを確かめると、四階建ての最上階に目指すオフィスを確認した。曇りガラスのオートロックの扉を瞬間移動ですり抜け、エレベーター横の階段をのぼった。階段室の静寂が不気味だった。四階のエレベーターホールにはひと抱えもある生け花が飾られ、正面に美しい木目のダブルドアが見えた。

『木戸崎プロダクション』

艶消しの金のプレートには、社名の部分だけまばゆい金メッキが残されていた。純一はおおきく息を吸いこむとドアを抜けた。

内側は上映中の映画館のように明かりを落とした受付だった。カウンターの背後には木戸崎映画の名シーンのスチル写真がコラージュされ、壁を埋めつくしていた。お姫様姿で毅然と前方を見据える若き日の緑房子がいる。ふんどし一本で泥まみれになって長刀を振るう三好和太郎がいる。三千人はくだらないエキストラを動員したスペクタクルシーンを、クレーンのうえから演出する木戸崎剛がいる。そのコラージュからは全盛期の日本映画の輝きが、後光のように放射されていた。純一はしばらくのあいだ、所期の目的など忘れ、映画監督・木戸崎剛の偉大さに感じいっていた。

カウンターの電話が突然鳴った。驚いて飛びのくと、入れ違いに若い女性が奥からあらわれ電話を取った。

「はい、木戸崎プロダクションでございます」

柔らかく深みのある声だった。だが、その声に潜む頼りなさに純一の背を奇妙な震えが走った。彼女はボックスシルエットの明るいグレイのワンピースにシンプルな黒のローファー姿で、化粧はほとんどしていないのではないだろうか。アクセサリーも左手の細いプラチナのバングル以外は身につけていない。年は二十代の最後の角を曲がるあたりだろうか。

美しい女性だった。滑らかな肌は皮膚のしたに明かりを仕こんだように底光りし、伏せたまつげは精巧な人形のように長く微妙な曲線を描いていた。わずかに斜視気味の黒目がちな瞳は、純一の保護欲を強烈に刺激した。こんな女性を守ることができたら……柄にもなく鼓動が速くなる。

受付頭上のダウンライトが、波打つように明暗を繰り返した。彼女は受話器をもったまま、不思議そうに天井を見あげた。白いのど、鎖骨のくぼみ、薄墨のようなおくれ毛。この女性を見つめていたい気持ちと、一刻も早くそこから逃げだしたい衝動が、心のなかで争った。手が届くはずのない美しい女性への好奇心と恐怖。純一は幸福な恋愛を知らなかった。

受付の女性に気持ちを残したまま、カーペット敷きの薄暗い廊下を進んだ。光りの漏れるドアを覗いてみる。室内は事務所と一般家庭のリビングの中間のような造りだった。部屋の一角に机や本棚、ファイルボックスなど事務用品がまとめられ、反対側にはモダンな黒革のソファや大型のリアプロジェクターが置かれている。壁際にあるサイドボードのなかには、映画賞のトロフィーや記念の盾が、すきまなく並べられていた。

初老の男がふたりソファでなにか話していた。どちらも大学時代ラグビーの選手だったのではないかという立派な体格だった。ひとりはジーンズの上下に薄い茶色のサングラスをかけ、スニーカーの足を組んでセンターテーブルにのせている。映画ファンなら誰でも知っている顔。紹介されるたびに「世界の」という形容詞がつけられる映画監督・木戸崎剛だった。そのむかいに腰かけ、動くたびに光りの縞が走る濃紺の絹のスーツを着こなしているのは、監督の実弟でプロデューサーの木戸崎渡《わたる》だった。こちらはよほどの映画マニアでなければ知らぬ顔だろう。純一はたまたまレーザーディスクのライナーで、木戸崎渡の顔を見かけたことがあった。

「監督、記者会見の原稿、目を通してもらえましたか」

「いや、まだだ。どうも面倒でな。なぜ映画をつくるごとに、見りゃあ誰でもわかるもんの説明を、いちいち記者連中にしなきゃならんのかな。ばからしい仕事だ」

プロデューサーは木戸崎剛にあわせて、苦笑いを浮かべた。ソファの空席に座ると、純一はじっくり打ち合わせを見守った。

「商売は商売ですから。きちんとやらないといけませんよ」

「それよりおまえこそ、今度のおれの脚本どう思った。自分で書くと、おもしろいのはおもしろいんだが、どのくらいおもしろいかとなるとなかなか……」

木戸崎剛は咳をした。首のつけ根を手のひらで強く押さえる。激しい咳はしばらく続き、息をつぐのさえ苦しそうだった。弟の渡は心配そうに見ていたが、咳が治まるのをゆっくりと待ってからこたえた。

「いい出来です。完璧なホンはないでしょうが、監督の今までの作品では一番完璧に近い仕上がりです。今度の映画いけますよ。カンヌやアカデミーだって狙えます」

「おまえは昔からおれを乗せるのがうまかったからな」

「いっしょに、草稿に目を通しちゃいましょう」

ふたりは原稿を読み始めた。原稿用紙で七枚ほどある文章に、赤字を入れながら木戸崎剛は音読した。読み終えるとプロデューサーにウィンクする。

「やってみるか」

そういうと落ち着いた調子で新作にかける抱負を話し始めた。ときどき休みをいれ、即席の冗談をはさみこむ。その場で内容を考えながら話しているようにしか聞こえなかった。目を瞠《みは》る記憶力と演技力。老いたとはいえ木戸崎剛の力量に、純一は圧倒された。それから一時間、感心したまま打ち合わせを見届ける。エンジェルファンドについては一言もなかった。

オフィスの明かりが落とされると、純一は赤坂の街に瞬間移動した。熱くなった頭を冷やすため、赤坂見附の歩道橋の手すりに座った。首都高速の入り組んだ立体交差が光りのリボンを結び、建ち並ぶホテルの虫食いの窓から客室の灯が夜空にこぼれていた。あの窓のひとつひとつにどんな人間がいて、どんな恋や人生があるのだろう。死んでしまった自分には、新しい恋も欲望を遂げる肉体もない。

淋しさを振りきって、営団地下鉄東西線の西葛西駅へ、その夜最後の探索に跳んだ。終電過ぎの駅前ロータリーは人影もまばらで、活気を感じられるのは客待ちのタクシーの列とコンビニエンスストアだけだった。線路沿いに千葉方面へ進み、三つめの通りを海側に折れる。夜空を飛んでいると、だんだんと潮の香りが強くなった。

同じ広さの敷地に同じような形の建売が並ぶ新興住宅地の一角に入った。そのうちの一軒の庭先だけが、強力な明かりに照らしだされていた。ガレージにさげられた手書き看板の稚拙な『フク郎』のイラストに、純一は思わず笑みを浮かべた。

半分おろされたシャッターをくぐると、電子機器で雑然とした作業場だった。男がひとり上半身は裸、下半身はパジャマのズボン姿で、机にむかっている。なにかつぶやきながら、旧型のパソコンを叩いていた。小太りで髪が薄いせいか、年がわからない男だった。

「ここは、なんだろな。『バックれてんじゃねーよ』かなあ」

キーボードの脇に積みあげられているのは、高校生むけのストリートファッション誌の山だった。この人物が『フク郎』の発案者か。ゲーム業界にはよくいるタイプだ。自分のアイディアにのめりこみ、周囲も見ずにひとりで勝手に走りだすタイプ。

「『バックれ』のあとはどうするかな。『マジで、ギャクギレ!』がいいかな『オマエ、オイコミかけっぞ!』かな」

ここはもういいだろう。変わり者ではあっても、二千万ほどの金で人生を棒に振るほど、男は貧しそうには見えなかった。『フク郎』に科白を入力するつぶやきを聞きながら、純一は佃のマンションに戻った。

明け方、金色の光りにのまれる直前、なぜか最後に考えたのは、木戸崎プロにいたあの女性のことだった。

張り込み二日目はエンドレスヴィジョンから始まった。生前に何度か訪問したことがあるので、純一は住所も確認せずに跳んだ。表参道の裏通り、静かな住宅地のなかにエンドレスヴィジョンの本社屋はある。ゲーム業界でいち早く建てられた自社ビルで、仲間内ではかなり話題になったことを覚えていた。

コンクリート打ち放しのモダンな三階建てのビルは、最上部が丸いガラスドームになっている。建物に変わりはなかったが、周辺の電柱や入口の自動ドアには、べたべたと手書きのポスターが貼られ、異様な雰囲気だった。

「金を返せ!」

「子どもの夢を汚すな！」

「社長は愛人に使う金があるなら、借金を返しましょう」

近くの路上には黒いオフロード車が二台停まっていた。屋根にはメガホンと木のデッキがのせられ、人があがれるようになっている。暴力団と右翼で使いまわす街宣車だろうか。スモークフィルムで車内の様子はわからないが、時折思いだしたようにメガホンから怒声があふれた。

「ご近所の皆様には、たいへんご迷惑をおかけしております。エンドレスヴィジョンの社長、人でなしの清川敏文氏は……」

純一は驚いた。エンドレスヴィジョンの危機にではない。これほど追いつめられた会社に、ほんの一ヵ月前に純一の会社から五千万円もの大金が融資されている。

債権の取り立ては暴力団が絡むと絶望的に困難になる。消費税並みのはした金で諦めるか、別な暴力団を使って回収率をあげるか。だがその場合には、暴力団とのやっかいなパイプを残すという別な問題が生まれてしまう。あの手の人間とのつきあいは三倍返しが相場だ。下手を打てば逆に骨までしゃぶられるだろう。この状況ではすべての債権は張りついている組織に、一本化されているのではないだろうか。個人投資家に過ぎないエンジェルに出る幕はなさそうだった。

純一は社屋に入った。以前訪問したときにくらべ社員は半減している。沈んだ雰囲気のなか、黙々と残りすくないスタッフでゲームの開発が続けられていた。ガラスドームの社長室を覗いてみたが、当然、清川社長はいなかった。

清川のクルーザーに招待された午後を、純一は思いだした。凪《な》いだ相模湾を見ながら、新作ゲームの抱負を語り、水着姿のコンパニオンに赤ワインの蘊蓄《うんちく》を傾けていたハンサムな青年実業家。週刊誌の表紙を飾っても、曲がり角はほんの二年でやってくる。

この会社はいつまでもつだろうか、他人事ながら心配になった。倒産した場合、不動産はともかく『スタークラッシャー』の新作の権利はどこにいくのだろう。銀行にも暴力団にも、その価値を正当に評価できるとは思えなかった。ゲーム完成前ならなおのことである。それまでに費やされた製作者たちの、膨大な労力と時間を考えると気持ちが暗くなった。ここは要注意だ、きっとなにか裏がある。遠くから街宣車の演説が響くなか、純一はつぎの目的地スタジオコルクへ跳んだ。

古本屋やリサイクルショップが軒を連ねる高円寺の純情商店街を抜け、早稲田通りを渡ると中野区に入る。建て混んだ住宅地にぽつりとあらわれたスタジオコルクの社屋は、どう見ても古い町工場か倉庫にしか見えなかった。この会社はアニメーションでは長い実績をもち、ファンの間では全国的にその名を知られているのだが、経営に関して余裕があるとはいえないようだった。

簡易プレハブのような安普請の社屋を空から見おろした。夜十一時近くだが、明かりの消えた窓はひとつもない。果てしない残業と低賃金から、あの繊細で夢見るようなアニメーションが生まれている。ゲーム製作の現場にいた純一には、その皮肉がよく理解できた。出来の悪いゲームひとつつくるにも、製作物は関わる人間のすべてを要求する。

新作の進み具合を調べようと、純一はスタジオのなかをさまよった。『ロスト・イン・ザ・ダーク』シリーズで最大のヒットを記録したパートIIを、今さら長編アニメ化するという企画自体、すでに無理があるのかもしれない。あのシリーズは一時期、RPGの代名詞になるほど有名だったので、大企業のサラリーマンプロデューサーには通りのいい企画だったのだろうか。記憶を失った純一には、どういう経緯でこのプロジェクトに投資したのか、正確なところはわからなかった。

だが、たぶん投資の件はゲームフロンティアの黒崎社長からもちこまれたはずだ。パートIIはゲーム製作者としての純一の最高傑作だったので、そこを黒崎は突いてきたのではないだろうか。長編アニメにして、もうひと花咲かせてやりたい。シリーズの新作もアニメの公開にあわせて準備している。そういう話であれば、見返りが期待できなくとも乗っていったはずだ。

ただし、信頼できるパートナーを立てて欲しい、今の自分ならきっとそういうだろう。黒崎はゲーム機メーカーや広告代理店を巻きこんで、エンジェルファンドに頼ってきたのではないか。確実に新作アニメーションの製作さえ進んでいれば、その場合、どこにも危険はないだろう。

純一はスタジオコルクの社内に侵入した。狭い部屋はさらに細かに仕切られ、机と机のあいだは身体を横にしなければ通れないほどの隙間しかなかった。どの机にも若い男女が背中を丸めて張りついている。手首や肩に張られた湿布が痛々しいが、とまっている手は見あたらなかった。

原画、動画、背景、彩色、仕上げ検査、撮影。アニメーションの複雑な製作工程のなか、数えきれぬほど人の手が加わって、初めて一枚のセル画が仕上げられていく。数万枚という膨大な量のセル画を思い、純一は気が遠くなった。巨大な細胞のなかの生命の仕事のように、スタジオでは着々と製作が進んでいた。真夜中を過ぎて一層作業は白熱しているようだ。ヘッドフォンで音楽を聴きながら自分が好きな仕事に熱中し、思う存分腕をふるっている若いアニメーターたちの熱気が、心地よく伝わってきた。机に貼られた製作カレンダーを見ると、三週間ほどスケジュールは遅れているようだった。徹夜作業はまだ続きそうだ。製作スタッフの健闘を祈ると、純一は新たな目的地に跳んだ。

最後のチェックポイントはひのまる製作所だった。ゲームフロンティアを退職後、中西トオルは事務所の所在地に、流行の先端を走る街を選ばなかった。JR高田馬場駅前の中古マンションにオフィスを開き、そこに最新のコンピュータと周辺機器を備えつけ、大学生や高校生に無料で開放した。自由な環境での仕事を望むゲームクリエーターや、未経験でも優秀な製作志望の学生が、今ではトオルの事務所にたくさん集まるようになっている。

純一はオフィス内に瞬間移動した。モリちゃん、カズ、ヒメ、トオル。マンガとゲームとコンピュータが、際限ない自己増殖を繰り返した十五畳ほどのリビングルームで、いつものメンバーがまた深夜作業の態勢に入っているようだ。

トオルは短パンにTシャツ姿で、トレードマークの野球帽をかぶっていた。ワイヤーフレームで精巧につくりあげた長屋に、雨ざらしの板の質感を一枚一枚レンダリングし貼りこんでいる。江戸時代の七軒長屋をコンピュータグラフィックスでつくりあげる時代なのだ。木戸崎剛の時代劇が不滅の価値をもちながらも、時代の波に乗り遅れていくのはしかたないことなのかもしれない。

RPG『百鬼』の製作も山場を迎えているようだった。いつもなら多い無駄口がなく、事務所内の空気が張りつめていた。手もちぶさたの純一は、トオルの肩越しに画面を覗きこんで、江戸の町並みが仕上がっていくのをぼんやりと眺めていた。森美由紀が誰にともなくいった。

「『鬼平犯科帳』に出てくるしゃも鍋屋、なんていったかな」

無意識のうちに純一はこたえていた。

(五鉄)

トオルが振りむいていった。

「今、誰かおれの耳元でなにかいわなかったか」

「なにもいってませんよ。トオルさん、徹夜続きで幻聴が聞こえるようになったんじゃないんですか」

吉井和弘のくたびれた声に続けて、トオルが不思議そうにいう。

「変だな、なんかゴテツとか聞こえたんだけど」

「ああ、それそれ、あのしゃも鍋屋、五鉄っていうのよね。ちょっとかわいい妖怪考えたから、その名前つけようと思って。クズ鉄が変化した妖怪なんだけど……」

純一の耳には森美由紀の言葉は入らなかった。必死になってトオルを見つめる。

（ぼくの声が聞こえるのか、聞こえるなら返事をしてくれ）

トオルの目前で叫んだが、今回はまったく聞こえないようだった。トオルは純一を無視して柴元姫子にいった。

「なあ、おれのうしろになにかいないか。さっきからディスプレイに、ちらちら人の影みたいなものが映るんだよな」

「お願いですよ、やめてください、トオルさん。私、霊感強いんだから。そういうことばかりいってると、本当に霊が集まってくるんですよ」

仕事の手を休めた柴元姫子の元に移動し、純一は声をかけた。

（こっちこそお願いだ、頼むからぼくがいることに気づいてくれ）

純一の叫びはあっさりと無視され、メンバーはそれぞれの作業に戻った。

こうしてただの傍観者として、いつまで続くかわからない死後の「生」を生きなければならないのだろうか。純一はもう一度でいいから、ゲーム機のコントローラーを握りたかった。徹夜作業で熱く濁った身体に、冷たい缶コーヒーを流しこみたかった。空中を飛行するのではなく、真夏の直射日光に汗を落とし、昼休みの定食屋にいきたかった。

さっきトオルにぼくの声が聞こえたのは偶然だったのだろうか。つぎに小暮さんに会ったら、絶対に生きている人間とのコミュニケーションの方法を聞きだそう。

名残は惜しかったが、純一は部屋に帰ることにした。このままトオルの事務所にいたら、こちらのほうがおかしくなってしまう。

死後も自殺はできるんだろうか、そんなことを考えながら、夜明け間近の隅田川上空へ純一は跳んだ。

その夜、純一は張り込みでわかったこと、感じたことを書きこんでいく新しいファイルを、マック上につくりあげた。五つのファイルは、それぞれA4一枚の分量にしかならなかったが、この段階でもこれからの張り込みで重点を置くべき目標は判断できそうだった。

トオルのひのまる製作所、スタジオコルク、西葛西研究所。この三つは数日おきに訪れて変化がないかチェックするだけでいいだろう。危険度はそれぞれD、C、Dの評価だった。

残るふたつ、暴力団に追いこみをかけられているエンドレスヴィジョンと、投資額が断然巨大な木戸崎プロダクションは、毎日必ず張り込みにでかけることにした。危険度はAとBプラス。生活費の引き出しがなくなった七月に送金されているのが、この二社の場合気がかりだった。

木戸崎監督の記者会見をチェックするためにビデオを再生した。ワイドショーを早送りしていくと、テレビタレントの結婚、出産、不倫、離婚が高速サーチのスピードで流れていく。製作発表会見のコーナータイトルは「吉原京子、年下不倫、ついに破局か!?」になっていた。金屏風を背に監督が映ったのは十五秒ほどで、四分間のビデオクリップのほとんどは、二十代の歌手との不倫騒動で離婚の危機が囁かれる主演女優が出ずっぱりになっていた。

出演者が並ぶテーブルの端に、木戸崎プロの受付で見かけた女性の姿が映り、純一の胸は騒いだ。彼女は女優だったのか。記者の質問を無視して、新作映画にかける抱負を堂々と語る吉原京子を、斜めから映した場面を静止画像に切り替えた。

画面の隅に映る受付の彼女を観察する。濃いブルーの金属質に光るワンピース、髪はアップで、首には粒のそろった真珠のネックレスが、ゆるやかな曲線を描いている。プレイボタンを押すと、画面はスタジオに戻り、司会者がクランクインは十月上旬と伝えていた。世界に誇れる素晴らしい映画になるといいですね、抑揚のない声でどこかの大学教授が続けた。生理用品のCMになったところで、純一はビデオをとめた。

続く数週間のあいだ、張り込みはなんの成果も生まなかった。瞬間移動もできず、生身の身体でときには数カ月も容疑者をマークする警察官の忍耐力に、純一は素直に感心するようになった。他人の生活や仕事をただ眺めているほど退屈なことはない。

そんなとき純一の支えになったのは例の受付の女性だった。いつのまにか、木戸崎プロに瞬間移動して、最初に探すのが彼女の姿になっている。

張り込みを続けるうちに、だんだんと彼女に関する情報も集まってきた。名前は藤沢文緒《ふみお》。芸名ではなく本名だそうだ。仕事は売れない女優。木戸崎プロの専属で、芝居の仕事がひまなときは、受付や事務を手伝っている。

死後の恋愛について、純一はときどき考えることがあった。ただ見つめているだけの、成就する可能性がない恋。木戸崎監督が打ち合わせに入ると、受付カウンターに移動し、純一はさまざまな角度から彼女の顔を見て過ごした。張り込みには飽きても、藤沢文緒の顔は見飽きることがなかった。

永遠に続くかと思われた単調な日々に最初の変化がやってきたのは、九月も半ばを過ぎたある雨の夜だった。エンドレスヴィジョンを訪れていた純一は、たまにはおもしろいかもしれないと、街宣車のルーフデッキで張り込みを続けていた。その夜何度目かのメガホンによる嫌がらせに、奇妙な胸騒ぎを感じた。

この声をどこかで聞いた覚えがある。大音量の攻勢は続いていた。

「こら、清川、ちょっとは顔見せんかい。給料の支払いも遅れて、社員の皆さんも泣いております。立派な自社ビルを建てて、愛人にマンション買ってやるくらいなら、借りた金返せよ。それが人としての務めってもんだろーが。こんな、もんすかね、兄貴」

兄貴というその声に、純一は飛びあがった。まさか、この声は、あのときの……。

思いきって街宣車のキャビンへ瞬間移動した。広い車内には三人の男が座っている。ドライバーは頭を剃りあげた十代の特攻服の少年だった。こいつではない。後部座席に目をやる。

(見つけた!)

あの悪夢の夜、どこかの森の空き地で自分を埋葬していた二人組。弟分の金髪の坊主頭は、調子に乗って演説を続けている。派手なスカーフ柄のシルクシャツ、はだけた胸には手錠の鎖ほどある金のチェーンがたるんでいる。単純そうな、見方によっては人のよさそうな顔だちだった。組織の構成員というより、若手のコメディアンのようだ。

兄貴と呼ばれた男は、九十度に股を開いてシートにふんぞり返っていた。黒のスーツに白いシャツ姿で、シャツの前立《まえたて》はへその近くまで開いている。切り傷の跡が走る額、ちいさな黒目がちの目、左に曲がった鼻、耳たぶの先がちぎれた左耳。間違いなかった。あの夜の闘犬のような顔をした男だ。

純一はRVに張り込み相手を替えて待ち続けた。夜十時すこしまえ、別なオフロード車がやってきて、若い男がおりると闘犬に挨拶しにやってきた。雨のなか直立不動で頭をさげている。どうやら、交代の時間らしい。闘犬を乗せた街宣車が、日本民族の素晴らしさをユニゾンで歌う男性合唱を勇ましく流しながら、表参道の裏通りを走っていく。雨のなか純一はルーフデッキにしがみついていた。

黒いRVは表参道から青山通りを抜けて、神宮球場方面へ左折した。十分ほどで目的地に到着する。神宮前のくすんだタイル張りの建物だった。一昔前の造りの高級マンションのようだ。玄関脇の駐車場にオフロード車を停めると、男たちはエレベーターに乗りこみ無言のまま上昇した。純一は自分を殺したかもしれない二人組と、狭い箱のなかで顔をつきあわせていた。肉体などなくしているのに、胃のあたりに熱い塊を感じる。恐怖による吐き気なのか、激しい怒りなのか、自分でもわからなかった。

エレベーターをおりた三人は、夜の神宮の森が望める外廊下を歩き、突きあたりの扉のまえに立った。ドアには『㈱宮田コミュニケーション』と書かれたプラスチックのプレートが貼られ、ドア枠のうえからはビデオカメラが来客を見おろしていた。スキンヘッドの特攻服がインターフォンを押した。

「ただ今戻りました」

ロックがはずれる音が三度続いた。少年がドアを開け、そのまま押さえていると、二人組が先に室内に入っていく。純一も続いた。玄関をあがり、薄暗い長い廊下を進む。その先は十二畳ほどの広さの部屋だった。壁沿いに灰色の事務用机とファイルキャビネットが並び、中央の紫のソファに中年男がひとりで座っていた。エアコンの横には神棚が祀られている。振りむくと若い男がふたり手をうしろに組んで、ドアの脇を固めていた。

「おやっさん、ただ今、帰りました」

闘犬と金髪がソファの中年男に頭をさげた。

「よう、ごくろう。どうだ、藤井、清川のところの調子は」

「変わりありません。社員はだいぶ辞めてますが」

闘犬の名は藤井というのか。この男、吠えるだけではないのだ。

「まあ、いいだろう。構わずにどんどん押していけ。相手は素人だ、いつかブチ折れる」

二人組は黙ってうなずいた。純一はあらためて中年男をじっくりと観察した。ダークスーツにプレスされた白いシャツ。ネクタイもスーツと同系色の地味なレジメンタルだった。格好だけでは銀行員や商社マンと区別できない。わずかに白髪が混ざった髪は広い額のうえに丁寧になでつけられ、顔だちは渋く整って、暴力的というよりは知的な雰囲気がある。純一の知らないタイプの男だった。

デスクの電話が鳴ると、扉の脇に立っていた若い男が素早い身のこなしで取った。

「はい、宮田コミュニケーションです」

若い男は受話器を中年男に渡した。

「こちら、宮田です。はい……はい……ちょっと待て。コラ、誰にむかって口利いてんだ、オマエ」

宮田と名のった中年男は静かにうなずいていたかと思うと、一転怒声を張りあげた。さすがに迫力がある。この落差が暴力団の常套手段だ。全身が震えるほどの怒鳴り声をあげても、宮田の表情は変わらなかった。自分の芝居の効果を冷静に計算する醒めた目をしている。この男は手強そうだ。生身の身体で渡りあったら、どんな交渉でも勝ち目はないだろう。

電話が終わると宮田は二人組にお疲れさんといい、これで骨休めをしろと財布から紙幣を数も確かめず抜きだした。藤井はその束を受け取り、無表情にジャケットの内ポケットにねじこんだ。

藤井と弟分は頭をさげると部屋を出た。エレベーターで地階におりると、マンションのむかいにある深夜営業のラーメン屋に入っていく。脂ぎった店内の空気は純一の胸につかえたが、エアコンの吹き出し口の冷風を浴びながら張り込みを続けた。

「さすがにおやっさんは貫禄ありますね」

「そうだな。トシロウ、おまえにも裾分けをやらなきゃな」

藤井はポケットから出した金を、見当で分けると弟分に渡した。隣に座っていたサラリーマンが目を丸くする。藤井は静かに声をかけた。

「おれが、なにか、おかしなことをしたか」

あわててサラリーマンは店を出ていった。トシロウの笑い声があとを追う。

「でも兄貴、今年は実入りがいいですね。あの金持ちのボンボンといい」

闘犬の目が光った。

「黙るってことを覚えないと、その指いくらあっても足りないぞ」

「スンマセン、兄貴」

純一はトシロウの手を見た。ラーメン丼の底にかかる左手の小指は第二関節から先がなくなっている。先程の組事務所とは別なフロアにある一室で、二人組が眠りにつくのを確認して、佃のマンションへ跳んだ。

今夜はファイルに書きこむことが山のようにある。張り込みを始めて最初の成果に、純一は興奮を抑えられなかった。

翌日から宮田コミュニケーションが、新たな張り込み目標のひとつとなった。自分を埋葬した二人組を偶然発見できたが、殺人の動機が依然わからなかった。あのふたりはたぶん使われているだけだろう。使うとすれば親分の宮田ということになるが、自分の死で宮田はどれほど利益を得るのだろう。それになぜ事件は上手に隠されたままになっているのか。手探りの状態に変わりはなかった。

二人組発見の興奮も長くは続かなかった。早くも九月が終わろうとしている。東京の空から熱気が消え、夜の風が涼しさを増すと、肉体をもたぬ純一さえ夏が過ぎ去ってしまう切なさを覚えるのだった。

十月に入って最初の火曜日、二番目の収穫はテレビからやってきた。そのニュースが流れたとき、純一は木戸崎プロにいた。藤沢文緒は新作の脚本を読み直している。純一はカウンターに身を乗りだし、文緒の美しい横顔を見つめていた。数えきれないほど開かれた脚本は、当初の倍の厚さにふくらみ、表紙が手垢で黒ずんでいた。今度の役に賭ける女優としての決意の重さは、毎日文緒を見ている純一には痛いほど伝わってきた。

受付カウンターのしたに置かれた小型の液晶テレビで、NHKの夜九時のニュースが始まった。

「つぎは日本人実業家が、アメリカで行方不明のニュースです。この実業家は東京都在住の投資会社経営・掛井純一さん三十歳で、掛井さんの乗っていたレンタカーが、ラスベガス郊外の砂漠地帯で、無人のまま発見されました。付近に掛井さんの姿はなく、なんらかの犯罪に巻きこまれた可能性もあると見て、現地警察では掛井さんの行方を捜査中です」

画面に丸く切り取られた純一の白黒写真が映った。たぶん学生時代のものだろう。ぼやけた笑顔は現在より若々しく、無邪気に見えた。続いて砂漠を分けるフリーウエイのビデオ映像が映り、乗り捨てられたクルマを指さすミラーグラスをかけた金髪の太った警官にカメラは振られた。制服の背中に浮かぶ汗の染みと大陸的に雄大な腰まわり。画面はすぐにつぎのニュースに切り替わった。

「茨城県の利根川護岸工事にまつわる贈収賄事件で、茨城県警は本日午後二時、贈賄の疑いで株式会社東南茨城総業専務……」

なにかが落ちる音がしてテレビから視線を戻すと、文緒が立ちすくんでいた。こぼれそうに開いた目でテレビ画面を見つめ、放心したように動かなかった。茨城の土建屋が彼女の叔父だったのだろうか、そんなバカな。すると純一の行方不明のニュースしかない。

(彼女はぼくを知っていたのだろうか)

テレビに映った自分の顔写真より、その可能性のほうがおおきな衝撃だった。記憶をなくしている二年間に、自分は木戸崎プロを訪れ、彼女に会ったことがあるのだろうか。

文緒は具合が悪いといって、すぐに事務所を出た。それまで何度か彼女を尾行する誘惑にかられたことがあったが、なんとか思いとどまっていた。しかし、その夜は最後まで文緒を追いかけようと、純一はとっさに決意を固めた。

赤坂見附から永田町駅まで、文緒は地下の連絡通路をのろのろと歩いた。うしろ姿の足元がふらついていた。地下鉄の車内でも整った顔からは表情が消え、血の気を失った肌は高い空の雲のようにかすかに青ざめていた。永田町から乗り換えなしで二十分間、新玉川線二子玉川園駅で下車すると、文緒はファストフード店が軒を競う駅前の広場を通り抜け、髙島屋の方向へ歩いていった。純一も何度か訪れたことがあり、このあたりには馴染みがあった。緑の多い多摩川沿いの静かな住宅地で、最近は若い女性に人気の街である。

文緒は玉川通りを右折し、中層の建物が並ぶ一角にむかった。ベージュのタイル張りのマンションに入ると、エレベーターで四階へのぼった。残された力を振り絞るように全身でドアを開け、文緒は明かりもつけず、ハイヒールも脱がずに、狭い玄関に倒れこんでしまった。暗闇のなか、彼女はそのまま動かなかった。

しばらくしてゆっくりと上半身を起こすと、Pタイル張りの玄関がかすかな光りに照らされた。闇のなかでタイルと黒いサマーニットの文緒の腹部だけが、ぼんやりと光りを撥ねていた。平らな腹に浮かんでいるのは、時計の文字盤ほどの明るさしかない白い光りの玉だった。ゆっくりと自転しながら、ちいさな玉は古びた蛍光灯の端のようにくすんだ光りを漏らしている。

彼女は妊娠している！　純一の頭は真っ白になった。

文緒はなんとか立ちあがり、壁のスイッチを入れた。白熱灯が玄関にともると、光りの玉は見分けがつかないほど弱々しくなった。なぜかはわからないが、文緒の場合、光りの玉はごくわずかな輝きしか発しないらしい。

奥のワンルームに移動した文緒は電話を取り、短縮番号のボタンを押した。純一は息がかかるほど受話器に顔を寄せ、電話の相手を確かめようとした。何度か呼び出し音が響いて、電話はつながった。

「はい、こちら掛井です。お電話ありがとうございます。ただ今留守にしておりますので……」

発信音のあとに、文緒はため息をひとつ残し電話を切った。肩を落としてバスルームに入っていく。シャワーの水音を聞きながら、純一はベッドのうえで石のように硬くなっていた。彼女は自分の電話番号を短縮ダイヤルに入れていた。ということは、かなり頻繁に電話で話していたことになる。純一は記憶喪失が情けなかった。だが、いくら過去を探っても、塗り残した見知らぬ国の地図のように、心のなかにくっきりと輪郭を描く空白が広がるだけだった。

オーバーサイズのTシャツをかぶった文緒が、バスルームからあらわれた。頭には白いタオルを巻いている。グラマーというより引き締まったスタイルで、二十代後半の成熟した丸みが、身体のあちこちの線に出ていた。

こんな気分でなければもっと感動したかもしれない、どこか冷静な気持ちで純一は考えていた。文緒は明かりを消すと、倒れるようにベッドに横になり、うつぶせのまま動かなくなった。純一は暗闇のなか、ベッドの一メートルほど上空に浮かび、文緒を見つめていた。背中が震えている、声を殺して泣いているようだ。彼女がこれほどショックを受けるとしたら、自分はいったい彼女にとってどんな存在だったんだろう。

純一はなにも考えることができなくなった。記憶からは二年間が、ごっそりと抜け落ちている。思いだそうという努力は何度も試みていた。記憶に残る場所や、懐かしい人たちの元を、数えきれないほど訪れ、失われた記憶を探ったこともある。しかし、純一の記憶障害は堅固だった。猛烈なフラッシュバックでさえ越えられなかった絶対の忘却の壁。

純一は泣き疲れて眠る文緒の横顔を、夜明けまでただ見つめていた。

十月七日に木戸崎剛監督の新作『SODO―騒動』はクランクインした。新作はオールセット撮影の豪華版で、茅ケ崎の撮影所には小振りの天守閣をもつ城と城下町の一部が、実物通りに組みあげられていた。木戸崎プロの一行は撮影所に詰めきりなので、純一も連日茅ケ崎で張り込みを続けている。

撮影所は駅から歩いて十分ほどの距離にあり、小高い山を背にした広大な敷地に、古い体育館を思わせるさびれたスタジオが並んでいた。撮影所内の道路は舗装されていないので、雨が降ると主演級の俳優たちでさえ、傘を手に足元の水たまりを避けて歩いていた。ここから日本映画を代表する数々の名作が生まれたのだが、全盛期の面影は感じられなかった。スタジオというよりも、倒産した重電メーカーの工場跡地の雰囲気である。木戸崎剛監督の新作の他に映画撮影の予定はないらしく、たまのテレビCF撮り以外は閑散としていた。

それでも新作のセット周辺だけは活気にあふれていた。ある夜、純一は有名な木戸崎チェックを目のあたりに見ることができた。監督は職人の住む長屋のセットを点検していた。四畳半の色あせた古畳に座り、タバコをくわえて周囲に視線を走らせる。脚本をもった若い大道具と美術係が、棒をのんだように立っている。その一室には城から抜けだした幼い若君がかくまわれる予定になっていた。監督は土間におりると、米びつの蓋を開け、なかに手を入れた。

「いい匂いだ、ぬくいな。おい、ここの家、家族は何人だ」

「はい、指物師の若夫婦に、ちいさな娘がひとりの三人です」

「金もってたのかな」

「いや、それは……」

「脚本に書いてないか」

「すみません」

「とりあえず、米びつの米半分に減らしとけ、食器は揃いすぎてるから、もうちょっと地味にしな。それで安い酒も用意する。確かにこの夫婦は貧しいんだな。だけど腕のよさで一目置かれる職人なんだから、なにかセンスのよさを感じさせるものが、インテリアに飾ってある。精一杯背伸びしたりしてな。それなんだろうな、まあちょっと考えとけ」

翌日になると、根付け、印籠《いんろう》、矢立《やたて》、ギヤマン、黄表紙、役者絵、三味線、俳句の短冊と小物が古畳にところ狭しと並べられた。木戸崎監督は横目でちらりと小道具を見るといった。

「この柱、邪魔だな。セット取り壊し、つぎのよろしく」

呆然としたまま立ちつくす係の肩を軽く叩くと、監督はどこかにいってしまった。

純一にとって、映画撮影の現場は興味深いが、退屈な場所だった。自分に具体的な役割もなく、直接の関わりがないのでは当然である。七億円もの製作費を分担しているとはいえ、契約を交わした記憶もなく実感は薄かった。仮にこの映画が大ヒットを飛ばしても、自分とは縁のない数字が銀行同士のあいだで動くだけの話だ。

映画はジグソーパズルのように、ゆっくりとつくられていった。何時間もの準備と待機のあとで、ほんの数十秒の本番が撮影される。スタジオの天井高くライティンググリッドに腰かけ傍観している純一には、映画製作は謎めいた仕事だった。実社会の現実に対するより、カメラのなかの架空の世界に、遥かに真剣に取り組むさまざまな世代の人たち。その真剣さがときにまぶしく、ときにうさんくさく思われた。

十月の終わりごろ、エンドレスヴィジョンでも新たな動きがあった。以前から社長の清川は雲隠れしていたが、社員も寄りつかなくなり、宮田の子分が表参道の本社ビルを占有したのである。ビルの出入口の鍵をつけ替え、簡易ベッドと布団をもちこみ、藤井とトシロウは本社ビルに泊まりこむようになった。純一は家財道具を運ぶ二人組の様子を、ガラスドームの先端から見おろしていた。

もうこの会社も終わりだ。一度食いついたら、やつらは骨までしゃぶりつくす。最高のグラフィック処理能力をもつワークステーションも、売るときは二束三文にしかならない。権利関係のごたごたを力まかせで片づけたら、あとはこのビルを競売にかけておしまいだ。エンドレスヴィジョンがこの世に存在したことさえ、ごく少数のマニア以外は忘れていくだろう。

純一は表参道から茅ヶ崎の撮影所に跳んだ。この夜は文緒の大切なシーンの撮影予定日だった。瞬間移動を繰り返し、薄暗い布団部屋のようなセットで、肩をはだけ豊かな乳房の裾野を覗かせている文緒を発見した。隣には若侍とメイクアップ係が待機し、正面に木戸崎監督がしゃがみこみ、なにか話しかけていた。純一にはそのシーンがすぐに理解できた。文緒が科白を覚えるのに連日つきあったため、純一の頭にも脚本はすっかり入ってしまっている。

それは若君の養育係の文緒が、かねてから思いを寄せていた若侍と、城中の納戸で情を通わす場面である。強烈すぎるスポットライトを避けて、純一が芝居の見える特等席の暗がりに身を落ち着けると、木戸崎監督の声が聞こえてきた。

「なあ、文緒。ここはな、おまえのためのとっておきの見せ場だ、わかるな」

女中姿の文緒はうなずいた。日本髪のかつらのせいでつりあがった眉と切れ長の目が、ひどくなまめかしい。

「おまえは城代家老のハンサムな息子に惚れてる。で、うまいこと相手から誘われる。好きだった男に抱かれるんだから最高だな。ところがこの息子は家老の意を受けて、若君をさらうためにおまえに近づいてきた。抱かれている最中に、自分がお家騒動の道具のひとつとして扱われていることにおまえは気づく。それで、おまえはどうなる」

しばらく考えると、文緒はこたえた。

「醒めます。でも自分が陰謀に気づいたことを悟られないように、幸せそうなお芝居をします」

「そうだな、そういう手もある。このあと若君を連れて、命がけで城を抜けだすんだからな。でもな、そう潔癖なだけじゃ映画はつまらん。醒めたまま、肉は思いきり燃やしてみろ。不実だがあこがれだった男、しかもな、生涯最後の相手になるかもしれない男を、思いきりむさぼってやれ。それも心は醒めたままな。火と氷、ここは温度差があるほど、いい芝居になる、わかったな」

文緒は凄みのある笑みだけでこたえた。若い侍がいった。

「ぼくはどうすればいいですか」

「おまえは彼女に食われてろ」

そういうと木戸崎監督はおおきな咳をした。咳はしばらく続き、周囲のスタッフの動きは心配そうにとまってしまう。咳が治まると監督はひび割れた声でいった。

「はい、スタート」

三分足らずのシーンは、撮影終了までに五時間を要した。すぐそばで生の芝居を見ている純一には、だんだんとなにかが文緒に乗り移っていくのがわかった。嘘なものだけがもつ迫力に純一はたっぷりと酔った。

撮影が済んだ深夜、文緒は楽屋で化粧を落とし、ひとり撮影所のそばに建つビジネスホテルに帰っていった。手狭なシングルルームに戻ると、彼女はすぐに電話を使った。

「あの、お休みのところ済みません。先生をお願いしたいんですが」

「ちょっと待ってください……はい、あなた……代わりました。藤沢さんですね、やはり間違いはないようです。おめでとうございます。五ヵ月ですね。赤ちゃんの状態は良好なようです。詳しい話はまたつぎにうちの病院にいらしたときにしましょう。お身体を大切に」

文緒は電話を切った。平らな腹のうえに浮かぶ光りの玉は、依然としてほの暗いままだった。

純一には文緒の表情が読めなかった。放心しているようにも、困り果てているようにも見える。女優としてのキャリアにようやく光りがあたりかけたこの時期、新しい生命を彼女はどうするのだろうか。純一はぼんやりとくすんだ光りを見つめていた。

十一月に入り『SODO—騒動』の撮影は順調に進行していた。エンドレスヴィジョンに住みこんだ二人組にも動きはない。純一は久しぶりに、小暮秀夫に会うため夜の街に出た。秋のコンサートシーズンも終盤にさしかかり、東京では連夜二十を超える音楽会が開かれている。純一が小暮を見つけたのは、探し始めて三日目の晩、東京中の音楽会を瞬間移動で訪れた八番目のコンサートホールのことだった。

切れ味の鋭さで有名な北欧生まれの若いピアニストのソロリサイタルだった。客席にはハンサムな音楽家目あてに、肩を出したドレスでめかしこんだ若い女性客が目についた。香水の匂いは鼻に小石をぶつけられるように強烈だった。舞台の袖からぼんやりとホールの広がりを眺めている小暮秀夫に気づくと、純一は瞬間移動した。

「こんばんは、小暮さん」

勢いこんで声をかけると、小暮はゆっくりと振りむいた。廃屋の壁にあいた穴のように感情のない顔だった。

「ああ、あなたですか」

小暮の様子にかまわず、純一は続けた。

「ちょっとうかがいたいことがあるんですが……」

放心していた小暮の顔に、なにかを思いついたような表情が浮かんだ。

「ああ、いつぞやのことですね。私がなぜ魂だけでこの世にとどまることになったか」

そうではなくといいかけたが、純一は小暮の勘違いに逆らわなかった。生きている人間とのコミュニケーションの方法を知りたいのだが、小暮の話を聞くのもおもしろいかもしれない。秋の夜は長い。

「今夜は、音楽を聴く気分でもないから、お話ししましょう。ついてきてください」

小暮はそういうと開演直前の期待に満ちたざわめきのなか、香水の匂いが漂うホールから出ていった。先頭に立ち東京の夜を飛ぶ小暮を、純一は追った。十一月の空はすでに真冬の冷たさだった。眼下に広がる街の灯は、夏のようにふくらまず、きりりと輪郭を引き締め輝いていた。

無言の飛行が十五分ほど続いて到着したのは、千駄ヶ谷にある総合病院だった。面会時間を過ぎ閑散としている病院の白い廊下を、ふたりは進んでいった。暗い廊下にナースステーションの明かりが、灯台のように浮かんでいる。

「ここに、私が幽霊になった理由があります」

通路に置かれたワゴンの横に立ち小暮秀夫はそういった。ワゴンのうえには電子レンジほどのおおきさの心電モニターがのせられ、緑の波が画面のなかをうねっている。小暮がドアのない病室に入ると、純一もしかたなくあとに続いた。

ベッドにむかって何本ものチューブが床を這っていた。固いシーツの中央には、肉が落ち元の人相がわからなくなった初老の男が、上半身を起こし横たわっていた。意識はないようだ。浅く速い呼吸音だけが聞こえる。

「紹介しましょう。かつての私の上司です。この男のせいで私は自殺したんです」

ベッドの足元から感情の抜け落ちた声が響いた。

「私は三十七年間役所勤めをしました。学歴もなく、とりたてて有能でもなく、家族も子どももちませんでした。なぜかはわかりません。今はただ、そういう巡りあわせだったのだと思っています。この男とは二番目の職場で会いました。国の補助金だけで、なんとかやりくりしている外郭団体で、初めから私に仕事はありませんでした。この男の仕事は、役所から払い下げられた余計者を辞めさせることでした」

小暮の言葉はいったん流れだすと、泉のように続いた。

「いじめはそれはひどかった。子どもたちばかりじゃない。いじめというのは私たちの社会の根にある病気です。私の机は衝立《ついたて》でひとつだけ隔離されていました。話しかけてくる職員は誰もいません。私はくる日もくる日も、誰も読まない報告書を書かされました。提出すると一字一句をあげつらい、学歴も教養もないと、この男は大勢の職員のまえで私をののしりました。私にはコピー機やワープロの使用は許されませんでした。三枚複写のレポート用紙にボールペンで書くのです。見てください、私の手には死んでからもこんなに立派なペンダコが残っている。私も必死でした。六十を過ぎて職場を辞めれば、この不景気につぎの仕事はない。だが、ご存じのように、文章というのは無限に直せるものです。ここは漢字に直す、この最後は体言どめがいい。一週間かけて書き直した私の報告書は、ほんの二、三分で赤字を入れられました。『お上に提出するものだ、間違いがあっちゃいけないな』。笑いながらこの男は報告書を私に投げたものです。私はそれを再び書き直して再提出する。はずみ車のなかのハツカネズミ、それが私でした。どこにもいけないのに必死になって駆け続ける。ネズミのほうがまだ幸福だったかもしれない。私はその作業がまったく無意味であることを承知していたし、上司や同僚たちも私の仕事が無価値なことはわかっていたのです。ただの嫌がらせに過ぎない。みんな裏では私がいつ辞めるか賭けをしていました」

明かりの消えた病室にちいさな笑い声が響いた。窓辺のカーテンには月の光りが冷たくさしている。

「それでも私は三年間その職場で耐えました。四年目に入った春、私はいつものように五度か六度目の直しをもって、この上司のまえに立ちました。この男は若い女性の事務員とゴールデンウィークの過ごし方を楽しそうに話していた。私が机に報告書を置くと、こちらも見ずに、一枚目のなかほどの句点にバッをつけました。一文字詰めてまたすべて書き直し。この男はなにごともなかった調子で話し続け、蠅を追うように私にむかって手を振りました。そのときです、私のなかでぷつりと音を立ててなにかが切れました。上着も取らずに私は事務所を出た。どこをどう歩いたのか覚えていません。気がつくと日比谷公園のベンチに座っていました。新緑の木々も、若いサラリーマンも、子どものようなカップルも、目に入るものは皆美しかった。あの五月の風や光り……私は奇跡のように美しい、この不思議な世界に感謝しました。そして、ひとり暮らしの部屋に戻り、首を吊りました。長年使ったネクタイを撚《よ》りあわせ、ロープの代用品をつくるときには、思わず鼻唄を歌っていたことを思いだします」

純一には返す言葉がなかった。小暮の上司の浅い呼吸は続いている。

「私はただ消え去りたかった。それはたいした望みじゃなかったはずです。だが、気づくと浅ましくもこうして私は存在していた。よほど恨んでいたんですかね。いい機会だ、この男に復讐してやろう、私はそう決心した。風使いの練習を重ね、この男の周辺を調べあげ、ときどき姿を見せてやった。しかし、それも無駄なことでした。この男の手術は三回目です。悪性の腫瘍は全身に散っている。私だってこれほどの苦しみをこの男に与えようとは思っていなかった。結局この男だって、上司から年間の職員削減目標を与えられていたのですから」

小暮秀夫は力なく笑った。

「復讐は別に甘いものじゃありません」

純一はうなずくこともできなかった。

「でも、それももうおしまいです。この世界に長くとどまり過ぎて、怪物のようになったり、精神に異常をきたしている魂もある。どうやらこの世界は肉体をもたないものには刺激が強すぎるようだ。今日はあなたに会えてよかった。掛井さん、あなた証人になってください」

「いったい、なんの証人ですか」

「私が魂として存在していたこと、立派な最期を遂げたことの証人です」

「小暮さんがなにをいっているのか、ぼくにはわかりません」

純一の声は、ほとんど悲鳴のようだった。小暮秀夫はほほえんでいった。

「今にわかりますよ。さあ、この病室にも長居しました。もういきましょう」

そういうと小暮秀夫は病人に目もくれずに廊下に出た。階段をおり、病院一階の裏手にむかっていく。暗い廊下のつきあたりに電飾のプレートがさがっているのを純一は見た。赤地に白い文字が光っている。

EMERGENCY―救急治療室。

無人の廊下のベンチに小暮秀夫は腰をおろした。

「さあ、ここで待ちましょう」

純一は思いきって小暮に質問した。

「どうすれば生きている人間に、意志を伝えられるんでしょうか。幽霊も人間に姿を見せたり、話しかけたりできるんですか」

「ええ、できますよ。そうでなければ、これほど目撃談が残っているはずもありません。まあ、そう簡単というわけではないんですが」

淡々と話す小暮に純一は身を乗りだした。

「教えてください。どうしても必要なんです」

「復讐に使うわけじゃありませんよね。まあそれもいいでしょうが。お教えしましょう。適性といっしょで、あなた自身でもそれは遠からず発見できることです」

そういうと小暮は視覚化のテクニックについて話し始めた。

「基本的にはいつでもどんな場所でも可能です。ただし、それにはたいへんなエネルギーと才能がいる。視覚化はとても疲れるんです。正確には誰も知りませんが、一度視覚化すれば魂の世界で数カ月の寿命を失うといわれています。それも一度にほんの数十秒程度しかできません。ですから、みんな条件が整ったときにしかやらないのです。条件というのは……」

救急車のサイレンが遠くで響き、廊下の奥から人々のざわめきが流れてきた。ストレッチャーにのせられた少女が裏口から救急治療室にむかってくる。若い両親がつき添っていた。純一は目のまえを通りすぎる五歳くらいの少女を見た。気を失っているようだ。頬には涙の跡が残っている。右足がひざのところからおかしな角度でねじれ、つま先があり得ない角度で外をむいていた。

「階段から落ちたんです。頭は打っていないように思います」

泣きながら母親が医師に説明した。看護婦も続々と集まってくる。

「わかりました。念のために頭部も調べておきましょう。外でお待ちください」

「呼吸脈拍、正常です」

看護婦の声が聞こえた。

「まあ、あれなら大丈夫なようですね。どうも気がせいてしまっていけない」

腰を浮かせて様子を眺めていた小暮秀夫は、そういうと座り直した。

「その条件なんですが……」

一刻も早く先を聞きたい純一が、せっつくようにいった。

「いろいろとあります。まず、その相手が当の幽霊を知っていたほうが、視覚化はスムーズにいくようです。ところどころぼけてしまってもイメージしやすいですから。視覚化するときは、どうしても顔を見せたくて、上半身が中心になるので、つま先がぼけたりしやすいんですね。幽霊に足がないなんていうのはそんなケースです」

「霊も必死なんですね」

「もちろんです。生きているときに無力だった人間が、死んだからといって神に等しい知力や超能力をふるえるはずがありません」

小暮は淋しそうな笑顔を見せた。

「自然条件としては、湿度が高くあたたかいほうがいいともいわれています。媒介を使わずに、なにもないところにあらわれるのはたいへんなエネルギーを消耗するので、スクリーンのようなものがあるといいです。例えば、濃い霧とか、白い壁面とか、葉が密生した樹木などが好適です。そうしてみると、夏の夜の川べりの柳なんていうのは、古来、魂が視覚化するには絶好の条件なんですね。それに反射を使うのもいいといわれています。鏡やガラス、窓に水面、磨かれた金属の表面などに、自分の姿を映しだす」

「話はできますか。なんとか声をかけたいんですが」

「ええ、視覚化と音声化の両方をいちどきにやるのは至難の業ですが、声だけなら視覚化よりは簡単です。私とこうして話しているあなたの声を、うんと狭くレーザー光線みたいに絞りこんで、相手の耳の奥に送ってやるイメージで練習してください。声だけなら視覚化よりずっと長く使えます。まあ、そうはいっても何時間も長電話のように、おしゃべりできるわけではありませんけれど」

「よかった。小暮さん、どうもありがとうございます」

視覚化と音声化の能力を、なんとか身につけなければならなかった。純一の頭には光りの玉を抱えた藤沢文緒の姿が浮かんでいる。

「そのくらいのことをありがたがる必要はありませんよ。実際にできるようになるには、適性を身につけるときの何倍も、努力しなけりゃいけない。せいぜいがんばってください」

小暮秀夫は晴れやかな表情で純一を見た。

「これで、あなたに伝えることもなくなりました。すこしひとりで考えごとをしてもかまいませんか。そばにはいてもらいたいんですが」

純一は黙ってうなずいた。先ほどの少女はどこかに運ばれ、救急治療室には静けさが戻っている。しばらくして、純一は小暮秀夫がちいさく鼻唄を歌っているのに気づいた。繰り返される人なつこいメロディ。純一の知らない曲だった。それから一時間ほど、純一も人に漏らせぬ自分だけの考えにふけっていた。小暮のそばにいると沈黙も苦にならない。

その夜二度目の救急車は、深夜一時にやってきた。再び患者をのせたストレッチャーが通りすぎる。今度は十代後半の少年のようだ。間延びしたおおきないびきを暗い廊下に落としていく。ところどころ裂けたジーンズにナイロン素材の銀のライダースジャケット。左ひじが熱で溶けて黒ずんでいた。バイクで転倒でもしたのだろうか。

「これは、いけない」

小暮秀夫は立ちあがった。

「小暮さんは医療の心得があるんですか」

純一は不思議に思って聞いた。

「いいや、そんなものじゃありません。いっしょにきてください」

そういうと小暮はストレッチャーを追って、救急治療室に入っていった。診察台にのせ替えられた少年のまわりには、すきまなく医師と看護婦が張りついている。ジーンズとジャケットはハサミで手早く切り裂かれ、みかんの皮をむくように少年は裸にされた。身体の左側のあちこちにすり傷や青あざが見られたが、おおきな外傷は見当たらなかった。少年の裸身はすぐに白い布で覆われた。

「きみ、聞こえるか、返事しなさい」

若い医師が耳元で叫んだが、少年はいびきをかいたまま意識を失っていた。井戸の底から響いてくるような低く濡れた音だった。

「CTスキャン室へ」

ストレッチャーに点滴をもった看護婦と医師がつき添い、暗い廊下を小走りで駆けていった。小暮が振り返っていった。

「暗いところのほうがわかるかもしれない。あの少年の腹のうえをよく見てください」

純一は白い布に覆われた少年の腹部に目を凝らした。へそと性器を結ぶ線の中央付近の腹のうえに、硬質な影のようなものが浮かんでいる。その影はストレッチャーが蛍光灯のしたを通るたびに、光りを受けてぎらりと凄みのある黒い輝きを放った。

「なんですか、あれは」

小暮は振りむかずにこたえる。

「あの黒い玉は光りを吸いこむんです。死期が迫るとあらわれます。私の上司の腹にも浮かんでいましたが、気づきませんでしたか」

あわてて首を横に振った。文緒のちいさな白い光りに、この少年の黒い光り。どちらも不気味なものだった。死者の目には余計なものが見えすぎる。

CTスキャン室へ移送された少年は、検査テーブルにのせられた。八畳ほどの広さの部屋の半分を、CTスキャナーの巨大なガントリーが占めていた。少年をのせたテーブルはガントリーに開いた真円のなかを、油圧シリンダーのうなりとともに前後にゆるやかに移動した。小暮と純一はスキャン室の隣にあるオペレーションルームから、ガラス越しに検査を見つめていた。十分ほどで少年の全身の断層イメージが撮影を完了した。操作卓のディスプレイに、人体を輪切りにした白黒映像がつぎつぎと映しだされていく。検査技師のキーボード操作は、画面が頭部になるとゆっくりになった。

「ここでとめて」

残っているふたりの医師の年長のほうがいった。

「前頭葉から頭頂葉にかけて広い範囲で出血がある。急性の硬膜下血腫だな。頭蓋内圧のモニタリングを頼む。減圧開頭術の用意、急がせてくれ」

少年は再びストレッチャーで、うえの階にある手術室に運ばれていった。

「さあ、いよいよです。きてください」

小暮が純一に囁いた。

手術は少年が病院に着いてから、一時間たらずで始められた。きれいに剃りあげられた少年の頭部にさきほどの医師が立ち、少年の耳のまえにメスを入れた。両耳をつなぐように皮膚をまっすぐに切開していく。頭皮を前後に折り返すと淡く血の色をのせた少年の頭蓋冠があらわになった。電動鋸のモーターが手術室に響くと見ていられなくなり、純一は手術台を離れ暗がりに身を隠した。小暮秀夫は憑かれたように開頭手術を見つめている。頭蓋冠が切開されると、骨と硬膜のあいだにくさびのような金属がさしこまれ、ばりばりと硬膜から頭蓋骨がはがされた。小振りの受け皿ほどの骨がはずされると、硬膜が取り除かれ、少年の脳がむきだしになった。高い内圧に押され、切開部から脳があふれそうに盛りあがっている。前頭葉を広範囲に覆う血腫は、血の塊でつくられた巨大な舌のようだった。赤黒い先端を伸ばして、少年の脳をなめつくそうとしている。医師は血腫を取り除き、脳表面の出血部位を焼灼《しょうしゃく》していく。生命信号をモニターしていた看護婦の声が、手術室に反響した。

「血圧低下。百十～六十……百～六十……九十～五十……」

執刀に当たる医師たちのあいだで、緊迫した視線が交わされた。

「さらに血圧低下しています。八十～五十……七十～四十……」

手術台の周囲でスタッフの動きが激しくなった。

「見てください」

小暮秀夫の声で純一は手術台に横たわる少年に目をやった。青い布で覆われた少年の腹のうえでは、ひとまわりおおきくなった漆黒の玉がゆっくりと回転していた。泥沼に湧く気泡のような粒が表面に無数に浮かび、破裂すると一瞬開いた孔のなかに、周囲の光りが吸いこまれていく。光りをのむたびにその黒い玉は成長していくようだった。純一にはなぜかその玉が、周囲のすべてをあざ嗤《わら》っているように見えた。

「私はそろそろいかなければなりません。ここにとどまることもできますが、もう十分死後の世界も味わいました。掛井さん、お元気で。あまり無理をしてはいけませんよ。ひとつの魂として私が存在していたこと、私の最期を覚えていてください。もし誰かに聞かれたら、小暮秀夫は立派に少年の命を救うため旅立ったとお伝えください」

低いハミングが聞こえた。小暮は遠い目をして、瀕死で横たわる少年を見つめている。すこしだけ振りむくと純一に横顔を見せた。そのシルエットは泣いているようにも、笑っているようにも見えた。

小暮秀夫はふわりと浮きあがると、手術台の少年の黒い光りにむかって、飛びこんでいった。手を伸ばせばふれられそうな漆黒の玉までは、無限に近い距離があるようで、うず潮にのまれる流木のようにゆっくりと回転しながら吸い寄せられていく。死の圧倒的な重力に押し潰され、小暮の姿は次第にちいさくなっていった。

回転の速度が上昇し、人間の形をとどめられないほど圧縮されると、小暮秀夫の魂は一粒の光りになった。瀕死の少年の腹部のうえ、暗黒の星の軌道を光りの粒子が猛烈な速度で周回している。白い光りの繭《まゆ》が黒い玉を覆い隠し、絶対的な死の力さえうわまわるように見えた。漆黒の玉はまばゆい白熱光に包まれている。

しかし、その状態は長く続かなかった。光りの粒がついに黒い球体の地平に衝突する決定的な瞬間がやってきた。そのとき爆発も閃光もかすかな接触音さえなく、打ち消しあうように闇と光りが消失した。あとにはなんの痕跡も残っていない。少年の腹部に、無影灯が容赦なく照りつけるだけだった。

心電モニターを観察していた看護婦が叫んだ。

「血圧上昇。八十〜五十……九十〜六十……百十〜七十……」

「驚いたな、ひやひやさせてくれる」

年長の外科医の額を看護婦がぬぐった。張りつめていた手術室に安堵感が広がる。

(驚くことなどなにもない)

純一は叫びたかった。ひとつの魂が自己の存在を賭けて、死の力を押し返したのだから。

純一は涙をこらえ、手術室の隅の暗がりに立ちつくしていた。


十二月なかば、『SODO―騒動』のクランクアップを見届けるため、純一は茅ヶ崎スタジオを訪れた。撮影現場には緊張感とともに、どこかもの悲しい空気が漂っていた。トラブルと残業と徹夜続きでも、スタッフは皆この仕事が好きなのだ。撮影終了日の淋しさは部外者にも自然に伝わってきた。

ストーリーの流れに沿って順撮りされた映画のラストシーンは、主人公の浪人が仕官の勧めを断り、奥方に別れを告げる場面だった。カメラテストが慎重に繰り返された。城中の広間の金泥の大襖には、夕日代わりのオレンジ色の照明が、毒々しく当てられている。時代劇は初めてという主演俳優が、居並ぶ家臣を離れ、ただひとり座っていた。浪人は頭をさげると刀をとり、軽々と一挙動で立ちあがり広間を出ていった。追いかけようとする若侍を奥方がとめた。うしろ姿を見送る奥方の顔に、感謝や悲しみや憧れといった感情が、パレットのうえで絵の具を混ぜるように練りあげられていく。撮影中に協議離婚が成立した、四十代後半の女性とは思えない見事な演技だった。

カットの声が木戸崎監督からかかると、スタジオのあちこちで、お疲れさまの声があがった。奥方役の吉原京子から監督に花束が渡され、拍手が自然に湧きおこった。

「ご苦労さまでした、監督。つぎの映画もすぐに撮ってください。私に声をかけるのも忘れないでね」

「おお、サンキュー」

監督の声は、錆びた金属管を抜ける風のようにかすれていた。一言礼をいうのさえ、ひどく苦しそうだった。隣に控えていた文緒が監督から花束を受け取った。妊娠七カ月目を迎え、腹部はかなりふくらんでいるはずだが、文緒はマタニティウエアではなく、ゆるやかなスモック風の上着で上手に隠している。外見から彼女の妊娠に気づいたものは、まだいないようだった。撮影現場のどこかで携帯電話のベルが鳴った。

「スタジオ内は携帯禁止だっていってんだろうが、どいつだ」

若い助監督のひとりが声を荒らげた。プロデューサーの木戸崎渡がスーツの内ポケットをさぐる。

「済まない、撮影が終わったんで、また電源を入れたんだ。もしもし……」

プロデューサーはスタジオの出口にむかう途中で、電話から流れる声を聞き、足をとめた。純一には木戸崎渡の顔色が変わるのがわかった。

「ちょっと待ってくれ」

木戸崎渡は送話口を押さえ、足早に巨大なスチール扉にむかっていく。プロデューサーはスタジオを出ると、砂利道を歩きスタジオの裏手にまわった。木製の電柱から、蛍光灯の光りが点々と落ちていた。金網のフェンスのむこう側は、そのまま裏山の暗い森に続いている。木戸崎渡は周囲に人がいないのを確かめ、声を落として話し始めた。

「もしもし、あんた、どういうつもりだ。もうビジネスの話は終わっているんじゃないのか」

純一は携帯電話に顔を寄せた。髪の油が鼻をつく。

「いや、べつにどんなつもりもありませんよ。今日は撮影終了をお祝いしたいと思って、お電話をさしあげているだけです」

純一にも聞き覚えのある声だった。

「ああ、けっこうだ。ありがとう。切るぞ。もう二度と私に電話をかけんでくれ。それから『騒動』はちゃんと封切館で見るようにな」

「用済みの相手には冷たいんですね、日本有数の名プロデューサーといわれた人が。そうつれなくしないでください。せっかくお祝いの花をもってきているんだから、受け取るくらいいいでしょう」

電話は突然切れた。

「もしもし……」

無音の携帯にむかって狼狽した木戸崎渡が叫んだ。砂利道を近づいてくる足音がスタジオの角から聞こえた。純一はそちらを見なくても、それが誰なのかわかっていた。あの声の落ち着きはらった冷静さ、暴力を内に秘めた糖衣のような丁寧さ。電話の最中に、全身が震えるほどの怒声を張りあげ相手を恫喝《どうかつ》する、その男の計算高い目を思いだす。

「二度と電話もするなとはご挨拶ですね、木戸崎さん」

宮田コミュニケーションの社長、宮田だった。映画の主役を張るファッションモデルあがりの男優より断然貫禄がある。黒に近いグレイのスーツに白いシャツ、ネクタイは黒に銀の水玉。宮田は右手に携帯電話、左手に白いバラの花束をさげていた。木戸崎渡は突然の宮田の登場に、声も出せないほど驚いていた。心理的な揺さぶりをかけ、つねに優位な状況で交渉をはかる。わかっていても効果的なやくざの演出手段だった。

「それにしても、撮影スタジオの警備なんてこんなものですかね。木戸崎プロの関係者だといって、でたらめな名前を書いただけで門番はフリーパスだ。今はいろいろとぶっそうなこともありますからね、もうちょっと注意したほうがいいですよ」

宮田は唇の端で笑い、花束を差しだした。木戸崎渡も落ち着きを取り戻したようだった。花束を受け取るとプロデューサーの顔に戻っている。

「監督はお元気ですか」

「なんとか撮影終了までもってくれたよ」

「それはよかった、これでひと安心だ」

「いいや、素人のあんたにはこれで終わりに見えるだろうが、まだ編集、音入れ、ダビング、宣伝と後工程がたっぷりと残っている。映画をきちんと金に換えるまでは、もうひとふんばりしてもらわなきゃならない」

「なるほど、それはたいへんだ」

「ところで、今日はなんの用でわざわざご足労願ったのかね。あんたが花束の贈呈のためにだけ、のこのこ出むいてくるとは思えないんだが」

「そうですね、昨今こちらの業界もすっかり不景気でして、ちょっと資金的なご協力をお願いできないかと思いまして」

木戸崎プロデューサーの顔が引きつり、花束の先がだらりと地面を指した。かすかに揺れた空気に、花の香《か》がのって純一まで届いた。十二月の冷気に延びるバラの香りはカミソリのように鋭い。

「ちょっと待ってくれ。あんたのところにはちゃんと報酬を渡したはずだ。仕事の依頼も支払いも、一回きりの約束じゃないか」

「こちらはそんなお約束をした覚えはありません。これからも末永いご贔屓《ひいき》のほど、よろしくお願いします」

宮田は鋭い目を木戸崎渡からそらさず、笑ったまま軽く頭をさげた。木戸崎はふっと息を吐くと、両肩を落とした。

「そういうことか」

「さすがにのみこみが早い。まあ、それも当然か。木戸崎さん、あんただって誰のおかげでご立派な芸術映画が撮れたのか、わかっているでしょう。人を顎で使って危ない橋を渡らせといて、はした金でポイはいけませんよ。そういうのを人倫に悖《もと》るといいます。こちらの業界じゃ、そんなことをやっていたら命がいくつあったってたらない」

木戸崎渡は苦笑いしていった。

「おいおい、目先の金のことしか頭にないくせに、人倫だ命だというのはやめてくれよ。私はやくざ映画のプロデューサーじゃないんだからな」

激昂するかと思ったが、宮田は頭をかいてやりすごし、はにかんだ笑顔を見せた。

「いや、お恥ずかしい。私も業界の水に染まりすぎましたかね。確かにこれはビジネスだ。命がどうのという話は抜きにしましょう。だけど、あなたのところでも封切りまえの映画にスキャンダルは困るでしょう。主演女優の不倫だ離婚だってのは、いい宣伝になるだろうけど、製作費がらみの刑事事件となったら、巨匠木戸崎剛の映画だって、封切りもむずかしいだろうな」

「そうだな。だがそうなったら、そっちにまわる金もゼロになる。すべてはこの映画の興行収入にかかっている。それに事件が暴露されれば、あんたの手もうしろにまわることになるんじゃないのか」

「おっしゃる通りです。確かにうちも無傷というわけにはいかない。だが、痛手は木戸崎さんのほうが、比較にならぬほどおおきいでしょう」

宮田は目に力をためてじっと木戸崎渡を見つめた。無言の時間が流れ、視線の圧力に負けた木戸崎は裏山に目をそらすと、自分から口を開いた。

「いくらほしいんだ」

「いくらとはいいませんよ。私も最近、映画界の勉強をしていましてね、『限定パートナーシップ』というやつに、うちも一枚嚙ましてもらえませんかね」

宮田の吐いた一言で、純一は全身に震えが走った。限定パートナーシップ。エンジェルファンドが投資した『SODO―騒動』の契約書を思いだす。ばらばらだった線がようやくつながり始めた。純一の興奮は治まらなかったが、会話は静かに続いている。

「それにうちの組織のうえのほうでは、金の洗濯に困ってる。最近どの金融機関でも、おかみの目がうるさくってね。それで木戸崎プロダクションを財政的にバックアップしたいんですよ」

「ほう、ありがたいね。映画が当たれば儲かるし、映画の製作費なんて丼勘定だから、いくらでもごまかせる。いずれにしても、うちを通った金はきれいになって戻ってくるというわけか」

「さすが名プロデューサーだね」

「しかし、なんで映画なんだ、他にもマネーロンダリングの手など、いくらもあるだろうに」

宮田に笑顔が戻った。

「私のところのオヤジも私も、昔から映画が好きでしてね。まあ一種の道楽ですか。それじゃこたえになりませんか」

木戸崎渡はすこし笑い、あきれた顔をした。

「言葉半分だけ聞いておこう。しかし、いったい映画なんてものは、なんでこうも大の男をおかしくさせるもんかね」

「なぜですかね。まあ限定パートナーシップの件、お返事はそのうちでけっこうです。『騒動』のご成功、陰ながらお祈りします。それじゃ」

宮田は軽く手をあげると、暗い砂利道を歩き去った。スタジオの陰に隠れていた藤井とトシロウが、宮田が近づくと頭をさげて走り寄り両脇を固めた。木戸崎渡は呆然と立ちつくしたまま宮田を見送っている。純一は空中高く浮かびあがり、曲線を描くスタジオの屋根に腰をおろし、手に入れたばかりの情報を考えていた。

『SODO―騒動』の製作費として木戸崎プロに流れたエンジェルファンドの資金に、自分の殺害の秘密が隠されているのは、間違いないようだ。その一連の流れのどこかで、宮田の組織が一枚嚙んでいる。宮田のところは荒事も得意だろうから、自分を殺したのは、やはり藤井とトシロウの二人組なのだろうか。

監督の健康状態にも、なにか不安がありそうだった。純一は木戸崎渡が暗い砂利道を踏んでスタジオに戻っていくのを、クレーンショットのカメラ位置から見おろしていた。いつもならエネルギーにあふれているプロデューサーの背中は、その夜ひどくちいさく孤独に見えた。

十二月末、『SODO—騒動』の製作は編集工程に移った。編集スタジオは青山の裏通りの静かな住宅街にあるガラス張りの二階建てで、宮田コミュニケーションから空中飛行で五分ほどの場所だった。純一は連日編集室を訪れたが、映画の編集作業を興味深く観察したのは最初の一日だけである。

防音装置を施された薄暗いスタジオのなか、編集は続けられていた。前方の壁には巨大なスピーカーとディスプレイが埋めこまれている。撮影済みのフィルムをビデオに落とした素材を、切り張りしてはつなぎ替える作業を、調整卓にむかった編集者と監督は続けていた。後方の壁際のソファには、プロデューサーをはじめ関係者が、入れ替わりあらわれては消えていった。

試写と再編集は際限なく繰り返された。二十四分の一秒に過ぎない一コマを削ったり加えたり、一見剛胆な木戸崎監督の注文は驚くほど細かく、無口な編集マンは老練な手品師の手さばきでキーボードやトラックボールを操作した。

十分間ほどの編集に丸一日かかることもあり、純一はあきれて傍観するだけだった。しかし、木戸崎監督の指示で順番を入れ替えたり、わずかに場面の長さをカットするだけで、映画の流れがすっきりと整理され、リズミカルで歯切れよくなる。映画のなかを流れる時間を、自由自在にコントロールする監督の特殊技能に、純一は舌を巻いた。

そのころ張り込みの中心は、神宮前の宮田コミュニケーションに移っていた。宮田は、債権回収や高利の街金融をしのぎの柱にする経済やくざだった。構成員は十名足らずの末端組織だが、木戸崎プロの一件は多数のしのぎのひとつに過ぎず、長時間の張り込みを続けても得られる情報はわずかだった。だが、茅ケ崎スタジオでの面会のように、いつ事件が進展する瞬間がくるのか予測はできない。純一は粘り強く待った。待つことと観察すること。それが死後の第二の天性になっている。

なんの成果もない張り込みを終えた明け方、純一は底なしの不安に襲われることがあった。考えてみればある日突然この世界から消えてしまう人間など、数えきれないほどいる。蒸発、失踪、誘拐、事故、自殺、殺人、人身売買……理由はさまざまだが、そのうち発見されぬまうやむやになってしまった人間も無数にいるだろう。純一の場合、行方不明が判明しただけで、殺害の事実さえまだ誰も知らないかもしれない。実際に死体が発見されるまでは、事件にもならないだろう。

表参道のケヤキ並木には百万個を超す豆電球が飾られ、クリスマスのライトアップが始まっていた。深夜までカップルがとぎれることなく通る参道は、視覚化と音声化の練習には格好の場所だった。クリスマスの街の雰囲気も、純一には心地よい。

自分が殺されてみるとよくわかる。ハードで残酷で厳しいだけでは、魂だって生きていけない。甘くて無駄があってくよくよしている、それも立派に生きていることの素晴らしさだった。

組事務所の張り込みや視覚化の練習に疲れたとき、純一は表参道の散歩に出かけた。明治神宮まで延びる輝くケヤキ並木の上空を滑走し、エスプレッソの香りのなかオープンカフェをうろついたりする。最初に音声化の壁を破ったのも、その街でのことだった。
イブの夜は早くからタクシーの渋滞が続き、たくさんのカップルで表参道はにぎわってい
た。終電の時間が近づき、最後の練習のため、純一は適当な相手を探していた。足早に過ぎ
る人影から、そのふたりに純一は目をとめた。男は三十代なかば、長く伸ばした髪をうしろ
で束ね、深緑のベルベットのスーツを着ている。どんな仕事をしてるのかわからない怪しげ
なタイプだった。男から数メートル遅れ、のろのろとついていくのは、十代のショートヘア
の少女である。丸顔で頬が赤く、身体のラインをぴたりとなぞる黒いジャケットとミニスカ
ート姿だった。歩きながらハンカチで頬を押さえる少女から、精一杯でどこかちぐはぐな印
象を受けた。少女の血色のいい耳の奥へ、純一は声を絞りこんだ。
「だいじょうぶ？　どうかしたの」
何事もなく通りすぎるはずの少女が、びくりと全身で反応を示した。周囲をきょろきょろ
と見まわす。純一の鼓動が激しくなった。腰かけていたケヤキの枝から、まっすぐ数メート
ル飛んでそばにおり立つ。少女の目は涙で真っ赤だった。
「ぼくの声が聞こえますか。聞こえるなら返事をしてください」
純一は少女の耳に口を寄せて叫んだ。音声化の技術などすっかり忘れてしまっている。
「……はい……あの、誰なんですか。どこから話しているの」
「なにしてんだよ。帰るぞ、のろのろすんな、ミホ」
男のいらついた声が聞こえた。戻ってきた男は少女の手を乱暴につかむとぐいぐいと引き

始めた。もうすこしでいいから話をしたい。純一は男の強引な態度とハンサムだが卑しい顔つきに腹を立てた。今度は慎重に声を絞り、少女に話しかける。

「私はあなたの守護霊です。その男はあなたの未来に暗い影を落とします。早く別れてしまいなさい。わかりましたか」

「ええ……あの、わかりました」

「おまえ、なにいってんだよ。頭おかしくなったのか」

不思議そうにいう男にかまわず、純一は続けた。

「一刻も早いほうがいい。今夜、別れてしまいなさい」

少女は真剣な表情で黙ったままうなずいた。男の手を振りきると植えこみをつっきり、あわててタクシーを停めた。男は驚いて立ちつくしたまま、少女を乗せたタクシーが走り去るのを見送っている。純一の笑い声が弾けた。

生きている人間と話せる！　初めての音声化の成功に、純一は歌でもうたいたい気分だった。小暮秀夫が健在なら真っ先に報告するのだが。光りの粒になって消えた小暮の最期を思いだし、じっとしていられずに表参道の空高く駆けあがった。

生の白い光りと死の黒い光り。瞬間移動のマジックと全身に染みわたる音楽の美しさ。こうして自由に空を飛べること。死後の謎の数々を純一は思った。遥か下方には光りの運河が網の目のように、東京の街を覆っている。

死者になって初めて迎えるクリスマス。純一は死後の存在として、この世界に生きるのも、悪くないように思えた。

大晦日、純一は藤井とトシロウの二人組に張りついていた。木戸崎剛監督、実弟の渡プロデューサー、宮田と、家族のあるものはそれぞれの家庭に戻り、藤沢文緒は福井の実家に帰省している。純一にできるのは、エンドレスヴィジョンの社屋でわびしく年を越す二人組の張り込みくらいのものだった。

たれこめた雲に街の明かりが照りかえし、空が赤黒く腫れあがった大晦日の夜、藤井とトシロウは表参道の裏通りに店を開けた居酒屋に腰をすえ、新年を迎えようとしていた。店内にはふたりの他に数組の男性客がいるだけだった。奥座敷のチーマー風の五人連れが騒がしいが、あとは静かなものだ。数カ月にわたる張り込みで、純一は自分を殺害したかもしれない二人組に、奇妙な親近感さえ覚えるようになっていた。

兄貴分の藤井がトシロウにビールを注ぐといった。

「おまえ、家族はまだ元気なんだろ。正月ぐらい帰ってやったほうがいいんじゃないか」

両手で受けたトシロウは、一息でビールを干した。

「いいんです。帰ったってろくなこと、ありませんから」

「知ってるぞ。おまえ、弟の学費、毎月送ってんだろ」

トシロウは金髪の坊主頭をかいた。

「やめてくださいよ、兄貴。弟のやつ、おれと同じで頭悪くて、学費の高い私立しか受かんなかったんですよ」

「それでも、なかなかできることじゃ……」

話の途中で店の奥から喧しい歓声があがった。ヒューヒューというひやかしに鋭い指笛が混ざっている。しみじみと話していた藤井が、いきなり罵声をあげた。

「るせーぞ、コラ。人がいい話してんだ、ちょっと静かにしろ」

藤井が凄むと同時に、トシロウも腰を浮かせ、座敷にガンを飛ばした。チーマー風の五人は目を細めてふたりを見つめ返している。

「なんだ、小僧」

トシロウが叫んだ。

「まあいいから、やめとけ」

藤井はトシロウを抑え、話の続きに戻った。トシロウは気が済まない様子で藤井の相手をしている。しばらくして少年たちは連れ立って店を出ていった。ふたりはレジへ目もやらなかったが、チーマー風の五人組はふたりのテーブルに険しい視線を集めていた。

「いろいろあるんだろうけどな、家族は大事にしたほうがいいぞ。世話になるならないじゃなくな。おれにもよくわからんけど、家族ってのはやっぱり血とか運命みたいな、神様が決めたもんでつながってる。そんなもんだろ」

黙ったままトシロウはうなずいた。照れくさくなったのか、藤井はしきりにビールを流しこんだ。テレビ中継の除夜の鐘が尾を引いて、狭い店内を満たした。

「おれたちもいくか、これで勘定払っとけ」

藤井はトシロウに新書判の経済学入門書ほどの厚さがある札入れを投げた。トシロウがレジで支払いを済ませると、藤井はそっぽをむいたままいった。

「残りは財布ごとやる。出来の悪い弟にお年玉でもやってこい」

トシロウの目が見開かれ、薄く涙の膜が張った。

「兄貴、ありがとうございます。明けましておめでとうございます。本年もよろしく、お願いいたします」

トシロウは店先で九十度に腰を折った。おうと一言腹に響く声で藤井はこたえる。またひとつちょっといい話か。やくざというのはなぜ身内には、これほど情け深いんだろうか。純一は二人組に続いて自動ドアを抜けながら、複雑な感慨にふけっていた。外は細かな雨だった。新年を迎えた夜更け、明治神宮から遠く離れた表参道の裏道に人通りはすくなかった。藤井とトシロウはエンドレスヴィジョンの方向へ、派手なブルゾンの襟を立てると歩きだした。

「ちょっと待った。あんたら、おれたちになにかゴチャゴチャいってなかったか。よく聞こえなかったんで、もう一度聞かせてくれよ」

ビルの谷間の薄暗い駐車場からあらわれた、先ほどのチーマー風の五人が街灯の光りの輪に入った。毛糸のニットキャップに揃いの白いダウンジャケットを羽織り、片足に楽に胴が入りそうなだぶだぶのジーンズを薄い腰骨に引っかけている。ちょっとまえの流行りのバッドボーイファッションだった。

「おまえら、アホか。おれたちを、神宮前の宮田組とわかってゴロまいてんのか」

トシロウが吠えた。

「親分もチンピラも関係ないね。おれたちは地元の人間じゃない。やるだけやって逃げちゃえば、バカなやくざに捕まるわけないじゃん。それとも、ここは金だけ置いて、さっきの失礼は済みませんでしたって、詫びいれるかい。おっさん」

五人の中央に立つ頭ひとつ抜けた長身の少年が、にやにや笑いながらいった。

「元気いいな、最近の青少年は」

藤井は少年たちにむかって歩きだした。

「その奥の駐車場へいこうぜ。ここじゃ邪魔が入って、ゆっくりと楽しめないだろう」

闘犬の顔に凄みのある笑いが浮かぶ。この状況を心の底から楽しんでいるようだ。藤井はリーダー格の少年から目をそらさず、トシロウに呼びかけた。

「おまえ、ふたりやれるな。おれは、真ん中の元気のいい兄ちゃんと残りをもらうぞ」

街の虫食い跡のような駐車場に男たちは移動した。行きどまりのビルの壁面には、ロックバンドのビルボードが照明に浮きあがっていた。青い炎のなかで長髪のギタリストが、エレクトリックギターを機関銃のように構えている。

雨に濡れたアスファルトに影が走って、格闘は突然始まった。トシロウが数歩駆けると、いきなり手近にいる少年をうしろから殴りつける。手に白いものが隠れていた。ダウンジャケットの背にひと刷毛《はけ》の血が飛んで、少年は頭を押さえて座りこんだ。

「戻ってから使おうと思って。さっきの店でパクってよかったですよ」

トシロウは藤井に笑いかけた。分厚い陶器の灰皿を見せる。

「なあ、兄ちゃん。四対二じゃあ、ちょっと厳しくないか。ハンデつけてやろうか」

藤井の言葉に少年たちはキレたようだ。乱戦が始まった。純一はパーキングマシンの上段に停められたBMWのボンネットに腰かけて、二人組の活躍を眺めていた。

ケンカにもプロとアマの差は歴然とあるようだった。藤井とトシロウは防御をしっかりと固め、相手が戦闘不能となる急所を一撃していく。三分後にはリーダー格の少年を残して、全員が濡れた地面に倒れていた。鼻を折られた少年、膝を抱える少年、肘がはずれた少年、顎を押さえながら生まれたての子馬のように震える少年。リーダー格は駐車場の奥に追いつめられた。背後のポスターのなかでは、CGの青い炎が躍っている。

「くるんじゃねえ。刺すぞ」

最後に残された少年は、カチャカチャと手首を振ると、おもちゃのようなバタフライナイフをかざした。震える刃先に雨の滴が伝い落ちる。

「おまえ、人を刺したことないだろ。やくざ刺して刑務所いくか。おれたちは一生追いこみかけるぞ。おまえの家族だって、無事で済むと思うなよ。そんなもんしまっとけ」

「しまったら……あの、今夜は見逃してもらえますか」

「ああ、おまえらが二度と、原宿なんかにこなけりゃな」

ナイフの刃を納める瞬間、少年の視線は手元に戻った。藤井はその隙を逃さなかった。右手でナイフを払い飛ばすと、そのまま少年の顔の中央に頭突きをぶちこむ。一発ではとまらなかった。ダウンジャケットの襟元をつかんで、少年の足先が宙に浮くほどもちあげると、切り傷が走る額に少年の顔をまっすぐに落とした。骨と骨が打ちあう音がビル壁に鈍く反響する。少年の意識は最初の一撃で朦朧《もうろう》としているようだ。人形のように手足から力が抜けていた。硬い土に杭を打ちこむような音がしばらく続くと、藤井は少年を濡れた地面に投げ落とした。リーダー格の少年は、おかしな角度に身体を曲げたまま動かなかった。

「正月でいい気分だったんだがなあ。おまえ、最低だな」

藤井は落ちているナイフを拾った。トシロウは倒れた少年に、ところかまわず蹴りをいれている。闘犬の顔をした男は慎重に刃を開くといった。

「仲間を見捨てて自分だけ逃げようとはな。本当におまえは最低だ」

その声の異様な静かさに、純一は嫌な予感がした。

かがみこんだ藤井が、少年の頰でバタフライナイフを軽く引いた。アスファルトの水たまりに自分の血が溶けても、意識をなくした少年は悲鳴もあげなかった。

純一の心にひとつのイメージが渦を巻いて戻ってきた。

夏の夜……森のなかの空き地……地面に口を開けた四角い闇……その底に横たわる裸の男……砕けて土に混ざる歯……頰に降りかかる冷たい土。

激しい動悸を繰り返す純一の心臓にあわせ、ビルボードを照らすスポットライトがゆっくりと明滅を始めた。薄暗い駐車場の一角が、波打つような光りに照らしだされては、闇に帰る。

「……ヤ……メ……ロ……」

その声は遠くから響いてきた。かすれた冷たい声で、あの四角い穴の底から流れてくるようだ。

藤井は口元を笑いに歪めたまま、目を細めて少年に話しかけていた。返り血で濡れた額が黒く光っている。

「おまえは野良犬だな。また元気になれば、大人に嚙みつくようになる。ちゃんとお仕置きをしてやらなきゃわからない。そうだな」

少年の額にナイフの刃先を走らせた。なにか刻んでいるようだ。文字？　大の字だろうか。最後に藤井は少年の額をナイフで軽く突いた。こつんと頭蓋骨にナイフがあたる音がする。犬。

少年の額に刻まれた赤い文字を見て、純一のなかでなにかが切れた。

「ヤメロー！」

純一は絶叫した。なぜか自分の声が駐車場の行きどまりの暗闇から響いてくる。藤井とトシロウは倒れた少年から視線を移し、ビルボードを見あげた。

そこに純一も見た。明滅を繰り返すスポットライトのなか、二次元のビルボードに印刷された青い炎が、フレームを突き破ってビルの壁面や小雨の空に長い舌を伸ばしている。噴きだす炎の中心には泥まみれの裸の男が立っていた。男は右手を藤井たちへ差しだし、絶叫の形に口を開いた。砕けた歯と泥で埋まる口のなかで青い炎が躍っている。男は叫んだ。

「ヤ、メ、ロ……ヤメロ……オ、ワ、リ、ダ」

駐車場ではすべての動きが静止していた。藤井は立ちあがりナイフを落とし、トシロウの顔は蒼白になっている。倒れた少年たちも、目をいっぱいに開いて炎を見あげていた。

純一は青い炎の男の正体を理解した。それは穴の底に横たわる純一自身の姿だった。裸で葬られた泥まみれの死体が、ビルボードのなかに視覚化され、よみがえっている。そう気づくと同時に炎の勢いは急速に弱まり、ポスターにたたみこまれるように消えていった。裸の男もビルボードの奥へと無限に後退していく。しばらくすると壁面はギタリストが炎のなかでポーズをつけている、ただの広告看板に戻ってしまった。

「いくぞ」

かすかに震える声で藤井がいうと、二人組は素早く駐車場から姿を消した。純一はうめき声をあげる少年たちと深夜の駐車場に残された。細かな雨はいつのまにか、みぞれ混じりに変わっていた。純一は重い疲労と脱力感で、BMWのボンネットに横たわったまま身動きもとれなかった。数分後、チーマーの少年たちも一団になって身を寄せ、駐車場から出ていった。

どのようにしてか、二度とできるかもわからないが、純一は視覚化に成功したようだった。小暮のいう通りひどい消耗感で、指一本あげる気にもならなかった。

ボンネットに倒れたまま純一は笑いだした。初めて藤井とトシロウに一矢を報いた。あの悪夢の夜のように、手も足も出せなかったわけではない。自分の姿を見せ、二人組を心底恐れさせることができたのだ。

遠くから除夜の鐘の音が夜の底を這ってきた。生者の煩悩を打ち消す重い響きが、空にかかる無数の雨粒を震わせる。純一の脳裏をこの一年間が駆け巡った。自分は今年死んで、今年魂だけの存在で転生した。死後の世界の不思議に翻弄され、落ちこんだり、焦ったりしたこともあったが、なんとか乗りきることができた。まだ自由には使えないが、視覚化と音声化の能力も確認した。

悪くないじゃないか、自分にしては上出来じゃないか。

みぞれが跳ね飛ぶ冷たいボンネットに頬を押しつけたまま、奇妙な幸福感に包まれて、純一はいつまでも続く鐘の音に身をまかせていた。

天使の攻撃

新しい年は臨時ニュースで始まった。

佃のマンションで正月深夜のテレビ番組を眺めていると、画面上方にテロップがあらわれた。

映画監督・木戸崎剛さん（67歳）、緊急入院。

同監督は現在、新作時代劇『SODO—騒動』を製作中。

追加情報を求めて他のチャンネルを一周したが、どの局でも木戸崎剛の入院を取りあげてはいなかった。『騒動』の製作費を分担しているそのキー局以外、木戸崎監督の緊急入院はニュースバリューがないようだ。

純一は赤坂の木戸崎プロダクションに瞬間移動した。連絡要員くらい出社しているかもしれない。意識の空白から覚めると、スチル写真のコラージュが出迎えてくれた。受付カウンターに文緒の姿はない。奥の部屋から木戸崎渡の太い声が響いてきた。

「まあ、大丈夫でしょう。当人はいたって元気で、病室に機材をもってこいとうるさいですよ。編集作業は終了したんですが、音入れがまだなので、それを済ませれば映画も完成です。

ゆっくりと休んで身体の手入れをしてもらうまえに、『騒動』だけはあげてもらわなくちゃ、商売にさしつかえますからね」

木戸崎プロデューサーは表情を変えずに、笑い声をあげた。パジャマのうえにセーターを着こみ、背中に社名の入ったグラウンドコートを羽織っている。事務所にいるのはプロデューサーひとりきりで、汗を拭きながら電話の応対に追われていた。

「花の手配ですか、ありがとうございます……明石町の聖路加国際病院、病室は812号……お見舞いはいずれ映画が完成して、身体の検査が済んだらぜひお願いします。先生にいらしてもらえば、うちの監督も喜びますよ」

その病院は純一の部屋の窓から、隅田川のむかい側に見えるセントルークスツインタワーの陰にある真新しいピンク色の建物だった。内装はシティホテルのように整い、病室は全室個室だと、誰かに聞いた覚えがあった。

木戸崎渡は電話を切るとため息をついた。鳴り続ける電話を無視して、組んだ足をデスクにのせ、寝癖の跡が残る半白の頭をかきあげた。

「撮影が無事終了しただけでも感謝しなきゃならんのかな。なあ兄貴、もうちょっとがんばってくれよ」

ひとり言をもらすと、何度も目をしばたたいた。泣いているのかもしれない。純一は初老のプロデューサーから目をそらすと、瞬間移動にむけてイメージを研ぎ澄ました。

目的地ならよく覚えている。病院の最上部に立つ白い十字架だ。この時間なら下方からスポットライトを浴びて、夜空に輝くように浮かんでいるはずだった。

エントランスホールの床は白と緑の大理石の市松模様だった。とまったままのエスカレーターが、ガラス天井の吹き抜けの暗がりに消えている。深夜勤務の看護婦がときおり歩いているくらいで、病院内には人影はなかった。

目的の八階に着くと、部屋番号を確かめながら病室を探した。純一は船の舷側《げんそく》についているような丸窓がはまったスライドドアを抜けて、812号室に侵入した。内部は三十平方メートルほどの広さの変形の三角形で、簡単な応接セットまで置かれていた。

木戸崎剛は白いパイプフレームのベッドで眠っていた。静かに胸の毛布が上下している。咳払いのような音が病室に響いたが、監督は目を覚ましてはいなかった。のどの調子は寝ているあいだでさえよくないようだ。眠りに落ちた木戸崎剛は、ただの大柄な老人にしか見えなかった。頬の肉がそげ、しわは深く、スタジオでの精力的な仕事ぶりとは対照的に、重い疲労を感じさせる顔だった。

つぎの跳躍にそなえ、その場所を記憶にとどめようと、純一は病室を見まわした。白いベッド、クリーム色の壁とコーディネートされた目隠しカーテンと窓のロールブラインド、壁には青い波が素朴な筆のタッチで描かれたデュフィ風の水彩画がかかっている。レインボーブリッジが見えるので東京湾の風景だろう。サイドチェストのうえには新作映画の脚本と、クランクアップの記念写真が置かれていた。豆粒のような文緒の笑顔も見える。ほほえんで視線を監督に戻すとき、視界の端になにかが光ったような気がした。冷水を浴びたような震えが、純一の全身を走った。

底に暗闇をのんだガラスのような漆黒の輝き。その玉はゆるやかに回転しながら、木戸崎監督の毛布のうえに浮かんでいた。まだちいさなかけらで、あの手術台の少年の半分ほどのおおきさだろうか。しかし、周囲の光りを吸いこむ不気味な輝きは変わらなかった。凄みのある光りに魅せられ、自分から飛びこんでしまいそうな誘惑に駆られ、純一は必死に悲鳴を抑えこんだ。

今すぐこの場所から逃げなくてはいけない。黒い光りのない場所ならどこでもいい。純一はあてもなく瞬間移動した。

空白から覚めると暗い部屋にいた。明かりはついていなかった。室内の空気が冷たく、誰もいないことを直感した。二子玉川の文緒のマンションだった。

十畳ほどの広さのワンルームで、床はフローリング。壁の一面がルーバー扉のつくりつけのクローゼットになっている。収納家具のすくないさっぱりとした部屋だった。家具は格子柄のカバーのセミダブルベッドに、ライティングデスクとデスク脇の本棚だけである。

若い女性のひとり暮らしを感じさせるものは、出窓に並べられたガラス製の動物の置物くらいだった。キリン、ヒョウ、ゾウ、シマウマ……たくさんの動物がいる。『ガラスの動物園』か、昔読んだ戯曲を思いだし、文緒の本棚を覗いてみる。テネシー・ウィリアムズの文庫本はぴたりと背表紙をそろえて本棚の右隅に並んでいた。

あの芝居の心を病んだ娘と、まばゆいライトのなか堂々と演技する文緒の姿が、純一のなかではまるで重ならなかった。透明な光りの塊から削りだされたガラスの動物たちを見て、文緒の腹に浮かぶ生命の光りを思いだす。

純一はベッドに横になり、文緒の匂いを思いきり吸いこんでみた。人間嫌いの自分が、他人の匂いにこれほどのいとしさを感じるのが不思議だった。二十歳で父に売り飛ばされ決心した誓いを思いだす。あれは高梨法律事務所の廊下だった。自分は誰とも結婚しない、家族をつくらない、子どもだっていらない。ひとりきりで生きるのだ。フラッシュバックで再訪した短い生涯でも、その決意が揺らぐことはなかったはずだ。

藤沢文緒と自分のあいだにいったいなにがあったのだろうか。純一には自分自身を殺した実行犯よりも、文緒との関係のほうが重大な関心事だった。殺人犯など見つけてみても、復讐もできなければ、自分が生き返ることもない。それなら発展する望みのない関係だとしても、文緒との謎が解けるほうが何倍も興味深いではないか。

カーテンにうっすらとサッシの影が映っていた。外は明るくなりかけているようだ。出窓に並んだガラスの動物たちに夜明けの青い光りが宿っている。それが眠りに落ちるまえに見た最後の光景だった。

白い光り、黒い光り、青い光り、赤い光り。その夜明け、色とりどりの光りが躍りまわる苦しい夢を、純一は文緒のベッドで見ていた。

新年に入り、音声化・視覚化の練習は一段と激しさを増した。

短期間のうちに純一が送る声や映像に、ほぼ半数の人たちがなんらかの反応を示すようになった。電気使いと同じだった。最初のコツをつかむまでがひとつの山で、あとはただ技術を磨きあげるだけでいい。それでも練習後の消耗から逃れる方法はなく、純一は疲れきって意識を失うように明け方を迎えることが多くなった。

正月休みのある夜、純一はエンドレスヴィジョンへ張り込みに訪れた。ガラスドームの社長室で、藤井は巨大な机にむかいカバーのついた文庫本を開いていた。背後から作品名を確かめてみる。『その木戸を通って』。純一はあきれた。少年の額にナイフで文字を刻む闘犬と、山本周五郎の短編を読む藤井がまったくつながらない。

「ねえ、兄貴。この女、『騒動』って映画に出てた女ですよね」

ソファに寝そべってスポーツ新聞を見ていたトシロウが、中面を広げたままデスクに歩いてきた。

「これがホントの大『騒動』！　トレンディ俳優井原隆紀《たかのり》（32歳）隠し子発覚！」

芸能欄のトップ記事は、『騒動』の主役、井原隆紀の隠し子騒ぎを伝えていた。見出しの横にはサングラスで顔を隠した妊婦の姿が掲載されている。どこかの病院から出るところを隠し撮りした粒子の粗いモノクロ写真だった。ゴシック体のキャプションは黒々と純一の目に飛びこんだ。

「お相手は話題の超大作『騒動』で共演した、新進女優、藤沢文緒さん（29歳）」

純一の身体のなかでなにかが崩れたようだった。

「いいよなあ、仕事場にこんないい女がごろごろしてんだから。やり放題だよな。女優なんかと一発やってみてえよ」

トシロウがふざけると、藤井は文庫本から目をあげた。

「悪いな、おれと毎日いっしょの仕事場で。ずいぶん殺風景だろ」

藤井の顔には表情がなく、冗談なのか本気なのかわからなかった。

「いえ、とんでもないです、兄貴。おれ、ちょっとションベンいってきます」

トシロウはあわてて社長室から退散した。

野性味あふれる井原隆紀の浪人姿が思い浮かんだ。井原は純一とは対照的だった。背は高く、胸は厚く、鑿《のみ》で刻んだような精悍な顔立ちをしている。茅ケ崎スタジオで見かけると男の純一でさえほれぼれとしたものだ。自分のように女性のまえで口ごもり、手も足も出なくなることはないだろう。文緒が惹かれるのも無理はなかった。

純一は社長室のドアを抜け廊下へ出た。トイレの場所はわかっている。トシロウに八つあたりをしても意味はないが、すこしは気が晴れるだろう。音声化・視覚化の成果を、そろそろ関係者に試してみたい気持ちもある。

深緑の大理石で内張りされたトイレに侵入した。トシロウは鼻唄を歌いながら、一番奥のモダンなステンレス製の朝顔で用をたしている。純一はトシロウの背後に立ち、弓を引くように集中力を絞った。

ちりちりと髪の燃えるような音がして、天井の蛍光灯が次第に暗くなった。金髪の坊主頭があわてて振りむいたとき、純一は耳元でささやいた。

「覚えているか」

トシロウは目をいっぱいに見開き、口で息をしていた。毛穴が見えるほどの距離に立っている純一を探し、きょろきょろと周囲を見まわす。

「誰だ、誰かいるのか」

「覚えているか……去年の夏」

「なんだよ、いったい。夏がどうしたっていうんだよ」

トシロウの声が震えだした。

「森のなかの穴……おまえが埋めた死体」

純一は低い声でうめくようにいった。トシロウの顔はひきつり、両手でしっかりとまえを押さえている。

「見える……おまえの死顔が……いっしょにいくか」

トシロウは身体ごと振りむいた。背中が便器にはまるほど壁にはりつき、目に見えて全身を震わせ始めた。物理的な力は一切使用していないのに、これほど激烈な反応を示してくれる。純一はあっけに取られながら感心していた。

「お願いします。助けてくれ。おれを連れていかないで」

恐怖にのどが閉まり笛のような声を出した。

純一は視覚化のためにイメージを研ぎ澄ました。洗面台の正面の壁は一面の鏡張りになっている。なめらかなガラスに鋭く尖らせた想像力の刃先で自分の姿を刻むように、意志の力を曇りひとつない鏡にふるった。

乳白色の霧で覆われた鏡の表面を嵐の雲のような影が、盛りあがり移動していく。影は次第に整い人の形をつくった。集中力のアクセルをさらに踏みこむと、頭と肩の輪郭がおぼろげにできあがった。それは顔の細部が判然としない墨一色の不気味なポートレートだった。目と口の洞《うろ》から底なしの闇が覗いている。鏡に浮かんだ男は、純一でさえ顔を背けたくなるほどの暗い迫力を備えていた。洗面所の一角が黄泉《よみ》の世界へ通じる窓になり、冷たい風が吹きだしてくるようだ。

言葉にならないため息がどこかで漏れた。純一が視線を戻すと同時に、トシロウが床に腰を落とした。

つぎの瞬間、影の男はかき消え、鏡は座りこんだトシロウを平然と映すだけだった。集中力のとぎれた純一の全身を猛烈な脱力感が襲った。派手な格子柄のパンツに、黒い染みがみるみる広がるのに気づくと、純一はあわてて洗面所をあとにした。

仕事始めの夕刻、純一は久しぶりに木戸崎プロへ張り込みに訪れた。病院だけでなく会社へも見舞いの花が届けられているようだ。白い胡蝶蘭がオフィスの壁際を埋めつくし、目にしみるほどの香りだった。

プロデューサーの木戸崎渡が声をかけると、四人の事務員と藤沢文緒が顔をそろえた。重役室のテーブルには仕出しのオードブルと酒瓶が並んでいる。

「今年は勝負の年だ。待ちに待った『騒動』の封切りがある。監督は病院で最後の詰めの作業を続けておられる。みんなも力をあわせて『騒動』の成功のために、がんばってもらいたい。明けましておめでとう、乾杯」

新年会の音頭をとったのは木戸崎渡だった。純一は壁面を埋める蘭のあいだに腰をおろし、木戸崎プロのスタッフを観察していた。藤沢文緒はハンカチで口元を押さえたまま、飲み物にも食べ物にもほとんど手をつけなかった。妊娠後期を迎え、美しい肌に磨きがかかったようだ。薄い皮膚のしたに血の巡りが透けて見える。

具合の悪そうな文緒に、木戸崎渡が声をかけた。

「おい、文緒、だいじょうぶか。ちゃんと食ってるのか」

文緒はけなげな笑みを浮かべた。

「だいじょうぶです。花の匂いがきつすぎて、気分が悪くなっただけですから。普段はすごい食欲なんですよ」

「なら、いいんだがな。お腹の赤ちゃんのこともあるから気をつけてな」

他の事務員が文緒と視線をあわせるのを、それとなく避けていることに純一は気づいた。会話のなかで誰も文緒の妊娠にはふれなかった。半分女優で半分事務員という中途半端な仕事に加え、人気俳優とのスキャンダルが発覚すれば、文緒の微妙な立場は純一にさえ想像がついた。

「文緒、悪いんだが、このあとちょっと残ってくれ。話がある」

黙ってうなずく文緒を残して、他の社員は二次会のために早々に部屋をあとにした。

木戸崎渡は両手を頭のうしろで重ね、伸ばした足をソファで組んでいた。硬い表情で口をつぐんでいる。文緒はプロデューサーの正面に座り直した。

「人の口に戸は立てられないとは、よくいったもんだな」

文緒は黙ったままだった。

「井原隆紀の所属事務所からクレームがきたよ。おたくの文緒さんにも、釈明会見を開いてほしいってな。どうなんだ、文緒」

「気が進みません」

「まあ、そうだろうな。おまえはお腹の子の父親については、誰にもひとこともいわない。おれだって、誰か知らないんだからな。福井の実家では話してきたのか」

文緒は黙って首を横に振った。

「そうか、どうしてもいいたくないか。だが、それじゃ世間は許しちゃくれないぞ。これから『騒動』の宣伝でおまえたちには、マスコミの取材が山のように入る。井原だって困るだろう。おまえ、井原とはつきあっちゃいないんだろ。どうなんだ」

純一は息を殺して文緒の口元を見つめていた。

「何度かお食事をしたくらいです」

「本当にそれだけか。食事におまけはついてないんだな」

文緒はうなずいた。純一はうれしさのあまり飛びあがりそうになる。

「でも、井原さんが父親でないことがわかると、それはそれで大騒ぎになります」

「つぎの犯人探しか。おまえはお腹の子の本当の父親に、迷惑がかかるのを心配してるのか。なあ文緒、その男はそこまで守ってやらなきゃいけないような訳ありなのか。妻子もちとか、政治家とか、筋ものとか」

文緒は再び黙った。意外に頑固なところもあるんだな、純一は文緒の新しい一面に驚いていた。

「わかったよ。だが、映画への影響もあるからな。井原隆紀の疑いだけは晴らしといてやれ。あとは知らぬ存ぜぬでいい。うちのプロダクションとしても、全力でおまえを守る。それでいいな」

プロデューサーの言葉の途中から、文緒の目に涙が浮かんだ。

「はい、ありがとうございます」

「赤ん坊は福井の実家で産むのか、それともこっちで産むのか」

「東京で、ひとりで産むつもりです」

「そうか、実家のほうが楽だろうがな。まあいい、がんばれよ。なんだったらいい病院を紹介してやる。あまり無理はするな。どうしてもだめだったら、その男にすがりついて泣いてやれ。そうすりゃどんな男だってぐらっとくるよ。女はあまりしっかりしてるのも考えもんだぞ。ときには馬鹿になれるくらい賢くなきゃだめなんだ。女優なんだからそれくらいの演技はできるだろう」

文緒は泣き笑いの表情でうなずくだけだった。その涙で純一の決心が固まった。今夜試してみよう。文緒に初めての音声化と視覚化を実行するのだ。

人気俳優と文緒の線が薄くなった喜びに、純一はのぼせあがっていた。軽はずみな決断が、どれほど文緒を追いこむことになるのか、そのときの純一には予想もできなかった。

夜十一時、文緒の部屋をイメージして、純一は跳んだ。完璧な空白に続き、チャンネルを切り替えるように、マンションの一室があらわれた。

文緒は紺のパジャマのうえに男物のセーターをかぶり、洗い髪をうしろで束ねていた。毛足の長いシャギーのカーペットに座り、胸にクッションをかかえ、壁にもたれている。妊娠八カ月の腹は十二夜くらいのふくらみで、光りの玉は安定した回転を続けていた。

声を絞ったテレビが窓に青い光りを投げていた。文緒の視線は画面をはずれ宙をさまよっている。まっすぐに投げだされた足の先は厚い毛糸のソックスで、純一には文緒の足の裏の毛玉さえ愛しかった。勇気を振り絞り、音声化へと集中力を高めていく。

「……あの、こんばんは……」

自分のものとは思えないひきつった声だった。文緒の目に焦点が戻り、視線が部屋を一周した。クッションを強く抱き締め、恐怖の表情を浮かべる。

「……ぼくの声を、覚えていますか」

今度はなんとか普通の声になった。文緒の唇が酸欠の魚のように開いては閉じる。純一は恐怖の叫びを予想した。

「危害を加えるつもりはありません。わかりますか」

文緒は震えたままうなずいた。整った顔が歪み、パニックが伝染しそうになった。純一は必死に月並みな自己紹介を始めた。

「騒がないで、不審なものではありません。ぼくの名は掛井……」

「純一さん」

文緒の目にみるみる大粒の涙がふくらんだ。

「ぼくを知っているんですか」

泣きながら文緒はうなずいた。

「純さん、どこにいっちゃったの」

「ぼくは……」

言葉につまった。なんといえばいいのだろう。記憶喪失のゴーストになり、あなたに恋しました。趣味は音楽鑑賞と張り込み……。

しばらく間をおいて、純一はぽつりとこたえた。

「ぼくはもう……こちらの世界にはいません」

文緒の泣き声がいっそう激しくなった。

「なぜかはわからないけれど、ぼくは死んで、別な形の存在として帰ってきました。そして、死の原因を探っているうちに、藤沢さんに出会いました」

自分の名を呼ばれて、驚いたように文緒は顔をあげた。長いまつげが濡れている。

「そんな他人みたいな呼びかたはしないで、まえみたいに呼んでください」

「ぼくはあなたをどう呼んでいたんですか。この二年間の記憶が、まるでなくなっているんです」

文緒の顔色が変わった。

「純さんはなにも覚えていないの。私たちのことも忘れちゃったの。まえは文緒とか文ちゃんとかいってくれたのに」

「すみません、でもぜんぜん覚えてない。あなたと出会ったことも、記憶にないんだ」

「……そんな」

「聞きにくいけど、ぼくたちはつきあっていたんですか」

文緒は黙ったままうなずいた。純一は幸福だった。失われた二年間にも、文緒と出会い、親しくなるだけの幸運が自分にはあったのだ。

「本当に死んでしまったの？　こちらには帰ってこれないんですか」

ためらいがちにいった文緒の言葉が、胸に刺さった。普段は死者であることなど、純一は忘れている。だが、二度と生の世界に戻ることはできないだろう。死体はすでに白骨化し、あの森で眠っているはずだ。

「無理みたいです。ぼくはこの世界に……帰れな……」

純一の声がラジオの局間ノイズのような雑音にかき消された。集中力を再度引き締め、懸命に声を絞っても、はっきりした言葉にはならなかった。

「純一さん、だいじょうぶですか。まだここにいるの？　返事をしてください」

文緒は泣きながら叫ぶようにいった。純一は一言の返事をかえすために、全力をふるわなければならなかった。

「は……い」

「いつでもいいです、またきっときてくれますね」

「は……」

純一は言葉を送る力を失っていた。頭が重く、全身が熱っぽかった。文緒との会話はそれまで記録した音声化の最長時間だった。生きている人間とのコミュニケーション技術を身につけたとはいえ、音声化はほんの数分、視覚化にいたっては一瞬姿をあらわすだけで、純一には精一杯だった。

お腹の子どものこと、自分と木戸崎プロとの関係、文緒とはどんなつきあいだったのか。疑問に思っていたたくさんのことを、聞き逃してしまった。疲れ果てた純一は、静かに泣いている文緒を、天井近く漂いながら見おろしていた。

震える肩に手をおいてやれたら、流れる涙をぬぐってやれるなら、どんなものでも引き替えにするのに。それだけのことさえ、絶対文緒にしてやれない。

純一は手を伸ばせば届きそうに見える生の世界までの決定的な距離を思った。

緊急入院から数日間、木戸崎監督は胸とのどの痛みを訴え、つらそうだったが、体調は次第に落ち着いたようだった。純一は監督の容態を確認するため、連日病院を訪れている。

その夜は弟の木戸崎渡プロデューサーが、打ち合わせを兼ねて見舞いにきていた。病室を埋めつくす見舞いの花は早くもしおれ始めている。咳ばらいをすると、監督はかすれた声でいった。

「そろそろ、花をかたづけさせてくれ。もう見飽きた。渡、音楽のほうはどうなっているんだ」

「竹之内先生は仕上がっています。ダビングにはいつでも入れますよ」

「そうか、毎日検査検査で退屈でたまらん。明日から機材を運びこんで、こっちでダビングを始めよう。竹之内さんと音響の人間をよこしてくれ」

プロデューサーは渋い顔をした。

「そう焦らなくてもいいでしょう。先生の許可を得てから、ゆっくりやりましょうよ、監督」

木戸崎監督はしっかりと弟の目を捕らえていった。

「いいや、だめだ。この年になれば自分の体調くらいわかってる。それにな、おおきな手術をすれば根気が続かなくなる。そんな連中がおまえの友達のなかにも、何人かはいるだろう。体力が落ちた状態で、あの映画の仕上げをやるのは嫌なんだ。今やらなきゃだめだ」

肩で息を吸うと、プロデューサーがこたえた。

「わかりました。監督がその覚悟なら、明日から機材を入れさせましょう」

木戸崎監督はそっぽをむいていった。

「いつもわがままばかりいってすまんな、渡」

「そんなことをいうなんて監督らしくない。ちょっと電話をかけてきます」

プロデューサーは足早に病室を出た。廊下を歩く丸い背中越しに、目頭を押さえているのがわかった。木戸崎渡は洗面所に入ると、眼鏡をはずし、シンク脇の天板に両手をついた。涙が数滴、濡れたシンクに落ちる。しばらく深呼吸を続け、落ち着きを取り戻すと、木戸崎渡は荒々しく顔を洗った。

「おれはこの映画、なにがなんでも成功させる。兄貴のためだ。誰にも邪魔はさせん。絶対に成功させてみせるぞ」

自分の目を見つめたまま、木戸崎渡はこぶしの底で天板を思いきり叩いた。

（いったい、あなたは『騒動』一本撮るために、なにをしたんだ）

胸のなかで純一はつぶやいたが、音声化はしなかった。純一のコミュニケーション能力は限られている。それは時と場所を選んで、大切に使わなければいけない力だった。

数日後、木戸崎プロを訪れると、新作の公開を控え忙しげに働く社員のなかに、木戸崎渡と文緒の姿が見えなかった。純一は壁のホワイトボードでスケジュールを確認した。ふたりには赤坂のテレビ局で『騒動』の宣伝番組を収録する予定が入っている。純一は即座に瞬間移動した。

テレビ局新館のロビーでは、妙に元気のいい放送業界の人たちが、足早に動きまわっていた。壁の案内図を見ると、迷路のような建物のなかには、大小二十を超えるスタジオがあるようだ。純一は廊下を飛行して片端から調べていった。十五分後、収録中の赤いサインが点いたスタジオにたどり着く。

「世界の巨匠・木戸崎剛監督　最新作『SODO—騒動』のすべて！」

コンピュータ用紙に印字された番組タイトルが、巨大な金属製のダブルドアに貼られていた。スタジオ内部はテニスコートが二面ほど取れる広さで、無数のライトで強烈に照らされた一角に、武家屋敷のようなセットが組まれていた。

ニュースで顔を見かける女性アナウンサーに、文緒と木戸崎プロデューサー、主演の井原隆紀と吉原京子の姿も見える。狂言まわしに毒舌で有名な若手の漫才コンビの顔も並んでいた。前髪をとさかのように固めたアナウンサーは、文緒の視線を捕らえるといった。

「藤沢さんは、今回の映画にご出演なさって、どのような感想をおもちですか」

文緒はテレビ出演で緊張しているようだ。表情が硬かった。

「初めての大役でしたから、すごくプレッシャーを感じました。でも、木戸崎監督も共演の皆さんも、とてもよくしてくれましたから、なんとか最後まで演じきることができたと思います。生意気をいうようですが、初めて女優の仕事の入口に立てた気がします」

アナウンサーがこたえるまえに、漫才コンビのつっこみが口をはさんだ。

「手取り足取り、よくしてもらったり……」

微妙な間で相方が続ける。

「腰も取ったりして」

スタジオ内の裏方からまばらな笑い声がおきた。アナウンサーはイヤホンを押さえ、軽くうなずくと文緒に話しかけた。

「この映画の撮影のあいだ、藤沢さんは妊娠されていましたね。お身体のほうは大丈夫でしたか」

つっこみが混ぜかえした。

「そうそう、ラブシーンで赤ん坊が出そうになったりとか」

文緒はにっこりと気丈な笑いを浮かべる。

「いいえ、だいじょうぶです。演技に集中していると、自分が妊娠していることなんて、忘れてしまいますから」

カメラからはずれている吉原京子が、露骨にいまいましげな顔をした。井原隆紀はしたをむいている。木戸崎プロデューサーはとりなすようにいった。

「まあ、藤沢さんの身体のことはいいじゃありませんか。木戸崎監督の新作が今日の目玉ですから」

「そんなことというてますけど、やっぱりお茶の間の目玉は、お腹の子の父親は誰かいうことですよね」

アナウンサーは困惑の表情を浮かべたが、漫才コンビをとめなかった。狙い通りの展開らしい。

「でも藤沢さんは口が固いから相手の人はラッキーですよね。うちらなんかだと、ぜんぜん身に覚えのないとんでもないブスが、あんたの子やいうて、テレビ局のまえに待ってたりすることとありますから」

「一言いいですか」

井原隆紀が顔をあげていった。

「ぼくと藤沢さんのあいだに、いろいろと噂はありましたけど、お腹の子の父親はぼくじゃありませんよ。ご覧の通り藤沢さんは美しい方なので、何度かお食事に誘いましたけれど、どなたか心に決めている人がいらっしゃるようで、空振りに終わりました」

「やっぱり、一緒にメシくうてるじゃないですか。ほんまにメシだけですか」

「ちょっと、あんた。若いんだからいろいろあるわよ。文緒ちゃんのことばかりいじめてないで、ちょっとはこっちにも話を振ってよ」

吉原京子のいらだった声が続く。

「おれ、年上苦手やから。じゃー、吉原さん、つぎの離婚の予定いつですか」

「あんたと結婚するんなら一週間ともたないわね」

「おー、コワ」

スタッフから爆笑が起こった。

「私も、吉原さんに賛成します。ではつぎに、撮影風景を撮ったメイキングビデオがありますので……」

司会の女性アナウンサーが冷静に番組を進行しようとすると、文緒が途中で言葉をさえぎった。一枚板のヒノキの座卓のしたで、文緒は固くこぶしを握っている。

「この子の父親のことでは、これ以上皆さんに、ご迷惑はかけられません。ですから、ここではっきりさせておきたいと思います」

スタジオの空気が張りつめた。モニターのなかで文緒の思いつめた表情がゆっくりとズームアップされた。文緒は切なげな視線でテレビカメラをまっすぐに見つめている。

「名前は申し上げられませんが、職業は青年実業家です。もちろん井原さんではありません」

「ちょっと待った。Vとめてくれ、おいそこのディレクター、Vとめろ。うえからプロデューサー呼んでこい」

それまでおとなしくしていた木戸崎が立ちあがると、大声で叫んだ。台本を丸め、座卓を叩きつける。額の血管が盛りあがり、すごい剣幕だった。漫才コンビはあっけにとられている。

収録は即座に中止された。木戸崎渡は調整室からおりてきた三十代の番組プロデューサーと、セットの反対側の暗がりで立ち話をしている。十分ほどして、女性アナウンサーが呼ばれた。セットで待機するタレントたちには、白けた空気が漂っていた。

「ったく、冗談じゃねえよ。こっちだって仕事でやってんのによ」

漫才コンビがぼやいたが、文緒は黙って耐えていた。

二十分後、収録は再開された。雰囲気は一転して、淡々と新作映画の紹介をこなすだけの番組に変わっている。

終了後、木戸崎が胸のピンマイクをはずしながらいった。

「話がある。文緒、帰りにちょっとつきあってくれ」


みすじ通り沿いの古びたビルの地下一階に、その喫茶店はあった。落ち着いた木目の内装の店内には、抑えた音量でハイドンのピアノソナタが流れていた。素晴らしい変奏部がある三十番。八つあるテーブル席に他の客の姿は見えなかった。木戸崎はブレンドをふたつ注文すると、声をひそめていった。

「驚いたよ、さっきの父親の話。あの青年実業家というのは掛井さんなんだろう」

文緒が視線をテーブルに落としたままうなずいた。純一は息をのんで、ふたりの話に聞き耳を立てた。

「そうだったのか。だがあの話はプロデューサーにねじこんで、番組からカットさせたからな」

文緒は不思議そうな表情で、木戸崎を見つめかえした。

「父親騒動をすっきりさせたいおまえの気持ちも、わからないわけじゃないが、あの人は今回の映画のスポンサーなんだから、もっと慎重になってくれ。アメリカに視察旅行に出かけたまま、帰らないそうじゃないか。おまえが騒ぎだせば、迷惑がかかるんじゃないのか。第一あの人は妊娠のことなど、知らないんだろう」

ウェイターがテーブルに近づいてくると、木戸崎は口を閉ざした。定位置に戻る背中を確認し、小声でいった。

「おまえにはわからないかもしれないが、あの人とうちのプロダクションは微妙な関係にある。マスコミに変に騒がれたくないんだ。痛くもない腹を探られるつらさは、おまえだって承知しているだろう。『騒動』の封切りも間近に迫っているからな」

「でも……」

「どうしたんだ」

「掛井さんがこのまえの夜、私の部屋にあらわれました」

「なんだって」

木戸崎渡は砂糖のポットに伸ばした手をとめた。訝《いぶか》しげに文緒を見る。

「私に話しかけてくれたんです。声でわかりました」

「夢でも見たんじゃないのか。本当なのか、その話」

「一度きてくれただけなので、絶対に幻じゃないとは、いいきれないんですけど。あの声は間違いなく、掛井さんの声だったと思います」

「お腹の子の父親の爆弾発言に、つぎは怪談か。その声はなんていってたんだ」

木戸崎はカップに口をつけたまま、上目づかいに文緒を見た。純一は文緒の後方の空きテーブルに座り、木戸崎の正面から話を聞いている。

「自分はもう死んでいると」

半分閉じた木戸崎の目のなかでかすかな光りが揺れた。文緒から視線をそらす。そのとき稲妻に打たれたように、純一は直感した。この男はぼくの死を知っている。

「それからなんといったんだ」

「最近二年間の記憶をなくしている。あなたとつきあっていたんだろうかって。でもすぐに話ができなくなってしまって」

「そうか……なあ文緒、その話あまり人にはいわないほうがいいんじゃないか。おまえ、父親を隠して妊娠してるプレッシャーで、頭がおかしくなったっていわれるぞ。おれはおまえのこと知ってるからいいけどな。それでもちょっと信じられん話だ」

「私もどうかしてると思います。でもマスコミで話題になれば、掛井さんも出てきてくれるかもしれないし、本当に事件に巻きこまれているなら、それも確かめられると思ったんです」

「なるほどな。こちらでも手を尽くして、掛井さんの消息を尋ねてみる。だから、しばらくお腹の子の父親の話は、口をつぐんでいて欲しい。これは木戸崎プロダクションとしての業務命令だ。いいな」

　文緒は黙ってうなずいた。

「コーヒーは飲まんのか。ここのはうまいぞ」

「香りだけで十分です。赤ちゃんのこともありますから。でも、いつか掛井さんのことは、みんなにわかってしまうと思うんです。まえに社長もおっしゃっていたでしょう。人の口に戸は立てられないって」

　木戸崎渡はその言葉を聞くと目を細めた。純一はもうひとつのことわざを思いだしていた。死人に口なし。

（だが、口を利ける死人もここにいる）

　純一は心のなかでつぶやいていた。

　張り込みの第一目標は木戸崎渡に変更された。

　木戸崎プロデューサーの仕事は、『ＳＯＤＯ―騒動』公開に先駆けての宣伝と、配給元、映画館など興行関係の打ち合わせが中心だった。日没後張りついている純一は、プロデューサーの多忙さと異常な精力に感心していた。

　打ち合わせの合間をぬって、木戸崎渡は病院の一室で始まったダビングの立ち会いにも、毎日必ず顔を出していた。作業は順調に進んでいるようだ。毎日十数分ほどの映像に効果音と音楽がつけられ、映画は最終形に仕上げられていく。

ダビング開始から五日目の夜、木戸崎渡を追って純一は病院を訪れた。木戸崎監督の病室にはモニターとビデオ一式、ミキサー、スピーカー、コンピュータなど、ダビング作業に必要な機材が搬入され足の踏み場もなかった。機材を結ぶケーブルが蛇の巣穴のように床を埋めて、乳白色のタイルを隠している。

遮光カーテンを掛けまわした病室で、作業は続けられていた。監督はベッドに横になったまま、作曲家やエンジニアにつぎつぎと指示を出した。声はかすれ、体重はかなり落ちているようだが、木戸崎剛は元気だった。しかし、あの黒い光りはゆるやかに回転を続け、毛布で覆われた腹部に静かに浮かんでいる。

敵方の剣術指南と井原隆紀の浪人が、竹林で斬り結ぶクライマックスの決闘シーンがモニターに映しだされた。夜明けまえの薄明の空に伸びる青竹が、画面を美しいストライプに染めている。ふたりの侍がふるう長い刀が、竹林のあいだできらりきらりと光りを撥ねた。音はまだついていないので、超自然的なステージで舞われる華麗な剣舞のようだ。

「効果音、聞かせてくれ」

「今回は三パターンほどつくってみたんですけど」

木戸崎監督は黙ってうなずいた。

「いきます」

音響効果担当がDATのスイッチを入れた。

刃と刃が打ちあう音、刃が風を切る音、竹を切る音、人を斬る音——四種類一組のセットが三パターン繰り返された。純一にはほとんどその違いがわからなかった。

「一つ目は澄んだ金属的な響きを重視しています。二つ目は自然な感じで、ちょっと鈍く厚みのある音。で、三つ目は……」

「おれはあまり好かんな」

木戸崎監督がぽつりというと、エンジニアがこたえた。

「やっぱり、そうですか。三つ目はいつも使ってるやつに、迫力重視でいろんなノイズをのせたやつです。トマトを潰し、キャベツを切って、ヨーグルトをかきまぜ……ちょっと下品でしたか」

「一番目をつけてくれ。竹之内さん、音楽のほうはどうだい」

小柄でやせた、宇宙人のように世間離れした印象の作曲家が、腕組みを解いた。

「監督、このシーンにつける音楽はイメージありますか」

「竹林を抜ける風みたいな、静かなやつがいいね」

作曲家はエンジニアの耳元でなにか囁いた。画面が戻され、効果音が入った決闘シーンに、弦楽の不思議な和音が持続するだけの静かな音楽がかぶさった。純一はたなびくような旋律に、朝焼けの雲を思いだしていた。澄んだオレンジから黒の混ざった赤へ微妙に変化する、東の空の無限のグラデーションが目に浮かぶ。

緊張した面もちで作曲家は木戸崎監督の様子をうかがった。監督は別れを告げるようにモニターに手を振るとベッドに横になり、しゃがれた声でいった。

「これでいい、これでいいよ」

作曲家の竹之内が、驚きの表情を浮かべた。

「監督、本当にこれでいいんですか」

「ああ、いいよ。今日はここまで。この調子で明日で仕上げ……」

木戸崎監督はのどを押さえ、苦しそうな咳をした。いつものように咳は長時間続いた。竹之内は振りむくと、プロデューサーに声をかけた。

「なあ、渡ちゃん、ちょっといいかな」

外の廊下にむかって作曲家は顎をしゃくった。黙ったまま部屋を出たふたりは、病室から十メートルほど離れた廊下の窓際で、立ち話を始めた。

「病気はどうなんだ。今日の監督は人がよすぎる。いつものねばりがないな」

木戸崎プロデューサーは窓の外へ視線をそらした。黒々とした隅田川の流れがビルのあいだに覗いていた。

「厳しいですよ、先生。他言無用でお願いしたいんですが、もう限界なんです。兄貴は肺と咽頭がガンにやられてます」

沈黙が続いた。純一さえ無意識のうちに息をひそめてしまう。

「で、手術はいつ」

「手術はできないそうです。医者からは、苦しむだけで延命効果が期待できないといわれています」

「そうか、そうだったのか。おれたちにしてやれることは、なにもないのか」

作曲家の目に涙がにじんだ。

「いや、そんなことはありません。先生、『騒動』を立派な映画にしてやってください。木戸崎剛、一世一代の傑作に力を貸してください。お願いします」

木戸崎プロデューサーは作曲家に深々と頭をさげた。廊下のタイルに立て続けに涙が落ちる。作曲家も目頭を押さえていた。

もうすこし木戸崎が悪だったら、簡単にこの男を憎めるのに。純一は病院の白い天井近くを漂い考えていた。それならずっと楽になる。病室に戻るふたりを見送って、純一は廊下にとどまった。今夜はもう、あの黒い光りが待つ部屋に入りたくなかった。

窓からぼんやりと外を眺めた。病院屋上の十字架はスポットライトを浴びて、厳しい寒さに冴えわたる一月の夜空にまっすぐ立っている。横木の下面が純白に輝き、剃刀《かみそり》でそいだ鋭さで、夜に腕を広げていた。それは愚かな欲望にまみれた人間には、正しすぎる形のように純一には思えた。


その夜十一時過ぎ、濃紺のメルセデス・ベンツのワゴンが、病院の地下駐車場から続くスロープを、ゆっくりとのぼっていた。ハンドルを握るのは木戸崎プロデューサーで、純一は後席に腰かけ張り込みを続けていた。世田谷の自宅にでも帰るのだろうという予想に反し、メルセデスは車道に出ると逆方向に長いノーズをむけた。下町風の家並みが続く鉄砲洲通りを抜けて永代通りに合流すると、ワゴンはビル街を直進し東京駅にむかった。

メルセデスは人影のすくない八重洲ビジネス街の裏通りに静かに停車した。プロデューサーが腕時計を確かめた。金張りのロレックスは十一時二十五分を示している。木戸崎はエンジンをかけたまま、車を離れなかった。

五分後、助手席のドアがいきなり開くと、黒っぽいスーツの男が車内に滑りこんできた。荒々しく閉められたドアの音に、純一の心臓は止まりそうになる。

「車を出してくれ」

聞き覚えのある声だった。木戸崎はメルセデスを発進させた。純一はルームミラーで助手席にいる人物の目元を確かめた。

厚いレンズの奥に光るこぼれそうな両目。

(この男は……)

「あいかわらず時間には正確ですね、高梨さん」

掛井グループの法律顧問で、エンジェルファンドの設立から世話になっている高梨康介弁護士だった。なぜだ、純一の驚きは深かった。父の元を離れひとり暮らしを始めた当初、誰よりも純一の身を案じてくれたのは、高梨弁護士だった。念書にサインして掛井の家と切れたときから、高梨は純一にとって父代わりといってもいい存在である。取り乱すほどの純一の衝撃にもかまわずに、会話は冷静に続いている。高梨は横目で鋭くプロデューサーをにらむと、ぶっきらぼうにいった。

「話はなんだ」

「久しぶりなのに挨拶もなしですか」

「ああ、私たちがこうして会っていることだって、本当ならなしだ」

「そうですね。だが問題が起きている。うちの文緒の様子がおかしくなった」

そういうと木戸崎は、番組収録の一部始終を話し始めた。メルセデスは茅場町、八丁堀、新川を囲む三角形を法定速度で周回していた。木戸崎は予想外の純一の出現で話を締めくくった。高梨弁護士は車外に視線をそらしたまま口を開く。

「ちょっと考えられないな。幽霊と話したなんてことは放っておくとしても、その女優の精神状態はひどく不安定なようだね。木戸崎さんはどう思う」

「もしあれが生放送だったらと思うとぞっとする。弱りましたね」

「まったくだ。それにあの人が死んでいることも、なぜか彼女は知っているわけだ」

「確信をもっているわけじゃないだろうが、そうなんでしょう。ともかく『騒動』の公開を控えた今の時期に、あの件がばれるのはなんとしてもまずい」

「あなたには映画が一番かもしれないが、こちらにとってはいつばれようが、おおいに問題だ」

高梨は厚い下唇を舌で湿らせた。なにか考えるときの弁護士の癖を、純一は思いだしていた。

「さしあたっては、マスコミに父親の名を出すなと、釘を刺してはおきましたがね」

「あの人の子どもを妊娠していたとはな。いつかは騒ぎだすんじゃないのか。あんただって、いつまでも彼女を抑えてはおけないだろう。なにか手を打たなきゃならん」

純一はルームミラーに映る高梨の目を見た。黒目がちなガラス玉のような目から、一切の感情が消されている。

「宮田ですか」

木戸崎の言葉に純一は震えた。妊娠している文緒のバラ色の頰に、少年を叩きのめす藤井とトシロウの凶悪な面相が重なった。額に彫られた血文字。器用にナイフを扱う藤井の手つきが鮮やかに浮かぶ。

「そうだな、宮田のところをもう一度使うか。彼女は妊娠何カ月なんだ」

「八カ月という話だ。高梨さん、こんなシナリオはどうだろう。文緒はマスコミの騒ぎに耐えられなくなり、静かに出産を済ませるため、どこかに身を隠した。うちのプロダクションから、マスコミの各社にファックスでも流しておけばいい」

「それで、宮田に身柄を確保させる」

「そうだ。そして、どこか地方の病院で子どもを産ませる」

「なるほど」

「文緒だって、これからも女優として仕事を続けていかなきゃならない。あとのことは脅したりすかしたり、時間をかけてゆっくりと説得すればいいでしょう」

「それで彼女が納得すると思うかね」

「背に腹はかえられない。そうしなければ文緒は、乳飲み子を抱えて女優を廃業しなければならなくなる。こちらだってこの業界にコネクションがある。トラブルを背負った子もちの女優を拾うプロダクションなどありませんよ。他の仕事をしたことがない文緒には、いいプレッシャーになるでしょう」

「了解した。その女にまともな頭があれば、あんたのいう通りになるかもしれん。近いうちに宮田との面会をセッティングする」

ふたりの会話は、簡単な近況報告や宮田への対応策に移った。窓の外を飛びすぎる新年のオフィス街の無関心な静けさが、純一の焦りを一層深くした。

その夜を境に視覚化・音声化の練習は以前に増して激しくなった。純一は新たな目標を設定した。

1　音声化の時間を延ばすこと（数十分単位へ）

2　一晩で複数回、視覚化を使用可能にすること

3　電気使いの技術を高めること（特に大電流・高電圧）

純一は身のまわりの家電製品や照明程度の電気しか扱った経験がなかった。高圧電流を自由にできるなら、宮田組に対抗する武器が手に入るかもしれない。例えば点火プラグに流れる一万ボルトをとめられるなら、自動車自体を走行不能にできる。それが高速道路を走行中なら……コンクリートの側壁に激突し、炎上する自動車のイメージが脳裏に浮かんだ。アクション映画でお馴染みのシーンである。純一はそこで空想にストップをかけた。

文緒は守りたいが、死者を出すつもりはなかった。不必要な流血や暴力は避けたい。それは相手が宮田組のチンピラでも同じことだった。間違ってはいないはずだ。

死者の目から見る暴力と死は、まったく美しくなかったのだから。


一月最後の木曜日、赤坂プリンスホテル新館のスイートルームで宮田との面会が始まった。窓のなかでは青山通りが原宿のあたりでスモッグの灰色にかすみ、赤坂のネオンサインは鈍く足元に落ちている。三人掛けのソファに木戸崎プロデューサーと高梨弁護士が座り、テーブルをはさんで宮田が対面していた。間接照明が柔らかな光りを投げるゲストルームで、木戸崎渡だけが落ち着かない様子だった。藤井とトシロウはおとなしい番犬のように奥の寝室に控えている。宮田はいつもの皮肉な調子でいった。

「わざわざなんのご用ですか。高梨先生」

「新しい仕事の依頼だ、宮田君」

高梨弁護士は横をむいて木戸崎に目くばせした。木戸崎はうなずくと文緒の一件を語り始めた。純一は両サイドの表情が読めるテーブル脇に浮かんでいた。おもしろがっているような宮田の表情は、純一の話題になると真剣になった。

「驚きましたね。うちの若いものがやはり、あの男を見ています。ひどくおっかないらしくて、小便を漏らしたって話です」

宮田の口元が歪んだ。笑っているようだ。

「君までそんなことをいうのはよしてくれ。それで彼女をなんとかしなければならなくなった」

「私たちの出番という訳ですか。段取りはどうなっているんです」

「『騒動』のキャンペーンが一段落したら、彼女を連れて監督の軽井沢の別荘へいってもらいたい。現地の医者には私のほうから話をつけておく。映画の封切りが終わるまで、彼女はそこにとどまり出産を済ませる」

高梨は買い物でも頼むように気軽にいった。

「連れていくというのは、強制的にという意味ですか」

宮田は目を細めて尋ねた。

「そういう意味にとってもらって結構だ。君たちは彼女を拉致監禁する。あの人の一件が暴露されるのを恐れ、誘拐に踏みきったと彼女に思わせてもらいたい」

「また、悪い役だな」

苦笑いを浮かべ宮田はいう。

「あとから木戸崎プロデューサーが合流し、彼女を説得する。木戸崎さんはいい警官の役だな、泣き落としと将来の利益への約束で彼女を釣りあげる。君たちは彼女と木戸崎さんを思う存分脅してもらいたい。例の件をばらせば命はない、赤ん坊も一緒に殺してやるとな」

「腕が鳴りますね。それで、報酬は」

「エンジェルファンドのパートナーシップ配当の半分。悪くて数千、『騒動』が当たれば軽く億を超えるだろう」

水のように静かな目をして、宮田がいった。

「もうひとついいですか」

「なんだね」

「高梨先生にうちの組織と木戸崎プロの縁をとりもつよう、力を貸してもらいたいんです。末永いパートナーシップのために」

高梨弁護士がプロデューサーを見た。木戸崎渡は黙ったまま、うなずき返す。

「いいだろう。その線で努力しよう」

「じゃあ、話は決まりだ。どうです、固めの杯なんてのは。ルームサービスを呼びますが」

宮田はシャンパンでも頼みかねないほど上機嫌だった。黙っていた木戸崎は腰を浮かすと、宮田から視線をはずしていった。横顔にはかすかな嫌悪が浮かんでいる。

「いいや、結構。スケジュールが詰まっているので、私はこれで失礼する」

プロデューサーはソファから立ちあがった。高梨は木戸崎の背中に声をかけた。

「私はもうすこし宮田君に話があるので、残らせてもらう」

木戸崎が部屋を出ていくと、部屋はふたりきりになった。宮田は席を移り、高梨の隣に腰をおろした。高梨が宮田にぽつりといった。

「どう思うかね、あの女優」

「なんとかなるとは思います。だけど、女の考えってのは読めないところがある。自分はどうなってもあの人の件をばらすなんてとち狂ったら、手のつけようがない」

「そうだな、木戸崎さんは彼女をよく知ってるだけあって、少々甘い。大筋では話通りの手はずでいいんだが、抑え切れないときは彼女の処分を頼むかもしれん」

「処分ですか。いいですが、別料金になりますよ」

「ああ、わかっている」

殺人を依頼するときも、高梨弁護士の表情は変わらなかった。下唇を舌で湿らせ、なにか考えている。臨月に近い文緒をお腹の子どもとともに「処分」する。その言葉の冷酷さは、純一の胸に氷のような思いを残した。人間を殺すのはいつも人間だ。生きている人間の残酷さは底が知れなかった。


木戸崎プロダクションでは、藤沢文緒のスケジュールが調整された。出産準備という名目で二月以降の取材は、すべてキャンセルされた。残された仕事には、すべて木戸崎プロデューサーが立ち会い、文緒の発言は厳重にチェックされるようになった。

純一は必死に練習に取り組んでいたが、視覚化は一晩に一瞬、それも一度だけで精一杯、音声化は十分間の壁を越えられなかった。電気使いの限界を試そうと、電柱の変圧トランスや自動車のスターターにも手を出してみたが、大電流・高電圧の電気は純一の意志の力を軽々と撥ね飛ばした。

二月最初の月曜日、高梨法律事務所での張り込み中にその知らせは舞いこんできた。

夜十時過ぎ、高梨弁護士の執務室のドアがノックされた。残っていた弁護士のひとりが、ファックスを一枚風になびかせ部屋に入ってきた。

「木戸崎監督が亡くなられたそうです」

高梨は手を伸ばすとデスク越しにファックスを受け取った。ワードプロセッサーで打たれた文字が整然と並んでいる。若い弁護士は部屋を出がけに声をかけた。

「今度の新作は大騒ぎになりますね」

高梨はファックスから目をあげようともしなかった。

「そうだな、大当たりということになるかもしれん」

電話のベルが鳴り、高梨が受話器を取った。

「ああ、木戸崎さんか。今回はたいへんだったな。監督のご冥福、心からお祈りする」

純一が受話器に耳を寄せると、木戸崎プロデューサーの声が聞こえた。

「ありがとう。だが、これから『騒動』の封切りが終わるまで、私はプロデューサーとしての仕事に集中することにした。葬式だ通夜だと一通りの儀式は済ませるがね。もう私は木戸崎剛の弟じゃない。『騒動』のプロデューサーだ。明日は興行関係をまわって、三月中旬のロードショーを繰りあげられないか、交渉するつもりだ。鉄は熱いうちに打てというからな。あなたのほうでも、宮田にしっかりやるように発破《はっぱ》をかけてくれ」

「了解した。弔い合戦がんばってくれ」

「わかってる。テレビ局からは木戸崎剛追悼の特別番組の打診が複数入ってる。この時期に監督が亡くなったのは、『騒動』のための最後の置き土産かもしれん。この機会は無駄にはしない。監督の最後の映画、なにがなんでも当ててみせる」

電話は突然切れた。木戸崎プロデューサーの高揚した声だけが耳に残った。だが、その熱気が純一にはうらやましくもあった。それほどの情熱をもって取り組めた仕事が、生前の自分にあっただろうか。仕事でも友人でも恋愛でも、自分はいつも一歩距離をあけ、安全第一でつきあっていた。生きているころから、半分死んでいるようなものだったのだ。

瞬間移動で東京駅へ跳んだ。ゆっくりと自己憐憫を楽しむゆとりも、今はなかった。帰宅を急ぐサラリーマンを相手に、純一はさっそく音声化の練習を開始した。

二月の第一週は静かに過ぎていった。慎重になった純一は、無用の刺激を避けるために、文緒のもとを訪れてはいなかった。高梨弁護士や木戸崎プロデューサー、宮田組の連中にも音声化・視覚化の能力は使用しなかった。軽率にトシロウに姿を見せたことを今では後悔していた。音声化・視覚化は、純一の最後の切り札だった。切り札は本当の危機がくるまで、温存しなければならない。何度も姿を見せれば、未知のものへの恐怖という希少価値は暴落するだろう。うらめしげな言葉とおぼろげな姿を見せる以外、純一にはなにもできないことに、きっと誰かが気づく。生きている人間の凶暴さにくらべ、純一は無力だった。少々気味が悪くても無害であることを知ったら、宮田組の連中にとっては馬にたかる虻《あぶ》のような存在に過ぎない。

翌週から始まる『SODO―騒動』の緊急ロードショーを控え、追いこみに入った二月半ば、純一は赤坂の木戸崎プロを訪れた。その日は藤沢文緒の最後の出社日で、翌日から長い産休に入るという。

文緒は木戸崎プロデューサーと重役室のソファでむかいあっていた。ソプラノ歌手の舞台衣装のようなたっぷりしたドレスを着ていても、文緒の腹は隠せなかった。他の部分がほっそりしているせいか、丸い腹だけが生地を破り突きだしそうに見える。

プロデューサーは上機嫌だった。前売り券の売上が、最近の監督作品のなかでも抜きんでて好調なことを、純一も知っていた。

「文緒、長いあいだごくろうさん。いい子を産んでくれ。しばらく骨休めしたら、うちの事務所にまた帰ってこい。今度は若いママの役を探してやるよ」

「本当に長いあいだ、ありがとうございました。木戸崎さんにはなんとお礼をいっていいのか」

「金に困ったら、相談にこいよ」

「お気づかいありがとうございます。ただひとつだけ、申しあげておきたいことがあるんですけど」

弓形に整った文緒の眉がひそめられた。

「なんだ」

「掛井さんのことです」

木戸崎渡の身体の輪郭が硬くなったように見えた。口元が引き締まる。

「この子の父親の掛井さんは、行方不明のままになっています。出産が済んで落ち着いたら、捜索願いを警察に出そうと思っているんです」

（だめだ！）

純一は叫びそうになった。文緒は純一の消息を思いつめるあまり、どれほど自分が木戸崎や高梨にとって危険な存在になっているのかわかっていない。

「そうか……」

「私は知っている限りのことを警察に話そうと、思っているんですけれど」

木戸崎渡は腕を組んだ。しばらく文緒をにらむと一転して、にこやかな表情でいう。

「そうだな、それで文緒の気が済むなら捜索願いもいいかもしれん。出産の予定日はいつなんだ」

「三月十日です」

「夏過ぎなら、うちの事務所でもできる限り協力しよう。ただし、『騒動』の公開中は無用な動きは控えてくれよ。監督の遺作にけちをつけたくないからな」

「わかりました。そのときにはまた、ご相談にあがります」

「ちょっと待った。忘れてたよ。これもってけ」

木戸崎は、スーツの内ポケットからなにか取りだした。数センチの厚みがある封筒をテーブルに滑らせ、文緒の正面に置く。

「ひとりで子どもを産むのもいろいろと物入りだろう。文緒にはよくしてやってくれと、監督からも言《こと》づかっている」

両手で封筒を胸におしいただくと文緒は深く頭をさげた。顔をあげると涙がこぼれそうになっている。

「本当にありがとうございます。わがままばかりいってしまって……」

「おいおい、湿っぽいのはやめてくれ。うちの事務所からの臨時ボーナスだよ。『騒動』ではよくやってくれたからな」

木戸崎の笑顔から純一は目を離せなかった。人間は矛盾した幾重もの感情を平然と同居させることができる生き物だ。高梨弁護士と話していた木戸崎の冷酷な表情を思いだす。この笑顔もあのときの横顔も、どちらも本当の木戸崎なのだろう。どちらがより真実で、残りは偽りとは決められない。

たくさんの欲望や計算に、もみくちゃにされながら生きている人間の不思議を、純一は澄んだ視線で見つめていた。

前回と同じ午後十一時、純一は二子玉川のマンションを訪れた。文緒はベッドに横になり、室内にはピアノの音が静かに流れていた。血の色が透ける耳元へ、純一は声を絞りこんだ。

「こんばんは、そのまま聞いてください」

文緒の表情が明るくなり、上半身が起こされた。

「ほんの十分くらいしか話ができない。だから、これからいうことをよく聞いてほしい。君にとって大切なことだ。いいかな」

文緒は黙ってうなずいた。

「まず、ぼくの捜索願いを警察に出すのはやめたほうがいい。そんなことをしてもぼくは戻らないし、事件を闇に葬ろうとしている連中がいて、君の身が危険になる」

「そのなかに木戸崎プロダクションも入っているんですか」

純一は返事につまった。文緒はまだあの事務所で仕事を続けなければならない。木戸崎渡の事件への関与を、告げてしまっていいものだろうか。

「いいや、主犯は木戸崎さんではないと思っている。詳しいことはよくわかっていないんだ。危険なのは他にいる。宮田コミュニケーションという名を聞いたことがあるだろうか」

純一はなんとかごまかした。文緒は首を横に振る。

「君を襲うとしたらその連中だ。気をつけて欲しい。昼のあいだぼくは君になにもしてやれない。友人にいっしょにいてもらうとか、防犯ベルをもつとか、対策を立ててほしい」

「その人たちは私をどうしようというんですか」

「誘拐してどこかへ監禁しようとしている」

処分の話はできなかった。気の強そうな顔をあげたまま文緒はこたえる。

「わかりました。このまえ、私とつきあったことも忘れてしまっているっていってたけど、それは本当なの」

「残念だけどそうなんだ。今でも、まったく思いだせない」

文緒は誰もいない天井を必死に見あげている。純一は切ない視線にしびれていた。ベッドサイドの小引出しから、アルバムと赤いビロードの小箱を取りだすと、文緒は頭上にかかげていった。

「この指輪も覚えてないの」

小箱から金の輪の幅いっぱいに四角形のダイヤモンドが埋めこまれた、シンプルなデザインのリングを抜いた。ケースの裏蓋には金のカルティエのロゴが見える。

「だめだ、思いだせない」

文緒はアルバムを胸のまえで開くと空中に突きだした。

「この写真でも思いだせないの」

なだらかに続く緑の山を背景に、純一が文緒の肩を抱いている写真だった。ふたりの顔には気取らない笑いが浮かんでいる。幸せそうな若いカップルだった。だが、あの山並みはどこかで見た覚えがある。どこまでも続くゆるやかな稜線に緑の木々。あの悪夢の場所だった。死後の冒険のすべてが始まった純一の墓がある場所だ。

「それどこで撮った写真なんだろう」

「監督の軽井沢の別荘に遊びにいったときの写真よ。ふたりの最後の旅行。あのあと、純一さんはどうしてしまったの」

「わからないんだ」

「視察旅行にいったのは本当なの」

「よくわからない。たぶんいっていないとは思うけど、わからない。最近二年間の記憶がなくなっているんだ」

「ごめんなさい。私は……」

なにかをいい淀んで、文緒は口ごもってしまった。

「なあに、なんでもいってごらん」

「そのいいかた、昔そっくり。私……いいわ、今はやめておきます。純さん、もう十分近くたつわ。どこかにいってしまうまえに、姿を見せてもらえないですか」

「わかった。ほんの一瞬しかできないんだ。よく見てくれ」

クロス張りの壁をスクリーンに、純一はイメージを鋭く研ぎ始めた。白地のキャンバスに灰色の紙粘土のような物体が、次第に人の形をつくりあげていった。動きだした壁を、文緒は目を丸めて見あげている。線の細い輪郭が壁面に盛りあがると、灰色の人型はつぎの瞬間、天然色に彩られた。

洗いざらしのジーンズに白いコットンシャツ。繊維の質感やひざの藍染めの色落ちまで見事に視覚化されていた。頬には赤みがさし、部屋の中央に座る文緒の姿が、瞳には映っている。

今のぼくより若いな、純一は不思議に思った。視覚化で出現するイメージは、当人にさえ予測がつかないあらわれかたをする。今回は二十代の若々しい純一がそこに立っていた。

「純さん、本当に純さんね、本当に死んでしまったのね」

壁にあらわれた純一は、文緒に優しく笑いかけた。唇が動いている。純一には音声化と視覚化を同時におこなう能力などなかった。文緒といっしょに懸命になって、無音の唇の動きを読んだ。

（フ……ミ……オ……ア……イ……シ……テ……ル）

音のない囁きが終わると、白い壁だけが残った。

文緒が声を殺して、涙を落とし始めた。泣き顔がふくらみ、ゆらゆらと揺れて頬をつたうまで、純一は自分も涙を流していることに気づかなかった。

若き日の純一が最後に告げたメッセージ。あれこそ自分が本当にいいたかった言葉だ。事件の真相でも、文緒の身の安全でさえなく、純一はただその五文字を伝えたかった。何度でも魔法の呪文のように繰り返し、その言葉が彼女の心に消えることのない刻印としてきざみこまれるまで。

産休に入った文緒を守るための厳戒態勢が始まった。

純一は徹夜の張り番として文緒の部屋に詰めていた。一定の時間を置きマンション周辺を巡回し、瞬間移動で宮田コミュニケーションや木戸崎プロを偵察する。

彼らが文緒に手を出すまえに警告を与えようと、純一は機会を狙っていた。想像を超えた存在が凶悪な計画を知っていること、暴力や威嚇にも屈しないことを、骨身に沁みてわからせてやりたい。そのために最良の時と場所を選び、能力を行使することにした。

最初に狙ったのは木戸崎渡だった。『SODO―騒動』封切りを数日後に控えた夜、純一は木戸崎プロに瞬間移動した。十一時を過ぎ、最後まで残っていた社員も、自動車通勤の木戸崎に声をかけると、終電に乗り遅れまいと引きあげていった。

孤独の圧力が高まる深夜を、純一は粘り強く待った。午前二時、全国各地の封切り映画館と客席数の一覧が表示されたディスプレイを、木戸崎は覗きこんでいる。広い背中を見つめながら、純一は集中力を絞りあげた。

手始めに蛍光灯の明かりをひとつずつ消していく。木戸崎渡は不審げに天井を見あげた。すべての明かりが消えると、無数のフラッシュがたかれるようにでたらめな点滅を繰り返した。狂った光りの乱舞に続き、事務所の明かりはすべて落とされた。暗闇のなか木戸崎渡の正面に置かれたディスプレイだけが、ぼんやりと青い光りを投げている。

純一はディスプレイからチャートを消し去った。空白の画面を黒へ反転させる。真夜中の事務所は、最後の明かりを失い闇に満たされた。木戸崎プロデューサーは顔色を失い、肘掛けをつかんだ指先は小刻みに震えている。

画面では原色が目まぐるしく交錯した。黒から血の赤へ、紫から渦巻く青へ、黄緑から目を刺すオレンジへ、一瞬もとまることなくディスプレイの透過光は変化を続けた。初老のプロデューサーの凍りついた表情が、鮮烈な彩りを受けて闇のなかに浮かびあがる。再びディスプレイを黒に戻すと、純一はたっぷりと時間をかけて流砂のような文字を浮かべた。

［呪］

画面の中央で禍々《まがまが》しい灰色の文字が角を崩していく。純一はそこで電気使いから音声化に能力を切り替えた。白髪が目立つ木戸崎プロデューサーのこめかみに口を寄せ、一切の感情を殺して囁いた。

「覚えているか……この声」

木戸崎渡は声も出せないようだった。浅く速い呼吸音だけが聞こえた。

「おまえたちに殺された……穴の底……寒い」

開いたままの木戸崎の唇から声が漏れた。

「すまない、だがどうしようもなかったんだ」

「……文緒もどうしようもなく殺すのか」

「殺そうなんて考えていない、お願いだ、もう成仏してくれ」

純一は思わず笑い声をあげた。

「神など信じちゃいない。文緒を襲えば、おまえたちを生かしておかない。最後のひとりが息絶えるまで呪い続ける。心の休まる夜は一晩もなくなる。わかるか」

木戸崎は震えながらうなずいた。純一は音声化から視覚化へと、集中力の焦点を切り替えた。木戸崎は花柄と幾何学模様の混ざった派手な柄のネクタイをしている。その艶やかな絹の表面をスクリーンにイメージを描き始めた。

放心したように椅子の背にもたれる木戸崎渡の胸で、もぞもぞと黒い影が盛りあがった。ディスプレイに気をとられたプロデューサーは、ネクタイのうえの不思議な動きに気づかないようだ。純一は想像力を研ぎすまし、影を緻密に彫りこんでいった。木戸崎の胸からは垂直に一本の棒のようなものが生えだしている。その形を固定すると、息をとめて木戸崎が気づくのを待った。

プロデューサーが革張りの椅子でわずかに身じろぎした。金属のきしむ音が真夜中のオフィスに響き、視線がゆっくりとさがった。純一は木戸崎の胸からそれを跳ねあげた。泥まみれの右腕が、猛禽《もうきん》のように指を開き、初老のプロデューサーの顔面を襲った。裸の腕は肘の関節を境にネクタイから伸びている。爪の先につまった泥の汚れが見えるほど指先が近づき、染みの浮いた木戸崎の顔に摑みかかりそうになった瞬間、死者の腕は跡形もなく消失した。

長い悲鳴が真夜中のオフィスで尾を引いた。しゃくりあげるような嗚咽が続く。木戸崎は椅子から転げ落ち、床に腰を落とし泣いているようだった。

純一は重い脱力感に全身を浸されながら、プロデューサーに同情していた。だが、それこそ木戸崎のいう通り「どうしようもない」ことなのだ。

イメージの力、それしか純一に頼るものはなかったのだから。

翌日の夜、宮田コミュニケーションを訪れると、エンドレスヴィジョンに詰めきりのはずの藤井とトシロウが顔を揃えていた。

洒落者の宮田に似合わない紫のソファで、三人は顔をつきあわせている。純一は煙草の煙でかすむ天井に浮かび、組事務所を見おろしていた。

「社長はそうおっしゃいますけど、あの野郎を見てないから、平然としていられるんです」

トシロウの声に、純一は聞き耳を立てた。

「そうかもしれんな。昨日、木戸崎のところに出たのは、それは凄かったらしい。高梨先生から聞いたが、木戸崎は腰を抜かして完璧にびびってるって話だ。なぜか知らんが、そいつはおれたちが女をさらうことを知っていたようだ。もしあの女に手を出したら、ひとり残らず呪い殺してやるとさ。藤井、どう思う。おまえも見たんだろ」

藤井は凶暴な笑みを浮かべた。

「そりゃあ、あれはなかなかのもんでしたよ。だけど、おれなら生きてる人間のほうが怖い。ハジキもヤッパも持ってますから。その証拠にやつはこのトシロウに二度も挨拶にきているが、こうしてこいつはぴんぴんしてる。玉は抜かれちまったみたいだけどな、そうだろ、トシロウ」

「やめてくださいよ、兄貴。でもいわれてみれば、やつは二度ともなにもしなかった。不思議といえば不思議です」

トシロウはスカーフ柄のシャツをはだけたいつもの格好だが、胸には赤いお守りをさげていた。錦糸の縫いとりは明治神宮と読める。宮田が頭のうしろに手を組んで天井を見あげた。

「そいつが、去年のぼんぼんだってのは、間違いないのか」

「はい、あの顔は確かに、あのときの男でした」

「それじゃ、おれたちはとっくに呪われているはずだな」

「社長、やめてくださいよ」

「今だってそのあたりにいて、こっちをうかがっているかもしれん」

トシロウは落ち着かなげに周囲を見まわしたが、藤井はどっしりと巨体をソファに沈めたままだった。宮田は平然と続けた。

「あの世のことはわからないが、案外こっちがむこうに手を出せないように、むこうもこっちのことはどうしようもないんじゃないか。おれはこの世界で長いから、人殺しもけっこう知ってる。だが、自分が殺したやつに復讐されたなんて話は、聞いたことがないからな」

藤井も歯をむきだしていった。

「まったくですね。おれだってこうしてぴんぴんしてる。おれを呪い殺すんなら、幽霊だって列をつくって順番待ちだ」

豪快な笑い声が響き、純一は悔しさに奥歯を噛みしめた。

「トシロウ、藤井を見習え。おまえはあまり頭はない、肝を太くしなきゃ、これからしのいでいけないぞ」

トシロウは頭をかいた。卑屈に笑う目のなかに暗い怒りが覗き、純一は純朴そうな若者の本性をかいま見た気がする。

「だがな、ただひとつはっきりしていることがある。それは、やつの弱点があの腹ぼての女優だってことだ。逆にあの女さえ押さえちまえば、やつにどんな力があったところで怖くはない。いいな」

藤井とトシロウは黙ってうなずいた。純一は宮田の切れ味に感心していた。

「あの女が病院に入ったらあとが面倒だ。出産の予定日は三月十日と聞いている。だから、今月中にさらっちまえ。軽井沢の木戸崎の別荘は知ってるな」

その夜の標的は宮田ひとりだった。恐怖を倍増させるには、なにより孤独が特効薬になる。だが、宮田はめったに単独行動をとらなかった。つねに安全対策を講じ、愛人を抱くときでさえ、ホテルの隣室に兵隊を控えさせるほどだった。

神棚のとなりのエアコンが目に入った。宣戦布告だけでもしていくか、純一はとっさに決意を固めると、エアコンの運転モードを冷房に切り替えた。二月半ばの外気は凍りつき、冬が最後の力を振り絞って、氷点下二十度の大寒波で東京の空を制圧している。

わずかな運転停止の間をおいて、送風口から冷気が吹きだした。埃のたまった古びたシャンデリアの明かりを、純一はゆっくりと落としていった。

「社長、やつだ、この寒さ。あの野郎があらわれたんですよ。社長があんな話ばかりするから、やつを呼んじまったんだ」

宮田はテーブルのコマンダーを取り、エアコンにむけて操作した。純一が運転切り替えをキャンセルすると、室内の温度は急速にさがっていった。シャツ一枚のトシロウは、両腕で身体を抱いて震え始めた。藤井が天井にむかって吠えた。

「おい、そんなこけおどしばかりしてねえで、姿を見せてみろ。そうでなきゃ、このおれに一発食らわせてみろ」

怒りにかられた純一は思わず音声化していた。

「待ってろ。おまえの闘犬面を直してやる」

終始冷静だった宮田が眉をひそめ、しっかりと口を閉ざした。乾いた唇の両端がさがり、首筋に腱が浮く。宮田は天井を見あげ、ゆっくりといった。

「驚いたな。本当にいるとはな……あんた、掛井さんか。脅しても無駄だ。こちらは必ずあの女優をさらう。もちろん悪いようにはしない。骨の髄までびびらせるだけだ」

宮田は座ったまま点滅を繰り返すシャンデリアを見あげている。純一はいった。

「彼女は臨月に近い身体だ。そんなことをすればどうなるか、わかっているのか」

宮田の眉が片方だけつりあがった。

「あんたはきちんと、話ができる相手のようだな。なあ、掛井さん、こっちだって血も涙もないわけじゃない。悪いようにはしない。なるべくなら、殺しなぞやりたくないんだ。そんなのは、しのぎとしちゃ最低だからな」

「だが、あんたたちは必要となればためらわずにやる。彼女に手を出すというなら、徹底的に闘うぞ」

「おまえになにができる。リモコンの代わりにでもなるか」

ぎらぎらと光る藤井の目は、少年の額にナイフを使ったときと同じ色だった。宮田はとりなすようにいった。

「掛井さん、あんたとは話し合っても平行線だな。今日のところはこれでお開きにしよう。おれたちはここを出るが、あんたはどうするんだ。気にいったんなら、残ってもらってもかまわんぞ」

宮田を先頭に三人は手探りで暗い廊下を進み、玄関へと移動していった。純一は外出帰りに藤井たちがドアのまえで待つ姿を思いだしていた。ビデオカメラで確認してから、小気味よく続いた三つの解錠の音。すくなくともあのうちひとつは、電気式のロックのはずだ。

純一は瞬間移動で玄関に跳ぶと錠を確認した。ドアノブについているメインの錠は手動式だが、残りふたつは電磁ロックだった。片方は手動でも簡単にはずせるが、残りは丈夫そうなメタルケースにとめ金ごと密閉され、外側からは簡単に解錠できそうにない。純一は電子錠の回路を殺した。

玄関に着いたトシロウがドアノブの錠を開け、壁の解錠スイッチを手慣れた動作で立て続けに押した。ドアロックに反応はない。残りひとつを手で開けると、もう一度スイッチを操作した。

「社長、だめだ。ドアが開きません。野郎がなにか、小細工しやがったみたいです」

「どけ」

宮田が腰をかがめ、鍵を調べている。

「最後のひとつが、いかれちまってるみたいだな」

「おれにやらせてください」

藤井はふたりを脇に寄らせ、ブーツをはくとスチール製のドアを思いきり蹴りあげた。玄関全体が共鳴するほどの金属音が響いた。続いて巨体の肩口でドアに体当たりする。鋼鉄の泣く音と骨のきしむ音が聞こえた。

「やめとけ、藤井。このドアは四十五口径でも抜けないようにつくらせた特注品だ。いくらおまえでも、ドアがいかれるまえに身体がいかれるぞ。トシロウ、バールと金槌もってこい」

室内はすでに氷点下にさがり、宮田の息は白い柱になった。

「掛井さん、まいったよ。これで満足か。だが、おれたちをとめたきゃ、チャカでももってこなけりゃ無理な話だ」

トシロウがバールで補助ロックを叩くと、闇のなかに火花が散った。

純一は視覚化にむけて集中力を絞りあげた。スクリーンは滑らかにつや消し加工された鋼鉄の扉。バールが錠を打つリズムにあわせ、金属の表面を黒い油のようなものが、ねばりながら這いのぼっていく。トシロウが、ちいさな悲鳴をあげて飛びのき、激しく藤井にぶつかった。

組事務所の狭い玄関に、第四の人物がゆっくりと浮かびあがってゆく。

「社長、あれが……あれが……」

トシロウは胸のお守りを握り締め、壊れた機械のように繰り返した。

鋼鉄のスクリーンにそれは立っていた。黒いスーツ、白いシャツに無地の灰色のネクタイ。一切の表情が消された目は、まっすぐ宮田にむけられている。一見端整なイメージは、これまでに視覚化したどの姿より、純一には恐ろしかった。

この目は誰かを殺してやろうと決心した人間の目だ。怒りも憎しみもなく、ただ決定的な行為への決意だけが光る目。純一は見知らぬ自分に震えあがった。

藤井は先の尖ったハンマーを振りあげ、ドアに立つ純一に叩きつけようとした。つぎの瞬間、悽惨な目をした男は消え去り、扉は灰色の鋼鉄に戻っていた。金属が金属を打つ澄んだ音が、暗闇のなか鋭く残響する。

「もういい。やめろ、藤井。錠を壊せ」

宮田の声の冷静さが純一には残念だった。トシロウが恐るおそるいった。

「社長、どうでしたか、あの野郎は」

「おまえの話よりはずっと怖かったよ。あいつは本気だった。素人にしちゃ肝も据わってる。それにな、あいつにはこっちも手は出せないんだな」

全身を底しれぬ疲労感に襲われながら、純一はその言葉を他人事のように聞いた。宮田にとっては最上級のほめ言葉かもしれない。だが、満足からはほど遠かった。

自分のもっているすべてのカードを使っても、この男を動揺させることさえできない。愛する女性とまだ見ぬ自分の子を守る、それがそのときほど難しく思えたことはなかった。

つぎの夜、純一は最後の目的地に跳んだ。丸の内の法律事務所である。高梨弁護士は執務室で机にむかい、書類に目を通していた。隣の部屋ではまだ何人か、部下の弁護士が仕事を続ける気配が感じられたが、かまわずに音声化する。

「高梨さん、こんばんは」

弁護士は目をあげ、誰もいない室内を見まわした。度の強いレンズのせいで周辺部が歪んだ眼鏡を、右手の人差し指で神経質そうに直す。

「ようやくきてくれましたか。お久しぶりです、純一さん」

顔色は青ざめているが、弁護士の声は落ち着いていた。

「あちこちでずいぶんと、騒ぎを起こしているようですね」

厚い下唇をなめるいつもの癖に、やんちゃな子どもをたしなめるような声が続いた。

「やむをえずにいろいろと手を打ってみただけです。今日は静かにお話しするためにきました、いいですか」

「結構です」

「ぼくが望んでいるのはひとつだけ。藤沢文緒さんの身の安全です。宮田組の連中に彼女に手を出すなと命じてください。そうすれば、二度とあなたたちに近づかないし、ぼく自身の殺人とエンジェルファンドの不正な投資も忘れることにします。悪い取り引きではないでしょう」

この数日間考えていた提案で口火を切った。高梨は机のうえで組んだ両手を見おろし、じっくりと考えこんでいる。通常の打ち合わせと変わらなかった。自分たちが殺害した純一があらわれても、弁護士の冷静さは髪の毛一本も揺るがないようだった。

「残念です。確かに純一さんから見れば、大幅な譲歩かもしれない。しかし、それは扱いが困難な問題になってしまいました。まず、宮田組にとって今度の依頼はたいへんにいいビジネスです。藤沢さんの件をうまく処理できれば、これまで以上に木戸崎プロダクションに食いこめる。ああした連中は猟犬みたいなもので、途中で命令を取り消すなんてことは不可能なのです。キャンセル料を払ってそれで済むものではない。彼らは彼らなりの意地と計算で動くものだからです。それから、純一さんは殺人と基金の不正投資とおっしゃったけれど、そういう事件は存在していません。あなたはアメリカで視察中行方不明になった、渡米のまえに木戸崎プロへは正規の手続きを踏んでいる。法的な問題は存在しない。そちらが事実なのです」

子どもに道理を説くような話し方だった。弁護士の言葉通り、それが間違いのない事実だ。だが事実と真実は異なる。純一は叫びそうになった。高梨はあわてることなく話を続けた。

「それに藤沢さんは出産後、あなたの捜索願いを警察に出すといったそうです。彼女に洗いざらいしゃべられたら、私たちみんなにとって大切な『事実』が揺らぐかもしれない。純一さん、残念ですが事態はもうブレーキがかけられないところまできてしまっている」

「どうしても駄目ですか」

「私のコントロール外の世界の問題です。申し訳ありません」

弁護士は椅子にかけたまま、机に額がふれるほど深々と頭をさげた。最後の言葉には真情がこもっているように純一には感じられた。

「あなたみたいな人が、なぜこんな犯罪をおかしたんですか。なぜ、ぼくを殺さなきゃならなかったんです」

弁護士は顔をあげた。厚いレンズの奥の目が赤くなっている。

「申し上げられません。木戸崎さんの情報によれば、あなたは最近二年間の記憶をなくしておられるという。今ご存知ないことを、お教えするわけにはいきません」

「交渉は決裂ですか」

高梨弁護士は黙ってうなずくと、下唇を舌の先で湿らせた。

「では、これから先は敵同士だ。たいした力もありませんが、思いきり闘わせてもらいます」

弁護士は涙ぐんだまま、腕白な息子にみせるような苦笑を浮かべた。

「純一さん、最後にひとつ願いをきいてもらえませんか。お姿を見せてもらいたいのですが」

「なぜです」

「懐かしいですから。宮田や木戸崎さんのところにもあらわれたそうじゃありませんか。私たち共通の思い出のために、一度だけで結構ですから、お顔を見せてください」

純一は視覚化へむけて集中力を絞りあげたが、高梨にどんな姿を見せればいいか決めかねていた。場所は弁護士のデスクに正対する来客用のソファでいいだろう。たっぷりと詰め物の入った三人掛けで、牛革のぬめりが格好のスクリーンになりそうだ。火をつけたまま放置したタバコの煙のような青い気体が、黒革の表面に流れ、おぼろげな像を形づくっていく。

「やはりあなたですか……」

高梨弁護士は絶句した。ソファに座っているのは当の純一でさえ予測できない姿だった。遥か昔、まだ大学生の自分がそこにいた。高梨にむかい無邪気に笑いかけている。それは父の純次郎に売られた日の純一だった。ジーンズに黒いポロシャツ。平然とした表情を装っているが、目のふちが泣きはらしたように赤くなっている。理不尽な念書にサインして、空元気をふるってこの部屋をあとにしたあの日の午後。弁護士の目に涙が浮かんだ。再び深々とソファに頭をさげる。視線を戻したときには、純一の姿はかき消えていた。記憶をなくした二年間に、なにが起こったのだろう。高梨のような人物を殺人という大罪に追いこむ、どんな事情があったのか。純一は空白の二年間を恐怖せずにはいられなかった。

高梨法律事務所から、純一は佃のマンションへ跳んだ。数日ぶりに戻ったリビングでは、エアコンがあいかわらず静かな運転音を立てている。机に移動し、キーボードでぽつぽつと文字を拾い始めた。

純からTへ
　このメールをトオルが読むころには、ぼくはもう死んでいるかもしれない。金銭上のトラブルで、すぐそばに危険が迫っている。冗談だとは思わないでほしい。

　これからある投資案件のファイルを送る。つぎにこちらから連絡が入りしだい、上申書といっしょに警察に郵送して欲しい。匿名でかまわない。それまでこっそり保管しておいてくれ。

　この文書が明るみにでると、危険な目に遭う可能性のある女性がいるから、くれぐれも慎重に。信じられないかもしれないが、彼女はぼくの子どもを妊娠している。どっちが先に結婚するかなんて話していたけれど、すくなくとも子どもをもつのは、ぼくのほうが早かったわけだ。

　高梨法律事務所へは決して相談しないように。そちらにも危険が及ぶかもしれない。もしぼくが死んでしまったら、集めていたゲームやCDのコレクションはすべてトオルに譲る。クルマもよかったら使ってほしい。ぼくの代わりにいつまでもいいゲームをつくり続けてくれ。トオルは、ぼくのただひとりの友達だった。

　さよなら。長いあいだ、ありがとう。


それから上申書を書き始めた。エンジェルファンドと木戸崎プロダクションの関わり。個人投資家には過大な映画への投資と、契約にあたってのトラブルを、細部を想像で埋めながら書いた。記憶喪失で確かなことはわからなかったが、木戸崎プロデューサーと高梨弁護士、暴力の実行犯としての宮田コミュニケーションの存在は、間違いなく一本の線で結ばれている。

おおきな勘違いさえなければ、それで構わないと純一は判断した。すくなくとも、あれだけの文書と当事者の行方不明という事実、それに上申書が加われば、優秀な日本の警察ならきっと動いてくれるだろう。純一の失踪に目をむけてもらえるだけでも、効果は十分だ。文緒の安全が確認できれば、データはトオルの手で破壊してもらえばいい。

上申書を書きあげると、インデックスから木戸崎プロとエンドレスヴィジョンの投資契約書を取りだした。中西トオル宛てのEメールにファイルを添付して、祈るような気持ちで送った。

明け方、純一は三十六階のリビングルームの窓から、打ち延ばした鉛のように鈍く夜空を映す隅田川を見おろした。河口付近でおおきく左に蛇行し、砂粒のように明かりを撒いた東京を裂いて、川は流れていく。

打てる手はすべて打った。あとは全力で文緒を守るだけだった。長かった二月もなかばを過ぎた。計画通りなら宮田組の連中は、残る十日間のどこかで必ず文緒を誘拐しようとするはずだ。どのようにしてかはわからないが、もう闘うしかないのだった。

二月第三土曜日の夜、純一はまず二子玉川へ跳んだ。文緒はベッドにもたれ育児雑誌に目を通していた。周辺を巡回し、異状がないことを確かめる。計算高い宮田が人通りの多い土曜の夕方に誘拐に踏みきる可能性は低いだろう。純一は有楽町へ瞬間移動した。

有楽町マリオンのからくり時計の広場は、待ちあわせでラッシュアワーのような混雑だった。西武と阪急の両百貨店を分ける吹き抜けのガラスの谷の空中を、純一はゆっくりと飛んだ。人波のむこうに延々と続く行列が見える。列はマリオン裏からデパートの角を巻いて、数寄屋橋方面へ延び、末尾が見えないほどの長さだった。

その日は木戸崎剛監督の遺作『SODO─騒動』の緊急ロードショー初日にあたっていた。生前は木戸崎監督をほとんど取りあげることがなかったテレビ各局は、世界の巨匠を悼む特別番組を競って放映した。その宣伝効果と完成直後に急死した監督への同情が、雪崩《なだれ》のような相乗効果を発揮して、公開まえから『騒動』はこの春一番の話題作になっていた。

一階のチケット売り場で映画の開始時間を確認した。最終回の上映にはまだ間にあう。窓口には、「現在ご入場になられても、次回はお立ち見となります」と書かれたプレートがさげられていた。出だしは素晴らしい客足のようだ。通い慣れた十一階ロビーをイメージして瞬間移動する。

一瞬の空白ののち、次回の上映を待つ観客があふれるロビーが目前に広がった。東京で『騒動』を公開する映画館のなかでは、ここが一番客席数も多く、設備もしっかりしている。昼の幕間には出演者による舞台挨拶もあったはずだ。もし木戸崎監督があらわれるとすればこの映画館ではないか、純一はそう考えていた。木戸崎監督もきっと観客の反応が心残りだろう。死後もこの世界にとどまっていれば、必ずどこかの映画館にあらわれる。映画館が違うなら、瞬間移動で東京中の上映館を訪れればいい。それは純一には難しいことではなかった。

おとなしく列をつくる人々の頭上をかすめ館内に入った。めずらしく中高年の観客が多く、プログラム売り場には人だかりがしている。前回の上映終了直後のようで、館内の通路は人でごった返していた。純一は出口専用の後部ドアから客席に入った。エンジ色のモケット張りのシートが、波のようにスクリーンにむかって打ち寄せていた。千席を超える客席に残っている人間の姿はほとんどなかった。最前列に座る白髪の男の広い肩に見覚えがある気がして、無人の客席を純一は滑空した。

がっしりと肉厚の肩に太い首。トレードマークのサングラスが覗いた。近づくと男の身体を通して、シートの張り地がうっすらと透けて見える。純一は低い声で呼びかけた。

「新作のご成功おめでとうございます、木戸崎監督」

客席の最前列に背中を丸めて座るおおきな男が驚いたように振りむいた。

「おや、死者も『騒動』を見にきてくれたのか。チケットはちゃんと買ったかね」

純一は思わず笑った。

「買えなくて残念です。ところで監督は、ぼくの顔に見覚えありませんか」

木戸崎監督は、怪訝そうな表情でじっと純一を見つめた。

「すまないが思いだせない。若いころは一度会った人間の顔は、決して忘れなかったものだが」

純一はスクリーンを背に監督の正面に立った。

「ぼくは今回の『騒動』のメインスポンサーのひとりです。エンジェルファンドという会社の名前をお聞きになっていませんか。その代表で掛井純一といいます」

そのとき客席前方のドアが係員によって開かれ、奔流のように観客が入場してきた。

「お客のために席を空けるとするか。君、話があるならついてきなさい」

木戸崎監督はステージの袖に移動した。客席はみるみる埋めつくされていく。

「自分の映画で、客が席の奪いあいをするなんて、実にいい気分だな。こんなのは三十年ぶりだ。エンジェルファンドという名には記憶がある。奇特なスポンサーがいて、足りない金をぽんと出してくれたと、渡のやつには聞いている」

「監督は製作資金の件については、ご存じないんですか」

「ああ、プロデューサーがだいぶ無理をしていることは、うすうす感づいていたがな。ところで君はずいぶん若いようだが、なんで亡くなったんだね」

純一は殺害の理由を木戸崎監督に告げるべきか迷った。監督はまっすぐに純一の目を見つめている。すべてを話せば自分の気は晴れるかもしれない。一瞬のためらいのあと、純一はさりげなくいった。

「あまりよく覚えていないんです。どうやら交通事故を起こしたようですが」

「そうか、お気の毒にな。まだやり残したことも多かったろうに。今日はゆっくりしていけるんだろう。ぜひ『騒動』を見てやってくれ」

上映開始のブザーが流れて、場内の明かりがゆっくりと落ちていった。

「そのつもりできました。監督、特等席に移動しませんか」

純一は白いカバーのかかった指定席の上空へと、先に立って空中を移動した。木戸崎監督もついてくる。スクリーンには気障《きざ》な科白《せりふ》のダイヤモンドのCFが流れていた。

「金を払って映画を見にきた客に、こんなものを見せるんだから、ひどい話だな。もうすこしスクリーンに近づこう。私には指定席はちょっと遠すぎるんだ。若いころから試写室では最前列しか座らなかったからな。視界いっぱいに映画が映っていないと物足りないんだ」

体育館のように広々した観客席のまえから三列目の上空に浮かび、純一は『騒動』を堪能した。隣にはこの作品の監督で「世界の巨匠」木戸崎剛がいる。純一はシナリオを読み、撮影現場をたびたび訪れ、編集作業や音入れにも立ち会っている。それでもこうして暗がりのなか、大勢の観客といっしょに見る映画はまた別の味わいだった。

純一の位置から望むスクリーンは巨大で、高飛びこみの踏切板から見おろす二十五メートルプールのようだった。その広大なスクリーンに、光りと影で描かれた人物が躍動している。純一はまっすぐに流れる江戸時代の物語の力強さに、素直に酔うことができた。老いたとはいえ木戸崎監督のストーリーテリングの熱気と迫力は衰えていなかった。ふと目を横にそらすと、監督は空中に腹ばいになって自作を見つめている。額にあげたサングラスのしたで、目が輝いていた。

（この人はこれでいいのだ）

純一はひとりうなずいて、映画の世界に戻った。

終わりのない夢のような二時間が過ぎて、最後にスタッフロールが流れた。製作協力のクレジットに『㈱エンジェルファンド』の文字を見つけ、純一は誇らしい気持ちでいっぱいになった。場内が明るくなると、観客は口々に見終えたばかりの映画の評論家になり、出口のほうへ歩いていく。

木戸崎監督がいった。

「『騒動』の出来はどうだったかね、スポンサー殿」

「素晴らしかったです。とても気にいりました」

「それは結構だ。だがこうしてみると巧くなったぶん、若いころのがむしゃらな勢いがなかったな。仕上げは上々なんだが」

「そんなことはありませんよ。ぼくは監督の作品はすべて見ていますが、ベスト3に入れてもいいと思っています。こんな映画に出資できて幸せです」

「資金の回収は封切りが終わるまではわからんよ。もっともいくら君の会社に金が入っても、もう使うこともできないんだな」

木戸崎監督はおおきな声で笑った。閑散とした客席のあちこちで、制服姿の清掃係が帚《ほうき》を使っている。

「ぼくはそろそろ失礼します」

純一はひとりきりでいる文緒を思いだした。そろそろ帰らなければならない時間だった。

「そうか、残念だ。またどこかの映画館で会えるといいな」

木戸崎監督は純一に右手を差しだした。純一は厚い手を握った。監督は純一の耳元に口を寄せると、かすれた声でいう。

「映画に協力してくれて感謝している。それから……」

微妙な間があいて、純一は思わず身体を硬くした。

「たいへん申し訳なく思っている。すまなかったな」

驚いて木戸崎監督を見あげた。黙ったままうなずき返し、軽く一礼すると純一は跳んだ。無人の映画館で白いスクリーンを背に空中に浮かぶ木戸崎監督の姿が、完全な空白が訪れるまえの最後の場面になった。


翌日の夜、文緒のもとを訪れると、大量の育児用品が部屋の一角に積みあげられていた。A型ベビーカー、ベビーベッド、紙おむつ、哺乳瓶、調乳ポット……。出産予定日を半月後に控え、文緒は育児の準備に余念がないようだった。ほっそりとした身体のなかで、臨月間近の腹だけがまるで別の生き物のような存在感を誇っている。目を凝らすと、かすかな輝きを放つ白い玉が、ゆるやかな自転を続けていた。彼女か彼かはわからないが、純一と文緒の子は順調に育っているようだ。

純一はその夜最初のパトロールに出た。マンション周辺を空から丹念に偵察する。二月下旬の日曜日の夜、空気は冷たく澄み、街を歩く人影はすくなかった。そのあたりは最近開発された地域で、新築のマンションが緑のなか距離を置いて建ち並んでいた。住民は単身者や子どものいない若い夫婦が多いらしく、静かで瀟洒な住宅街だった。それだけに隣人への関心も薄く、互いに干渉しない都会風の暮らし方が身についている。生前はそうしたクールな生活の流儀が、東京らしく好ましいと純一も思っていた。だが、その流儀は隣人のトラブルへの徹底した無関心や不干渉として、襲撃者には有利に働くだろう。純一は不安だった。どのようなかたちで襲ってくるか予想できない相手に、警備の専門家ではない純一は、効果的な対抗策など考えられなかったのである。

パトロールは一時間ごとに一晩中続けられた。初回は無事に済んだ。周辺のマンションに不審な人影はなく、裏手にある建物とのあいだのフェンスにも、きちんと鍵がかけられていた。メインエントランスに面した二車線の道路に、停まっている自動車はなかった。繁華街に近いこのあたりでは違法駐車が多く、管理人はすぐに地元の警察署に通報する。レッカー移動の名所として有名なこの通りに駐車するクルマはめったにない。純一は安全を確認すると部屋に戻った。

育児書を開く文緒の肩越しに、「ベビーバスに入れるときの赤ちゃんのもち方」などという記事を、つい熱心に読んでしまう。そんなとき純一は、自分がその子を決して抱きあげることはできないという事実さえ忘れていた。あたたかな部屋でくつろぐ文緒を見ていると、純一ものびのびと手足を伸ばすことができた。人嫌いの自分が誰かといっしょにいて、これほどのんびりできるなんて。それは生きているころには考えられなかった種類の快適さである。

午後十時、四度目の偵察で、純一は通りに一台の自動車が停まるのを目撃した。黒っぽい大型のRVが、マンションの二十メートルほど手前の路肩に駐車し、ハザードランプを点灯している。窓にはスモークフィルムが貼られ、内部の様子はわからなかった。

うずくまる獣のようなRVに、純一は震えながら飛んだ。屋根にのせられたデッキの四隅に巨大なメガホンが見える。宮田組の街宣車だった。

純一はキャビンに瞬間移動した。後席は折りたたまれ、平らな荷室にされている。きちんと巻かれたロープのうえに、荷掛け用の粘着テープが目についた。前列のシートには、どこかの運送会社のユニフォームを揃いで着こんだ、藤井とトシロウが座っている。トシロウは運転席からおかしな形にふくらんだ双眼鏡で、文緒の窓を見あげていた。

「おまえは、そういうおもちゃが好きだな」

藤井はあきれた口調でいった。

「これなら真っ暗闇でも、ばっちり見えますよ」

「間抜け。女ひとりさらうのに、街灯の明かりがあれば十分だ。戦争ごっこじゃねえんだぞ。それより、昼間のうちに、ちゃんと細工しておいたんだろうな」

細工、どんな細工だろう。純一はまるで気づかなかった。

「いつやりますかね、兄貴」

「今すぐだ、クルマ出せ。手順は覚えているな」

ハンドブレーキを戻して、トシロウはうなずいた。ハザードを点滅させたまま、黒光りする街宣車は、鮫のように文緒のマンションに近づいていく。敷地内に乗り入れると、エントランス脇にRVは停車した。藤井とトシロウは運送会社のキャップをかぶり直し、クルマをおりた。リアゲートをあげて、トシロウはデパートの包み紙を抱えた。二人組は互いにうなずき交わすと、エンジンをかけたままの街宣車を離れた。

純一は瞬間移動で文緒の部屋に戻った。音声化のために意志を絞りあげる一瞬さえ、永遠に感じられる。

「文緒さん、これから、宮田組の連中が君をさらいにくる。なにがあっても、ドアを開けちゃいけない。わかったね」

文緒は育児雑誌から目をあげて、驚きの表情を浮かべた。わけもわからずにうなずく文緒を残し、瞬間移動でエントランスに戻った。トシロウは文緒の部屋のナンバーを押しているようだ。純一はあわてて、御影石の壁に埋めこまれたオートロックの回路を殺した。赤いLEDがでたらめな部屋番号を表示する。

「くそ！」

インターフォンにむかってトシロウが毒づくと、ガラス扉の内側から中年の女性がシーズーの仔犬を抱いてやってきた。

「ごくろうさま」

女性は二人組に声をかけると、マンションから出ていった。藤井とトシロウは入れ違いに開いたままのドアを抜けていく。純一はパニックを起こしそうだった。エレベーターは、文緒の部屋のある四階へ音もなく上昇していく。扉が開くと二人組は無人の廊下をあわてる素振りも見せずに歩いていった。純一は廊下の蛍光灯を、狂ったように点滅させた。

「おい、あの野郎がきてるみたいだな。トシロウ、どうだ挨拶でもしてやるか」

あわてて金髪の坊主頭が首を横に振ると、藤井は含み笑いを浮かべた。

「さあ、役者の腕を見せてくれ」

トシロウは文緒の部屋のドアに立った。呼び鈴を押し、息を整えている。

「どなたですか」

インターフォンからとまどったような文緒の声が流れた。薄いドア一枚をへだてて、闘犬のそばに文緒がいる。純一のパニックは一層激しさを増した。

「お届けものです。今日の午後、一度おうかがいして、ポストにメモを残しておいたんですが」

「それは見てますけど……」

文緒の声は迷っているようだった。

「すいません、ちょっと早くしてもらえませんか。まだ配達しなけりゃならないところが、山のようにあるんです」

ドアのノブがかすかに動くのを見て、純一の心臓は爆発するような鼓動を刻みだした。マンションの廊下の明かりが、脈動にあわせて一斉に点滅する。ドアのむこうでロックをかける音が響いた。純一は再び音声化へ意志の力を振り絞った。

「だめだ、開けちゃいけない」

藤井は忌々しげな表情でトシロウを見た。ドアにむかって親指を突き立てる。トシロウは運送会社の制服で覗き穴の正面に立ち、デパートの箱をもちあげてみせた。

「かんべんしてくださいよ。こっちも仕事なんだから」

「じゃあ、その包みだけ、ドアのまえに置いていってください」

文緒の気丈な声が聞こえた。トシロウはさらに粘る。

「サインをもらわなきゃ置いていけませんよ。荷物はここに置きますから、せめて受け取りにサインがいただけるように、ドアをすこしだけ開けてもらえませんか。ドアロックはかけたままで、けっこうですから」

ドアの脇に立つ藤井は、巨大な枝切鋏のようなボルトカッターを上着の内側から取りだし、太腿の横にたらした。トシロウのキャップの額に接する部分が黒く濡れ、流れ落ちる汗が幾筋も首に線を引く。

「弱ったなあ、じゃあうちの会社の電話番号を教えますから、そこで確認してもらえませんか。いいですか」

トシロウはうんざりした調子で番号を告げた。どうせ電話のむこうには宮田の手配した人間が待機しているのだろう。自分の部屋のドアのまえで、誰かがいらいらとしながら待っている、その圧力にいつまで文緒は耐えられるだろうか。

藤井が両腕でボルトカッターの刃を開いた。オウムの嘴《くちばし》型の分厚い刃先は、金属を嚙み切る部分だけが新品のように光っている。パニックが頂点に達したとき、純一の頭のなかを、黒光りするRVの滑らかなボディが、稲妻のように駆け抜けた。

「文緒さん、だめだ。絶対に開けちゃいけない」

叫び声だけ残し、マンションに横づけされた宮田組の街宣車に跳んだ。運転席のシートからエンジンのかすかな振動を感じる。正面にはライトアップされた計器が幻のように浮かんでいた。純一は必死にカーステレオを探した。スイッチをみつけると即座に作動させる。曲などなんでもよかった。デッキに入っているテープを再生する。それからダッシュボードにさげられた車外メガホンのスイッチを入れた。カーステレオのボリュームは、すでに最大限にあげてある。

「バーイバイ、ありがとうー、サーヨナラー、いーとしいー恋人よー」

静かな日曜夜の住宅街に『ズルい女』が、一斉射撃の砲声のように轟き渡った。バスドラムがせかせかと重いリズムを叩きだすたびに、街宣車のルーフが金属質のきしみを発するほどの大音量だった。過敏な聴覚には致命的だが、純一はなんとか意識を保った。ここで文緒を置いて気絶するわけにはいかない。

数秒間ほどなにも起こらなかった。しかし、息をつめてマンションを見あげるうちに、建物のあちこちで窓が開き、住人の顔が覗いた。

「うるせーぞ、コラー」

どこかの階で元気のいい男が叫んでいる。もっと叫んでくれ。

純一は文緒の玄関先へ戻った。ドアのまえにはまだ二人組が立っていた。トシロウは洗いたてのように顔一面を汗で濡らしている。『ズルい女』は周囲数キロ四方へ響き渡るほどの轟音で、住宅街の夜空を割っていた。あちこちで窓やドアの開く音が続き、眠りこんでいた夜のマンションに人の気配が満ちた。

「今日は中止だ。また必ずくるからな。トシロウ、いくぞ」

藤井は怒りに顔を染めて叫んだ。ふたりは外廊下を足早に去っていった。エレベーターも待たずに、非常階段を駆けおりていく。トシロウは踊り場でデパートの包みを落とし、藤井がその箱の角を踏みつけていった。拾いに戻ろうとするトシロウに藤井が叫んだ。

「そんなもん放っておけ。急ぐぞ」

足音が非常階段に反響した。シャ乱Qの『ズルい女』のあとで、音楽はB'zの『Liar! Liar!』に移った。歪んだギターのソロが、休日の夜の空気を揺り動かす。どうやらトシロウはJロックが好みのようだ。純一は雷鳴のようなビートのなかで、誰かの笑い声を聞いた。宮田組のふたりはエントランスを走り抜け、剃刀のような切れ味のリードギターを放射する街宣車に駆けていく。

「Baby, do you want the truth ?」

トシロウが運転席のドアを開け、ようやくカーステレオの停止ボタンを押した。

周囲に痛いほどの静寂が戻った。RVは後方確認もせずに急発進でバックし、タイヤを鳴かせて車道に飛びだすと、直線道路をみるみる遠ざかっていった。まだ耳鳴りの残る純一は、それでも笑い続けていた。赤々と灯るテールランプが左折し、無人の通りから消えるのをぼんやりと見届ける。だが、しばらくすると笑いの発作は、身震いに変わっていった。

きっとやつらはまたやってくる。幸運は二度も三度も続かないだろう。今回はたまたま純一に、ツキがあったに過ぎない。文緒の部屋に戻る途中、非常階段に落ちているデパートの箱をあらためた。藤井のブーツで踏まれ口を開けた包み紙から、ピンクとブルーのベビーウエアが覗いていた。男女どちらの子が産まれてもいいように選んだのだろうか。冷静な宮田の顔が浮かんでくる。

宮田は用意周到だ。目的を達成するまで、決して諦めることはないだろう。どこに逃げても同じことだった。臨月間近の文緒をかかりつけの病院から離すこともできない。

どうすればいい？　純一は再びパニックに傾きそうになる心を必死で抑えていた。


週が明けて、厳戒態勢は一層強化された。純一の言葉だけでは危険は十分に伝わらなかったようだ。宮田組の人間を実際に目撃して、文緒は初めて深刻な恐怖心を抱いたらしい。夜間はまったく出歩かず、昼間も人通りの多い時間に必要な物をまとめ買いするために外出するだけになった。終日部屋にこもり、声を落としたテレビをBGM代わりに、育児書や以前読んだ本を読み返し、時間を潰している。

純一も一晩中、文緒の部屋で過ごすことはなくなった。瞬間移動を繰り返しながら、宮田組と二子玉川を往復する。つぎに相手が動くとき、文緒のマンションでただ待っているのはこりごりだった。いっしょにいても見つめるだけで、話しかけることもできない。一晩に可能な音声化の能力を使い果たしたとき、例の二人組がやってくることを考えると、安易に音声化はできなかった。

二月最終週は平穏に流れていった。厳しい寒さもゆるみ、純一が覚醒する暮れ方でさえ、かなりあたたかくなっている。死者になって初めて迎える春が近づいていた。定時の巡回でマンションの周辺を飛行すると、身体に受ける風がときに驚くほど柔らかく感じられた。そんなとき純一は、こうした生活がいつまで続くのだろうと不思議に思うのだった。

確かに文緒には危険が迫っている。出産予定日も間近になった。だが、自分の子を妊娠した女性を全力で守る毎日は、張りつめた緊張感とともに、しっかりと手ごたえのある充実感を与えてくれた。その充実感はかつて生あるとき、孤独に地上を這いまわり、仕事をこなすだけの日々では、決して手に入らなかったものである。純一は生と死の不思議な逆転現象を思わずにはいられなかった。

ぼくは死んでしまった今、初めて思うぞんぶんに生きている。

この世界で死者として存在することは、純一にとってまったく悪くなかった。

もっともっと生きたい。正確には、もっと死んでいたい。

死のなかの「生」の醍醐味を見極めたい。文緒といっしょにふたりの子どもをいつまでも見守りたい。あたたかな風に全身を包まれ、眼下に街の灯を望みながら、死後の生がいつまでも続くことを、純一はひそかに望んでいた。

瞬間移動で訪れる宮田組に目立った動きはなかった。エンドレスヴィジョンの資産整理に片がついたのか、藤井とトシロウは表参道を引き払い、組事務所のあるマンションに戻っている。二人組もまた、つぎの仕掛けにむかって時期を計っているようだ。社長の宮田は文緒の件に関しては口をつぐんでいた。三人が顔を揃えても文緒や木戸崎プロダクションには、決して話の先がむかわない。頭のいい宮田のことだ、情報漏れを恐れ、箝口令《かんこうれい》でも布《し》いているのだろう。つぎの襲撃の手がかりはまったく得られなかった。

三月最初の月曜日、純一はいつものように一時間おきに宮田組を偵察していた。組事務所のテレビでは、その日の午後、五月上旬並みに気温が上昇したと、気象予報士が告げている。「夜になり気温の低下とともに、東京地方では濃い霧が発生する恐れがあります。十分にご注意ください」

宮田組の事務所は、ゲーム製作会社などとくらべると夜は早いことが多かった。風俗関係に手を出していないせいか、たいていは九時ごろには明かりが消され、その日の当番の若衆を残し、組事務所は閉められてしまう。しかし、その夜に限って純一が何度訪れても、事務所には人の姿が残っていた。

夜の偵察が六度目を数えたとき、関西に本拠を構える広域暴力団の金の代紋《だいもん》が光る掛け時計は、真夜中の十二時をさしていた。部屋にはいつのまにか宮田と例の二人組だけが残っている。テレビからは気の抜けた深夜のスポーツニュースが流れていた。三人の口数はすくなかったが、無言のうちに緊張感が伝わってくる。

今夜に違いない。純一のなかで確かな予感が固まっていった。

純一は瞬間移動で二子玉川に戻った。文緒はまだ眠らずに、パジャマ姿でベッドのなか、半身を起こし、誰もいない部屋の空中を見つめていた。整った眉をひそめ、思いつめた表情を浮かべている。様子がおかしかったが、純一には文緒の気持ちを配慮する余裕はなかった。すぐに音声化のために意志の力を練りあげる。

「……聞いてくれ、文緒さん」

深刻な文緒の顔は、一声で灯がともったように明るくなった。

「今夜、もう一度やつらがくるかもしれない。ドアを開けちゃいけない。危ないと思ったら、警察にすぐ電話するんだ。いいね」

「わかりました。今夜はすぐにいっちゃうんですか。私……大切なお話があるんだけど……」

「すまない。君の話はつぎの機会に聞かせてもらう。今はやつらを見張らなきゃならないんだ」

なにかいいたげな表情の文緒を純一はさえぎった。こうしているあいだに、やつらが純一の知らないアジトへでも移動したら、いくら瞬間移動が可能でも容易なことでは探しだせないだろう。

「でも、本当に大切なお話なんです」

文緒の顔色は健康な妊婦のバラ色から、血の気を失い青みがかってさえ見える。純一は切なげに訴えかける目から視線をそらしていった。

「あいつらがくるときにぼくも戻る。なんとか宮田組を撃退したら、あとで必ずその話を聞かせてもらう」

純一は再び宮田コミュニケーションに跳んだ。焦っていた割りには、時計の針はほんの数分進んだだけだった。宮田とふたりの部下はあいかわらず、おし黙ったままソファに腰をおろしていた。

そのときから時間は、ねばりつく流体に形を変えた。水あめに捕らわれた羽虫のように、純一は流れをとめた時間のなかで、ひたすら待ち続けた。日付けは三月二日になっている。深夜一時、一時半、二時、二時半。なにごとも起こらず、時間だけが過ぎていった。三人に退屈の様子は感じられない。普段は無駄口の多いトシロウの沈黙が気がかりだった。宮田は別な部隊を用意して、自分がここで待機しているあいだに、文緒を襲わせたのではないか。足元が崩れるような疑問が浮かんだとき、ついに宮田が動いた。

「そろそろ、いくぞ」

時計は三時十五分まえをさしていた。藤井とトシロウがソファから立ちあがった。ふたりとも黒っぽい地味な服装で、前回のように借り物の制服などは着ていなかった。宮田は濃紺のスーツに白いシャツ姿で、スーツと同色のネクタイは、夜の早い時間に襟元から抜いている。

宮田が机の受話器を取り、どこかに電話を入れた。純一はすかさず受話器に耳を寄せる。

「もしもし……」

高梨弁護士だった。

「宮田です。これから出発します」

「そうか、あとで連絡を入れてほしい。プロデューサーも事務所で待機している」

「ええ、必ずいい知らせをお届けします。それじゃ」

電話を切ると三人は黙ったまま、事務所を出ていった。玄関の錠は以前純一がロックしてから、手動で開錠できるものにつけ替えられている。三人が乗りこんだエレベーターの天井に張りつくように浮かび、純一は必死につぎの手を考えた。マンションの駐車場には馴染みの黒い街宣車が停まっていた。三人が乗りこむと、トシロウがゆっくりとRVを発車させた。午前三時、神宮前の通りは濃霧にかすみ、ときおり通りすぎるタクシー以外動くものの影はなかった。

「トシロウ、安全運転でやってくれ。大事な用があるんだからな」

後席から宮田が静かに声をかけた。トシロウはルームミラーで宮田を見るといった。

「社長、まかせてください。今夜はおやじの寝てる部屋の隣で、処女とやるようにいきますよ」

念のために純一がカーステレオを確認すると、テープデッキはコンソールからはずされ、電源コードも抜かれている。同じ手が二度使えるほど宮田も抜けていない。それにしてもどうやって、文緒の部屋に入るつもりなのだろう。

黒いRVは青山通りを右折した。二子玉川までの道はほぼ一直線で、三十分もあれば到着するだろう。この時間なら二十五分を切るかもしれない。前回の失敗に懲りて、社長の宮田が出張ってくるほどだ、よほどの勝算と自信があるに違いない。

純一の焦る心とはうらはらに、深夜の青山通りを走る自動車はわずかで、どの車線も快適な速度で流れていた。街宣車はいつのまにか原宿を過ぎ、渋谷の玉川通りとの合流地点に近づいている。アクセルを踏みこんだタクシーが、つぎつぎと中央車線から抜いていくのも構わずに、トシロウは法定速度をわずかに超えるスピードでRVを走らせていた。宮田は後席にゆったりと座り、窓の外を流れる深夜の街並みに目をやっていた。追いこまれた状況でなければ、それは純一にも美しい眺めだったかもしれない。その夜、東京の街の醜い細部はミルクのように濃い霧で、すべて塗り隠されていたのだから。

「しかし、考えましたね、社長。マスターキーとはね」

トシロウが片手でハンドルを握りながら陽気にいった。

「黙ってろ、トシロウ。おまえ、ほんとに口を閉じとくってことができねえな。このつぎのエンコは、おれが飛ばしてやろうか」

「まあ、いい。藤井、そう熱くなるな。もうここまでくれば、あの野郎に聞かれても大丈夫だろう。やつには手も足も出せないんだからな」

後方の荷室に座る純一は、あやうくトシロウの言葉を聞き逃すところだった。マスターキー？　管理人がもっているあの鍵か。それならマンションのどの部屋も開くだろうが、そんなものが簡単に手に入るはずがない。宮田は芝居がかった調子で上機嫌にいった。

「たまには現場に出るのもいいもんだな。なあ、聞いているか。おれの手元にはあの女のマンションのマスターキーがある」

宮田は上着の内ポケットから銀の鍵をつまみだし、頭上にかかげた。純一は指先にくぎづけになった。その薄い金属片が、文字通り文緒の命を握る鍵なのだ。

「バブル崩壊というのはありがたいこともあるな。しのぎはきつくなったが、こうして不動産屋だの管理会社なんてのは、いくらでも転がせるようになった。なあ、好きな女をさらわれるのはどんな気分だ。それからな……」

そこから先はもう聞いていなかった。純一は文緒の部屋へ跳んだ。パジャマをあたたかそうなマタニティドレスに着替え、文緒は待っていた。すぐに音声化する。

「今すぐ、警察に電話してくれ。強盗でも、ケンカでも理由はなんでもいいから。早く」

それだけいうと再び瞬間移動した。文緒の声が追いかけてきた気がするが、いつまでもそこにとどまるわけにはいかなかった。街宣車は渋谷のあたりを走行中のはずだ。純一は大橋の交差点を思い描き、跳躍した。

一瞬の空白に続いて、頭上に首都高速の灰色の高架線がのしかかるようにあらわれた。眼下ではタクシーやトラックが唸りをあげて、国道246号線を流れていく。純一は真夜中の交差点の信号機のうえに立ちつくした。信号機から立ち昇る熱気が、純一の焦りを一層深くする。いくら待っても、なかなか黒いRVはやってこなかった。

もしかしたら別の道を通っているのかもしれない、あるいはこの濃い霧のなかで見落としていたら……。宮田組の街宣車を見失ったかもしれないという恐怖が、純一の心臓をぎりぎりと絞りあげていった。これまでの危機のように動悸は速くならず、むしろゆっくりしたビートで、不規則にでたらめな強弱を繰り返し始める。

純一は重い貧血のような吐き気に襲われていた。信号機の赤いランプが鼓動にあわせて、白い霧に濃淡の光りをにじませる。そのとき信号待ちをしているコンビニの配送トラックのうしろに、宮田組のRVの屋根を見つけた。純一は全身にわきあがる安堵感とともに、街宣車の荷室へ瞬間移動した。

車内では宮田の芝居がかった科白が続いていた。

「……あの女優はあまり友達がいないってこともわかってる。通話記録を見たからな。淋しい女だな。携帯ももってないし、今や孤立無援というわけだ」

宮田がなにをいっているのか、純一にはわからなかった。通話記録に携帯、いったいこの男はなにがいいたいんだ。

「それにな、あの女は結構あれで貯めこんでる。だから涼しい顔して、ひとりで子どもを産むなんていえるわけだ」

純一は混乱していた。宮田の言葉のどこかに、なぜかひどく気になる部分がある。宮田はなにをいいたいんだ。音声化への誘惑に耐えながら、必死に頭を絞った。

宮田はいい調子で歌っていた。この数週間、組事務所で口を閉ざしていた反動だろうか。あるいは純一に徹底して敗北を思い知らせる喜びに酔っているのか。

「マンションなんてものは安全そうに見えるが、こっちにとっちゃあれだけ仕事のしやすいところはない。なあ、そっちの世界はどんなふうだい。好きな女をさらわれて、手も足もでないのはどんな気分だ」

饒舌に疲れたのか、宮田は黙りこんだ。トシロウは歯をむきだして笑いながら、ルームミラー越しに宮田の様子をうかがっていた。藤井はまったく無関心に前方を見つめている。黒いRVは三軒茶屋の駅前を過ぎた。

道端に光るNTTの看板が夜に尾を引いて流れ、純一は気がかりの正体を雷に撃たれたように理解した。

(電話だ……宮田は文緒さんの電話に細工させたんだ……電話は不通になっている……警察への通報などできなかったんだ)

氷水を浴びたような衝撃が全身に走った。先ほどの吐き気と不整脈がぶり返してくる。純一はRVの荷室でひざを抱えたまま、目に見えるほど激しく震えだした。

電話会社の内部協力者から通話記録を横流しさせたり、違法な盗聴行為を働いたりするのは、暴力団関係者の常套手段である。一本の電話を一晩だけ不通にするぐらい、宮田には造作もないのだろう。

どうすればいい？

もう一度、二子玉川に戻り、文緒を連れて逃げるか。だが下着まで湿りそうな濃霧と三月初旬の深夜の厳しい寒さを純一は思った。深夜営業の店も近くには見あたらなかった。出産予定日を八日後に控えた文緒を、凍えるような寒さのなか野外に連れ出していいものだろうか。

どうすればいい？

純一は混乱の極に達していた。逃げようと思えばなんとか今回も逃げられる気がした。だが、やつらはいつまでも追ってくるだろう。永遠に逃げきることなど、できるはずもない。出産後体力の回復していない文緒が襲われたら、あるいは生まれたばかりの赤ん坊が奪われたら、そのときはどうすればいい？

（闘うしかない）

冷たく冴えざえとした言葉を、純一は他人の声のように聞いた。それは心の深いどこかから浮かびあがってきた決意だった。熱狂も興奮も怒りも感じられなかった。完全に醒めきった意識の一部が、別な機械のように猛烈な速度で回転を始める。

ＲＶの荷室で純一は空中に目を据え、なにかを考えているようだった。もう震えてはいなかった。ときどきつぶやくように口元が動いたが、言葉は外に漏らさなかった。目を半分閉じ、ひざを抱えたままの格好で、純一はいきなり車内から消失した。

一瞬後ふたつ先の交差点の信号機のうえに、純一は出現した。青いランプを透かして、身体が夜空にぼんやりと光っている。信号機のうえに立ちつくし、濃霧にかすむ246号線の遥か前方に、純一は視線を送っていた。遠ざかるテールライトは、まっすぐに続く道のどこかで、乳白色の霧にのまれ沈んでいく。

交差点が多いこの通りでしかできないだろう。チャンスも一度しかない。宮田のことだ、警戒されてしまえば二度と引っかかることはないはずだ。純一は瞬間移動を繰り返しながら適切な地点を探した。

最初で、最後の、天使の攻撃を仕掛ける場所を。


黒い街宣車は濃霧の底を滑るように疾走していた。上馬、駒沢を過ぎて新町へ。周囲を走る自動車は数えるほどで、トシロウは鼻唄でも歌いたい気分だった。カーステレオが使えないのが残念だ。今夜で面倒なしのぎも終わる。このまえはあの野郎に赤っ恥をかかされたが、今度はそうはいかない。妊婦がやりまくるアダルトビデオを見たことがあるが、あれの最中の女はいったいどんな味なんだろう。

RVは用賀の手前のちいさな交差点にさしかかった。信号は快調に青のままだ。ここをうまく抜ければ、またしばらく信号にひっかかりそうもない。正面のシグナルがそろそろ黄色に変わりそうだった。トシロウは鼻唄まじりで、軽くアクセルを踏みこんだ。交差点の手前数十メートルで、黒いRVはぐんとテールを沈めると強力に加速していった。

前方の交差点の信号機には、純一が口元を引き締め立っていた。蒼白な顔にはどんな感情も浮かんでいなかった。静かに黒い車体に目を凝らしている。純一が制御している信号機の電流は、電気使いの能力を上回っている。通常よりほんの十秒ほど長く青信号を保持するだけで、純一は白熱する金属の流れに両腕を浸すような激痛に襲われていた。肉の焦げる臭いさえ感じられるようだ。

車重二トンを超える大型のRVは、ブレーキ性能では一般の乗用車にどうしても見劣りする。濃い霧でアスファルトの路面もしっとりと濡れていた。信号まで数十メートル、ブレーキが間にあわない距離まで黒い街宣車が交差点に近づくと、純一は信号機のコントロールを解除し、瞬間移動で荷室に戻った。

意識を回復すると同時に、ウインドウに視覚化のエネルギーを集中させる。時間はもうほんの一瞬しか残っていない。霧でぼやけた窓ガラスに、いっそう濃度を増した灰色の気体が流れ始めた。つぎの瞬間、運転席の左右は完全に目隠しされ、前方の交差点しか見えなくなった。純一がつくった灰色のバリヤーに、トシロウはまだ気づかないようだ。霧がすこし濃くなったとでも思っているのだろう。自分自身を視覚化させるときとは違い、細部を再現しなくともいいだけ、視覚化はかつてないほどの速度で成功していた。

前方の交差点の信号が、青から黄色を飛ばしていきなり赤に変わった。赤いランプは濃霧ににじみ、通常の数倍のおおきさで用賀の交差点にかかっている。

「トシロウ、やばいぞ。なんか変だ」

藤井の叫びとトシロウがブレーキを床まで踏み抜くのは、ほぼ同時だった。

そこから純一の意識は、高速度撮影のカメラのように急回転を始めた。自分の周囲で起こることが、細部まで異常に鮮明にスローモーションで確認できる。

前方左手から十トン積みのパネルトラックが、巨大な回游魚のような銀色の腹を見せて、ゆっくりと交差点に侵入してきた。右折しようとしているらしい。運転席のうしろの小窓にはアイドルのポスターが見えた。白いTシャツ姿でスポーツ刈りのまだ若い運転手はいっぱいに切ったハンドルに手をそえたまま、なにか歌をうたっていた。ちいさく唇が動くのが見える。トラックのサイドパネルは、そそり立つアルミニウムの絶壁となって、RVの目前に迫ってきた。

トシロウは声のない絶叫をあげる口を開いたまま、両手でハンドルをきつく握り締め、精一杯腕をつっぱった。助手席の藤井は両腕をあげて頭を守り、太い前腕のすきまから、近づいてくるトラックの横腹を見つめている。後席の宮田は頭を抱え、前席と後席のあいだの狭い足元に身体を投げた。

純一が視覚化させた灰色の物体は、すでにフロントウインドウから消えていた。左手後方でタイヤを鳴かせ、急ブレーキをかける音が聞こえた。純一は振りむかなくても、それが回送中のタクシーであることを知っている。そっちは大丈夫、かすり傷で済むはずだ。

衝突の直前、純一はRVの荷室からトラックのアルミパネルに跳んだ。ゆっくりと回頭を続ける十トン積みのトラックの横腹に、音もなく宮田組の街宣車が吸いこまれていった。加速された純一の視覚には、それはひどくのんびりした優雅な接触に見えた。

街宣車のブラックメタリックのボディは、子どもの手のなかでくしゃくしゃにされるアルミ箔のように折り曲げられていった。トラックの骨太のシャーシにめりこんだボンネットのなかを、まだ熱いエンジンが絡みつく管やワイヤーを引きちぎりながら、運転席のほうへ巨大な力でゆっくりと押しこまれていく。恐怖にひきつるトシロウと藤井の面前で、エアバッグの白い花が高速度撮影の自然映画のようにふっくらと開いた。フロントウインドウが砕け、細かなガラスの破片が水を撒くようにボンネットに飛び散った。

無音のままの一瞬が過ぎると、すべての破砕音が音速の塊となって純一に襲いかかった。衝撃でトラックの屋根から吹き飛ばされ、首都高3号線のすすけたコンクリートの高架が目前まで迫った。しかし、そのショックで純一の意識は、夢見るような加速状態から平常に回復した。

深夜にもかかわらず、事故現場には周囲から人が集まり始めていた。反対車線では早くも事故渋滞が生まれている。交差点を通りすぎる自動車は例外なく徐行し、他者にしか起こるはずのない惨事を、ゆっくりと味わっていった。

純一は震えながら、宮田組の街宣車に近づいていった。RVは鼻先をトラックの横に突っこんだまま停止していた。濃密な霧にボンネットから立ち昇る水蒸気が溶けこんでいる。黒い街宣車の全長は三分の二ほどに圧縮されていた。

純一は恐るおそる前席を覗きこんだ。トシロウと藤井の頭から十五センチほどの距離に、トラックのアルミパネルが迫っていた。エアバッグのせいか、平手で叩かれたように赤くなっているだけで、顔には外傷は見あたらなかった。ふたりとも意識はなくしているようだ。ときどき藤井が泥酔者のようなうめき声をあげるだけだった。

なんとか原形をたもつ後部の荷室に純一は移動した。前席ふたりの足はぐしゃぐしゃに潰れた機械部品が絡みあう闇のなかに消えていた。足先がどうなっているのか、純一は想像したくなかった。前席の床にはマシンオイルを厚く浮かせた血溜まりが広がっている。

宮田は身体にかぶったガラスの破片を落としながら、前席と後席のすきまから起きあがった。力を振り絞り、砕け落ちた窓から車外へと這いだしていく。赤いレース編みのような細かな流血の網目が、顔の全面に走っていた。ふらふらと左足をひきずりながら路肩まで歩き、倒れるように道路に腰を落とすと、厚くほこりをかぶったガードレールの支柱にもたれかかる。

「おまえの勝ちみたいだな……だが、このままじゃ済まさん」

宮田はそうつぶやくと、内ポケットから携帯電話を取りだした。純一は耳を寄せる。

「もしもし、早かったな」

高梨弁護士の声が聞こえた。

「ええ、まったく。まだ二子玉川にたどり着いてもいません。あの野郎にやられました。仕掛けは失敗です」

「そうか。そっちはだいじょうぶなのか」

高梨の声は落ち着き払っていた。

「いや。うちの若い者がふたりやられました。交通事故でかなりの重傷です」

ふたつの電話のあいだを沈黙が流れた。遠くから救急車とパトカーのサイレンが近づく音が聞こえる。宮田がしびれを切らせたようにいった。

「このつぎは絶対に逃しません。こうなりゃ、こっちも意地だ」

高梨が最後にぽつりとつぶやいた。

「ああ。このつぎがあればな」

突然切れた携帯電話を、宮田は濡れたアスファルトに叩きつけた。

純一は用賀の交差点から、佃のマンションに跳んだ。マックを起動し、用意しておいたメールを中西トオル宛てに送った。

純からTへ
すべてのファイルを今日中に警察に送ってくれ。
ぼくはもうこの世界にはいない（これは冗談じゃないんだ）。
いろいろと迷惑をかけてすまなかった。
最後に会えなくてとても残念。

P.S. もう忘れているかもしれないけど、ぼくは去年の八月にトオルの事務所にいったことがある(魂だけの存在で)。「五鉄」とモリちゃんにこたえたのはぼくだよ。

送信を確認すると純一は再び瞬間移動した。文緒に迫る危機の連鎖を、今夜なんとか断ち切らなければならない。

東京駅丸の内口の駅前広場。深夜四時。中央郵便局のあたりで郵便車両の出入りが目立つくらいで、駅前に人の姿はなく、濃霧に沈むオフィス街は、どこか外国の都市のようによそよそしかった。高梨法律事務所が入居する建物を、純一は見あげていた。最上階の窓が今もひとつだけ明かりをともしていた。懐かしささえ感じるその部屋にむかって、純一は跳んだ。

高梨康介弁護士の執務室は、紙を燃す焦げた臭いと外の霧に負けないほどの煙が漂っていた。弁護士の背後の窓は、換気のために開け放たれている。高梨は机の横にスチール製のくずかごを運び、机に積みあげた文書をそのなかで燃やしていた。深夜にもかかわらず、ツイードの三つ揃いを端正に着こなし、ネクタイさえゆるめていなかった。こぼれそうに開いた目は真っ赤に充血し、眼鏡の分厚いレンズに炎がふたつ躍っていた。

音声化にむけて、純一は集中力を振り絞った。

「高梨さん……」

炎を見つめていた弁護士が目をあげた。

「こんばんは。お待ちしていました」

応接用のソファに座ると、純一は挨拶を返さずに続けた。

「友人のところから、今回の一件をまとめた上申書と『騒動』の契約書を、警察に送ってもらいました。藤沢さんの口封じをする必要はありません。もう彼女を放っておいてもらえますね」

「そうしましょう」

高梨弁護士の返事はあっけないほど簡単だった。まるで文緒など初めから関心がないといわんばかりである。思わず純一は尋ねていた。

「この事件では、最初からどうしても納得できないことがありました。どうして高梨先生ほどの人が、殺人などという犯罪に手を染めたのかということです。銀行口座で見るかぎり、先生は木戸崎プロへは橋渡しをしただけで、通常の手数料しか取っていません。父がぼくを売ったときも、掛井グループとはなんの関わりもなくなったぼくを、誰よりも親身に気づかってくれたのは高梨先生です。なぜですか。なぜ、先生はぼくを殺さなきゃならなかったんですか」

高梨弁護士はデスクにむき直ると、天板のうえに両手を組み、無実の容疑者の弁護でも始めるような重々しい口調でいった。

「長いあいだ人に、それもごく親しい人にさえいえないことを隠しているというのは、本当に苦しいものです。私は今夜このときがきて、実はほっとしているんです。すこし長い話になりますが、純一さん、くつろいでお聞きになってください」

弁護士はゆっくりと話し始めた。

「私とお父上の掛井純次郎さんとのつきあいは、かれこれ三十年以上になります。純次郎さんは当時、掛井グループの前身となる掛井商店を興したばかり、私も駆け出しの弁護士でした。ふたりで将来の夢をよく語ったものです。亡くなられたお母さまの貴美さんを、純次郎さんに紹介したのも実は私です。純一さんはご存知でしたか」

「いいえ」

母の話から始まるのか。純一は不思議な思いにかられた。夢見るような高梨の声は続いている。

「今のうちの家内といっしょによく四人で映画を観にいきました。全盛だったフランス映画やハリウッドの粋なミュージカルです。音楽会か映画へいって、帰りにそれほど値の張らない洋食屋でハウスワインかビールをいっぱいやる、それくらいのことが最高の贅沢だった時代です。自家用車だってテレビだって、今のように普及していませんでした。貧しかったけれど、明日はやりたいことが山のようにある、そんないい時代でした。経済成長の大波に乗って純次郎さんも私もがんばった。そのころはがんばれば、それだけの成果が約束されていた時代だったんです。私は掛井グループのためにずいぶんと危ない橋を渡りました。もちろんその見返りもおおきかった。ちいさな法律事務所に勤めていた雇われ弁護士の私が、こうして丸の内の一等地に自分の事務所を構えるようになったんですから」

高梨は言葉を切ると、遠い目をしてひとりほほえんだ。

「十年ほどまえまでは、良いこと悪いこといろいろとあっても、すべての問題はなんとか片がついたものです。でも黄金時代はいつのまにか過ぎてしまう。あれは八五年の春先のことです。不動産会社に就職した大学時代の友人が、私にいい話があるといってきました。赤坂に出色の優良物件があると。その男は学生時代から誠のある奴で、私をネタに金儲けしようなどと算盤《そろばん》を弾いたのではないことを、今も確信しています。私も二十年以上働き続け、自宅のローンも終えて、ちょっとした別荘までもつ身分になっていました。このあたりで汗水流さずに一儲けするのもいいではないか。最初はそう思ったのです。投資は正解でした。一年たらずで評価額が二倍になったのですから。私は今でも時を戻せるなら、あの年に戻りたい。そして、赤坂のマンションを売り払い、不動産投資からきっぱりと足を洗うのです。そんな夢をいったい何度見たことでしょう。しかし、その代わりに私がしたのは、その物件を担保に銀行から新たな資金を借りだし、つぎの不動産に投資することでした。そのころ私は自分が不動産投資の魔術師ではないかと思った。ばかな話ですが、無理もなかった。数年のうちに私の所有物件は十七件、総資産は三十億近くまで膨れあがったのですから」

弁護士は苦い自嘲の笑いをみせた。

「私はあのバブルの白い泡の一粒に過ぎないのに、いい気になって綱渡りを楽しんでいた」

純一は自分自身を振り返っていた。もし、あのバブルの時期、株式や不動産の世界の近くにいたら、自分はどう動いただろうか。濡れ手であわの金儲けをする他人を見て、やり過ごすことができただろうか。ゲームの世界にとどまることで、なんとか火の粉を浴びずに済んだのは、単に幸運だったに過ぎない。淡々と高梨の声は続いた。

「そして、あの悪夢の九一年がやってくる。日本全土を覆っていたバブルが弾けると不動産価格は底なしに転げ落ち、銀行からは矢のような催促がきました。昼のあいだ窓口にいっても、銀行は本当の顔を見せてくれないものです。銀行の本当の顔は金策に疲れ果てて自分の家にたどりついたとき、玄関先で待っている顔です。大切な仕事のために早朝出勤したとき、誰もいないはずの廊下で暗い挨拶をしてくる顔なんです。私の所有物件は都心の一等地に建つものが多かった。資産価値の下落は、まるで滝壺に飛びこむような勢いでした。数年のうちに価格は三分の一以下になってしまった。担保物件の見直しが通達され、借金を返済するか、新しい担保を入れるかと銀行は迫ってくる。私は自宅も、別荘も、事務所の権利も、自家用車さえ、担保に入れなければなりませんでした。この法律事務所からあがる利益も、ほとんどは借金の穴埋めにつぎこんだ。でもその穴は底なしでした。埋めるはしから崩れて、人をのむまでとまらない。私は売却可能な物件はすこしずつでも整理して、なんとかバブル崩壊という名の地獄から、生きて帰ろうとした……しかし、もちこたえられなかった」

高梨弁護士は咳払いをした。固く組んだ両手の指先から、血の色が消えている。しゃがれた声が低く続いた。

「三年前のことです。とうとう私の事務所で不渡りを覚悟しなければならなくなった。法律事務所で債務の不履行など犯せば、顧客の信用など消し飛んでしまいます。十億を超える借金を抱えたまま、二度と法律の世界で仕事をすることはできないでしょう。私はせっぱつまりました。受取人は銀行の名前にして、保険金をかけて自殺しようかとも思った。せめてもの抵抗です。だがそれもできなかった」

弁護士の眼鏡の奥で、見る間に涙があふれ、立て続けに机に落ちていった。

「その春はふたりいる子どもたちにとって、大切な節目にあたっていたのです。私の長女はエリートではないが気持ちのいい青年との結婚を控え、大学時代は遊び惚けていた長男は新社会人になるため、あちこちの志望企業に接触を始めていました。私はその春だけは、破産するわけにはいかなかった。私はとことん追いつめられました。事務所でも、家族にさえも、つらい顔を見せることはできません。人間はあまりにもつらいときには、そのことにふれることさえできない。火のついたダイナマイトを口にくわえて、平気な振りをしているようなものです」

高梨はポケットチーフで曇った眼鏡をぬぐった。純一は思わず声をかけていた。

「誰にも相談できなかったんですか」

弁護士は赤く濁る目をあげて、ほほえんだ。

「私はあまりにも、自分が完璧な人間である振りをし過ぎたのかもしれません。他人のあやまちは許せても、自分のあやまちは許せなかった。自分の失敗を人にいうこともできないほど、弱い人間だったのです。そんなところは、純一さん、あなたとよく似ているかもしれませんね」

　純一は死後の一連の危機を考えた。自分も腹を割って誰かと困難を分かち合い、危機を乗りきろうとはしなかった。ぼくがこういう人間でなければ、また別の解決法があったのかもしれない。弁護士は静かにいった。

「ちょっと欲を出したばかりに、私の毎日は地獄になりました。それが当然の結果だというなら、私は神も人も信じない。それほど残酷で無情な神は信じるに値しないし、私と同じ立場に立ったとき、誘惑を断ちきれる人はめったにいないはずです。そして、その春、してはならないことをしてしまった。お父上の純次郎さんと私が管理する、掛井グループの裏資金に手を出したのです。日本の企業は通常、政治家や官僚への工作資金として、また総会屋や暴力団への報酬などに使う、表に出せない金の原資として、たいていは簿外の裏資金をもっているものです。日本の経済社会を円滑に動かすためのへそくりとでもお考えください。純次郎さんは私の不正に気づきました。私はすべての事情を説明し、猶予《ゆうよ》を乞いました。しかし、純次郎さんの口から返ってきた返事は冷たかった。つぎの言葉に一字一句間違いはありません。それを聞いて私が人ではなくなった言葉なのですから」

　弁護士はおおきく深呼吸して、つぶやいた。

「『飼い犬に手を噛まれたようなものだ。二度と法曹界で仕事ができないように、追放してやる』」

　涙でにじむ弁護士の両目に、その瞬間だけ刃物のように鋭い光りが走った。

「純次郎さんは私の胸ぐらをつかんでそういいました。悪いのは私です。それはわかっている。だがショックだった。純次郎さんにとって、私は飼い犬で友人でさえなかった。純一さん、あなたの心証をよくしようというわけではありませんが、貴美さんの一粒種のあなたを売り飛ばした手口も、私にはまったく納得しがたかった。その夜のうちに私の決意は固まりました……掛井純次郎を殺してやろう」

高梨弁護士はじっと自分の手を見つめた。ひと呼吸おいて話し始める。

「方法は簡単でした。掛井グループの裏仕事で腐れ縁になっている宮田組の連中を使えばいい。問題なのは、純次郎さんがいつもボディガード代わりの側近を離さなかったことです。でも、そんな用心深い純次郎さんも必ずひとりで会いにいく人間がいた……」

純一は思わず音声化した。

「ぼくだ」

「そうです。次男の純太郎さんや社員の目を気にして純次郎さんは、あなたと会うときだけはいつもひとりだった。もっともそんなことは、年に一度あるかないかでしたが。私は純一さんから緊急の用件があるといって、深夜、純次郎さんを呼びだしました。吉祥寺のご自宅のそばの児童遊園です。純一さんがまだちいさかったころ、象の滑り台で私といっしょに遊んだことがありました。覚えているでしょうか」

「ええ」

象の鼻の滑り台を何十回となく滑り落ちるぼくを、高梨先生は笑いながら見ていた。児童遊園ののどかな春の午後。裸のひざにあたる日ざしのぬくもりさえ覚えている。

「あとは宮田組の誰かが運転する自動車が片をつけてくれました。そのクルマは宮田組の系列の産廃処理場で、その夜のうちに処分されたと聞いています。多額の金はかかりましたが、殺人はあっけないほど簡単だった。掛井グループの裏資金を流用して当面の破産をまぬがれ、宮田組への支払いも問題はありませんでした。しかも、純太郎さんは学生でしたし、現在の奥様はああいう人ですから、グループ内での私の立場は一層強化された」

弁護士の声は、低くなった。

「最近二年間の記憶を失っているというのは本当のようですね。だから、純一さんは今でも私に普通に接してくれる。交通事故から一年ほどして、あなたは突然、私の事務所に訪ねてこられた。どうもあの事故は怪しい、自分には時間も資金もあるから少々調べてみると、そのソファに座り、あなたは私にいいました。なにか確かな証拠をつかんでいるのではないか、私は急に不安になりました。純一さんの言葉は妙な含みをもたせているように聞こえたのです」

殺人の首謀者にむかって、事件の怪しさを説く。純一は自分の無邪気さにあきれるしかなかった。

「悪いことは重なるものです。同じ時期に『騒動』の限定パートナーシップの件で、初めて木戸崎渡さんが私に面会を求めてきました。木戸崎さんはせっぱつまっているようだった。実の兄の木戸崎剛監督は悪性腫瘍で、これが最後の映画になる。入魂の脚本もあがっているのに金が足りない。この映画を撮らせてやるためなら自分はなんでもする。兄だって死んでも死に切れないだろう。そのとき、私の頭に悪魔が息を吹きこみました。宮田組に口を利いてやり、この男に純一さんを殺させればいいのではないか。宮田なら人ひとりを消してしまう方法くらい知っているだろう。私は純次郎さんの一件を闇に葬れる。主犯は木戸崎渡だ。私は純一さんの失踪事件には、一切関与しないことにすればいい。こんなことをいうと白々しくお感じになるかもしれないが、私は純一さん、あなたが好きだった。だから、良心の呵責を軽くしたかったのかもしれない。途中でためらったせいで失敗する恐れもなくなるだろう。『騒動』への投資案件が、迷っていた私の背を押す最後の一突きになりました」

高梨弁護士は、深々と頭をさげた。いったんは乾いていた涙が、再びあふれだしたようだ。純一の胸にはしびれるような空白が口を開けていた。

「しかし、実際には人ひとりを消すのは、そう簡単なことではありませんでした。肝心の木戸崎は怯えてしまい、宮田のアイディアも穴だらけです。しかたなく私がすべての絵を描かなければなりませんでした。純一さんをなんとか軽井沢にある木戸崎監督の別荘へおびきだし、宮田組の連中に処理してもらう。私は純一さんの部屋からパスポートを盗む。木戸崎には純一さんと背格好の似た男を探させました。木戸崎が用意したのは俳優崩れのバーテンダーでした。純一さんのパスポートをもって、その男をメキシコに飛ばせる。入国には自分のパスポートを使えばいい。現地で純一さんのパスポートに偽の出入国証を押させ、顔写真を張り替え、今度は純一さんの振りをしてアメリカに入る。もっとも、そんな小細工は実際には必要ないのです。メキシコからアメリカに入国する、きちんとビジネススーツを着た日本人の青年を、詳しく調べる国境警備員など存在しないからです。男はそのままラスベガスにいかせ、数日遊ばせ、跡を残させました。そして、クルマを砂漠のなかに乗り捨て、近くにパスポートと純一さんの空の財布を捨てさせたのです」

「ちょっと待って。でもニュースでは無人のレンタカーが見つかったといってました。レンタカーを借りるときは、国際免許証のコピーが事務所に残ってしまうはずです。顔が違えばいくら同じように見える東洋人だって、あとで必ずばれるはずだ」

「正規の業者ならその通りです。だが、ラスベガスのホテルでボーイに二十ドルも渡して聞いてご覧なさい。免許証が失効しているんだが、クルマを調達できないか。もぐりのレンタカーを使えばいいのです。その日の午後には、ホテルの駐車場にクルマが届きます。ポルシェでもBMWでも自由に車種を選べる。競争が激しくて正規の三割増しくらいの料金だそうです。話がそれました。クルマを乗り捨てたあと、砂漠の真ん中で宮田組の手下が運転する別のクルマでその男を拾い、再びメキシコ国境へむかいます。そして男には今度は自分のパスポートをもって歩いて、国境を越えさせる。アメリカからメキシコへの再入国は、逆の場合のさらに何倍も簡単です。まったくのフリーパスに近い。あとは日本に帰ってきた男に残り半金の報酬を支払い、骨の髄まで沁みこむように、宮田組が脅しをかければいい。海外旅行中に犯罪に巻きこまれ、行方不明になる旅行者はいくらでもいる。現地の警察も死体が見つからなければ、おざなりな捜査しかしません。事件はそれで終わりになるはずでした」

高梨の冷静な声が響いた。

「しかし、あなたがあらわれた。宮田組からは謎めいた幽霊の話が伝わってきました。めったなことでは恐怖など見せない宮田でさえ、内心恐れているのが私にはわかりました。しかも、藤沢さんがあなたの子を妊娠しているという。動揺は一層激しくなりました。妊娠中の女性に行方不明の恋人を忘れろとは、いくら所属事務所の社長でもいえないだろう。そこで、藤沢さんをなんとかしなければならなくなった。その試みの一連の失敗は、純一さんもご存じの通りです」

そこまで話すと高梨の目に再び涙が浮かんだ。爆発するように涙はあふれ、いく筋も頬を落ちていく。泣きながら弁護士は、無人のソファにむかっていった。

「だが……本当に失敗してよかった。今夜の襲撃に成功していれば、私は純次郎さんから始まり純一さん、そしてまだお腹のなかにいる純一さんの赤ちゃんまで、掛井家三代を皆殺しにするところだった。宮田は前回の失敗で頭に血がのぼって、藤沢さんをマンションの室内で殺すつもりだったのです。残念ながら私には、彼らを抑える力はありませんでした。純一さんが宮田組をとめてくれて感謝しています。私の欲から始まった殺人の輪を、どこかで終わりにしなければならない。藤沢さんを殺していれば、またつぎの殺人が続いたような気がするのです」

純一の心のなかでは整理のつかない思いが渦巻いていた。たくさんの断片が言葉にならずに駆けまわっている。高梨弁護士は、逆に晴ればれとした表情だった。

「純一さん、さきほどの生命保険の話は覚えていますか。今、私は受取人を妻にしてまとまった額の保険に入っています。銀行の借金はその保険金できれいに返済できます。娘が去年の夏に子どもを産んで、初孫の顔を見ることもできました。長男も休みがすくないなどと不平をいいながら、ばりばり働いているようです。結局金くらいしか残してやれなくて、妻は本当にかわいそうですが、こんな私を選んだのだから、諦めてもらうしかありません。私はそろそろ終わりにしたいんです。人生の幕を引きたい。それに……」

「それに、なんですか」

純一の声は悲鳴のようだった。

「死が究極の終わりではないことを、純一さん、あなたが教えてくれた」

集中力を引き締め、純一は叫ぶようにいった。

「待ってください。死ぬことはない。生きて罪をつぐなってください」

「いいや。いくら純一さんの言葉でもそれだけは聞けません。私はこういう仕事をしていますから、六十歳、七十歳を過ぎた老人の服役囚を知っています。年寄りには刑務所の暮らしは本当にきついものです」

そこでいったん言葉を切ると、ためらいがちに高梨弁護士は続けた。

「それから残りの細かなことは、プロデューサーの木戸崎さんに聞いてください。私の決心はもう伝えてあります。私からの一方的な話では、彼に不公平になるし……それに私からは、申し上げにくいこともありますから」

いいにくいことっていったいなんだろう。父と自分を殺したという事実以上にいいにくいことがあるものだろうか。純一のしびれ切った心に機械的に疑問が浮かんだ。

そのとき高梨弁護士の視線がソファを越えて、執務室の奥にむかった。驚愕のあまり元からおおきな目がさらに開かれ、厚いレンズのなかは歪んだ眼球でいっぱいになった。弁護士は口をぱくぱくと動かしてから、ようやく言葉を絞りだした。

「……お迎えもきているようだ」

高梨弁護士は頭をさげた。純一は驚いて振りかえった。弁護士の視線の先、ソファの後方の壁のまえに壮年の男が立っていた。軍服のように引き締まったオーダーメイドのスーツ。鼻のしたの髭はきれいに整えられ、四角い顎には意志の力が固く溜めこまれている。威圧感のあるおおきな男だった。

「……父さん……」

純一は思わずつぶやいた。

高梨弁護士の言葉が背後から聞こえても、純一は父の姿から目を離せなかった。

「お久しぶりです、純次郎さん。これから、おそばにまいります。詫びの言葉でも、聞いてやってください」

その声の異様な穏やかさにあわて、純一は視線を戻した。弁護士は片足を開いたままの窓枠にかけているところだった。バルコニーにでもおりるように軽々と窓枠を越え、高梨は窓のむこうに消えた。背中にはわずかなためらいも感じられなかった。悲鳴も聞こえない。永遠に思える一瞬が過ぎて、遥か下方から鈍い衝突音が響いてきた。高梨弁護士の消えた窓には、乳白色の早春の霧が四角く切り取られ残っている。

純一は再び振り返った。ソファの後方に立っていた純次郎は、朝霧のようにかすみ消え去ろうとしている。壁の木目を透かす父の口元に、柔らかなほほえみが浮かんでいるのを純一は見た。

間違いない。父さんはぼくに笑いかけてくれた。

固くしこった父親へのわだかまりが、ゆっくりと純一のなかで溶け崩れていった。高梨の不運と転落のためか、死後も自分を気づかっていた父純次郎のためか、かたくなに閉ざされた自分自身の心のためか、理由のわからない涙が純一の頰を濡らしていた。

さあ、つぎでこの長い夜も最後になるだろう。

純一は涙にしびれた心を抱いたまま、赤坂の木戸崎プロダクションへ跳んだ。

完璧な空白ののち、目のまえに今は亡き木戸崎剛監督作品の名場面をコラージュした壁面があらわれた。『SODO―騒動』から新しいスチル写真も加わっている。納戸のなかで若侍に羽交い絞《はがじ》めにされる文緒の姿も見えた。純一は彼女が遠くへいってしまったような淋しさを感じた。受付横の廊下に、明かりがぼんやりとさしている。光源にむかって、純一はゆっくりと進んだ。ここが最後なのだ、もう急ぐ理由はなかった。

わずかに開いたドアから、部屋に侵入した。初めて監督に会った部屋だった。ビジネスコーナーにだけ、蛍光灯が冷たい光りを落としていた。机のうしろにしゃがみこんだ男の丸い背中が見える。木戸崎渡プロデューサーだった。ボルトで床に固定された中型の耐火金庫を開き、書類や帯封のついた札束を取りだしている。木戸崎の横にはルイ・ヴィトンの使い古しのトランクが口を開けていた。

声を抑えて純一は呼びかけた。

「高梨さんは自殺したよ、木戸崎プロデューサー」

木戸崎渡は顔をあげ、誰もいない部屋を見まわした。背中が小刻みに震え始める。

「もうこんなことはたくさんだ。私は兄貴の最後の夢をかなえてやりたかっただけなんだ」

プロデューサーの声はしっかりとしていた。

「知ってる。ほとんどのことは高梨さんから聞いている。映画のためなら人ひとり消してしまうくらい、なんでもなかったわけだ」

「今はあんたに、すごく済まないと思ってる。だが、こちらの事情だって考えてみてくれ。掛井さんも昔、私にいったろ、木戸崎剛の才能を眠らせておくのは、日本映画界最大の犯罪だって。正直にいうよ、監督の命はいつまでもつかわからなかった。入魂の脚本もあがっている。監督が死ねば、私はプロデューサーとして仕事を続けていくことなどできない。私にはそんな力も組織のうしろ盾もないからな。監督にとっても私にとっても、『騒動』が最後の作品だってことは初めからわかっていた。あのころ、映画製作期間中には捕まらないという保証があれば、銀行強盗だってやってのけたろう」

床に腰をおろしたまま、プロデューサーは自嘲の笑いを浮かべた。

「その代わり、もっと悪い手を打ったわけだ」

「そうかもしれん。だが、そんなときに掛井さん、あんたがあらわれた。自分で汗をかいたわけでも、頭をさげたわけでもない、親からもらった十億近い遊び金をもって。あんたが銀行に預けた金なんて、死に金だと私は思った。しみったれた銀行の爪の垢みたいな利子を生んでるだけのな。それで、私たちは計画を立てて実行した。いいことだなんて思ったことは一度もない。木戸崎剛ファンだといってくれたあんたには、本当に済まないと思ってる。だがどうしようもなかった。『騒動』の完成時期を見てくれ。あの計画がひと月遅れていたら、映画の完成は難しかったろう。こちらもぎりぎりの選択だった。いいわけにもならないがね。結局のところ、私にしても監督にしても、映画という王様の奴隷に過ぎないんだ。監督は死に、私は追われるだろう。だがね、掛井さん、『騒動』は完成された。私たちみんなが負けても、映画は勝ったのさ」

木戸崎の目がぬめるように光った。自分の言葉に酔っている。無理はなかった。彼は確かに賭けに勝ったのだ。最大の報酬は、すでに受け取っている。あとから席料を取られるくらい、なんだというのだ。

純一はいい争うつもりも、相手を脅すつもりもなかった。純一の長い物語も、もう終わりに近づいている。

「高梨さんが、最後にいい残していったことがある。自分からは話せないので、あなたに聞いてくれと。木戸崎さん、ぼくはもう二度とあなたのまえにはあらわれないだろう。許すことは決してないが、怒ってはいない。高梨さんがいえなかったことはなんだったんだろう。それだけ教えてくれ。それを聞いたら、すぐにここを離れる。あなたとは永遠にお別れだ。どこへでも好きな場所へ逃げてくれ」

木戸崎は顔を床にむけた。影に隠れ表情が読めなくなる。しばらくすると顔をあげ、肩で息をして話し始めた。

「それはたぶん、文緒のことだ。高梨さんは最後に嫌な役を振っていったもんだな。掛井さん、あんたはこの二年間の記憶をなくしているそうだな。文緒のことをどんなふうに思っているんだ。あの女が天使かなにかに、見えているんじゃないのか。私がこれからいうことを怒らないで聞いてほしい。約束してくれるか」

木戸崎はそこで話をとめると、上目づかいで純一の返事を待った。

「わかった。どんな話でも、あなたには怒らない」

「悪いな、掛井さん……芸能界には昔っから、便利な女ってのがいるんだ。タレントや女優の卵なんかに多いんだが、見た目はすごくきれいで、性格も頭も悪くない。だが、どういう訳かそんな種類の女は、力をもっている人間、おおきな桁の金をもっている人間を、無条件で優れていると信じこんでしまう。それだけで人間的に立派だし、男として魅力にあふれてるって錯覚するんだな。そういう女は自分より社会的に上位にある男には、すぐに尻尾を振ってついていく。それで自己催眠をかけるみたいに自動的な恋愛状態に入れるんだ。金を引っ張ろうなんて打算でやってる訳じゃないから、相手の男もそれでまいっちまうんだ」

なにがいいたいんだ。不安が黒雲のように湧きあがった。便利な女、自己催眠、自動的な恋愛状態。木戸崎はいいにくそうに言葉を続けた。

「文緒はうちの事務所の専属女優で、専属の……怒らないでくれよ……接待用の便利な女だった。あんたは記憶をなくしているから、文緒と出会ったころのことは覚えていないだろう。だが、初めて文緒があんたとデートしたのは、いってみればうちの業務命令だった。あんたはひどく内気だったが、金もある、頭もいい、センスだって捨てたもんじゃない。いつも文緒が相手にしている重役連中より、ずっと年も若い。文緒が夢中になるのに時間はかからなかった。そして、恋愛経験のすくないあんたは文緒の敵じゃなかった」

業務命令。純一の血が冷えていった。文緒が接待用の「便利な女」で、なれそめは業務命令だとは。木戸崎の話が信じられなかった。それなら純一の姿に涙を流し、純一の子を妊娠した彼女はいったいなんなのだ。そんな話が真実のはずがない。しかし、おかしなことに、純一の心の一部はそれが事実であることに納得していた。自分の心の働きが不思議だった。正反対のふたつの考えに引き裂かれているのに、麻痺したままの心は痛みさえ感じない。ぼくは本当は藤沢文緒をどう思っているのだろうか。

無意識のうちに、純一はつぶやいていた。

「だけど、彼女はぼくの子を妊娠している。中絶しようと思えばできたはずなのに、ひとりで産んで、ひとりで育てようと決心している」

「そうだな。それには私も驚いた。これからようやく売りだすってときに、子どもを産むというし、その父親が掛井さんだというんだからな。妊娠を私に告げたときには、中絶の可能な時期は過ぎてしまっていた。そうとうな決心があったんだろうと私も思う。なあ、掛井さん、たとえビジネスで始まったとしても、文緒は本気であんたに惚れこんだんじゃないのか。経済的な援助もなく、連絡もないまま行方不明になった男の子どもを、ひとりで育てていこうとしているんだからな。それは、大変な決心だったはずだ。掛井さん、文緒を許してやってくれ」

衝撃はあった。それでも、純一は文緒を責めるつもりはなかった。

だが、まだなにかが心に刺さっている。途中で折れてしまった鋭いとげのように、なにかが純一の心の奥に刺さったまま、注意を喚起する熱っぽい痛みを生んでいる。その痛みは幾層にも重なった心の襞の最奥部で、奇妙な警告を発していた。

近づくな……危険……壊れもの……そして、真実。

なぜかわからないが、純一の心にあの見知らぬ山中の、四角い穴の底に横たわる裸の死体が浮かびあがってきた。ぼくの死体はどこにも外傷はなく、きれいなものだった。砕かれた歯は身元を隠すために、たぶん死後処理されたに違いない。

木戸崎プロデューサーはトランクの蓋を閉めた。あわてているのだろうか、妙におどおどと落ち着かない素振りだった。

「文緒の話はそんなところだ。掛井さんは高梨さんから、他の話は聞いてるんだろう。私は明日の朝一番の飛行機で日本を出ることになってる。そろそろ、このあたりで失礼してもいいかな」

もうなにもいわないほうがいい、心のどこかでそんな声が聞こえた。別のどこかではもうひとつの声が、すべてを知らなければならないという。純一はあやつり人形のようにつぎの質問を発していた。それは自分でも意外な言葉だった。

「最終的に、ぼくを殺したのは、誰なんだ」

木戸崎の顔色が変わった。驚きに続いて、憐れみの表情が浮かぶ。純一はその質問が、標的の中心を撃ち抜いたのがわかった。木戸崎の口ぶりは、出来の悪い生徒に教え諭す教師のように穏やかになった。

「それを聞かなくちゃ気がすまないのかな、掛井さん。知らなくていいことは、知らないままでいいじゃないか。それで傷つく人間もいるんだ。話はこれで終わりにしよう」

純一は小暮秀夫の言葉を思いだしていた。一度知ってしまえば、二度と知らない状態には戻れない。確かに一般論ならそれは真実だろう。だが、相手は自分の命を奪った殺人犯なのだ。知らずに済ませるわけにはいかなかった。しびれ切った心のなか、最大の音量で鳴り続ける警報を無視して、純一は冷静を装い木戸崎にいった。

「すべてを知りたい。あなたが逆の立場だったら、あとは忘れようと引きさがれるかい。あなたとは二度と会うこともないんだ。すべて話してくれ」

木戸崎プロデューサーはトランクをもつと、床から立ちあがり、監督の机に座り直した。

机のうえには木戸崎剛の遺影が飾られている。黒枠のなかでも監督はサングラスをかけたままだった。初老のプロデューサーは静かに話し始めた。

「悪かったのは私だ、責任も私にある。去年の夏、掛井さんを殺害する計画をまえにして私はちょっとおかしくなった。詐欺や横領ならともかく殺人だ。素人がいきなり本編のカメラのまえで演技するようなものだ。無理もなかった。私は宮田や高梨さんとの打ち合わせでひどく取り乱してしまった。ホテルのラウンジでのことで、多くはなかったが当然周囲に人の目はあった。それで宮田があとから難癖をつけてきた。私とは組めない、この計画を実行するなら、もっと木戸崎プロを深く関与させてくれと。関与……お役所的な巧い言葉だな。要はもっと泥に手を突っこめってことだ。そうすれば私へのいい口封じになるとでも考えたんだろう。最初の計画では、文緒が掛井さんを軽井沢の別荘に呼びだして、酒にでも混ぜて睡眠薬を飲ませ、あとの処理は宮田組の連中に任せる手はずになっていた」

純一は思わず口をはさんでいた。

「彼女もぼくの殺害計画を知っていたのか」

「いいや。文緒の役は睡眠薬を飲ませるところまでだ。そこで別荘を離れる。あとは掛井さんを宮田組が脅して、『騒動』に投資させるといっておいた。私と高梨さんが宮田組に弱みを握られていて、共通の被害者の立場からゆっくり説得する。売り物の女優に手を出したと宮田組に騒がせてもいい。もちろん契約後、掛井さんは自由になると話していた」

「そんな話は都合がよすぎる。ぼくなら信じない」

「それはあんたが便利な女じゃないからだ。いくら子飼いだからといって、なぜ『騒動』みたいな大作で、三十近くまで無名だった女優を使ったと思う。それにな、文緒は監督の身体のことも知っていたんだ。疑いはあっても、無理やり自分を納得させていたのかもしれん」

「手はずはどう変わった」

純一は自分の声の遠さに驚いた。木霊《こだま》のようにぼやけた響き。もうわかっている、聞きたくない、そう叫びそうになった。自分の身体さえ支えられず、砂像のように崩れ落ちそうな喪失感が、指先まで虚ろに満ちている。

「手順が変わったのは一カ所だけだった。掛井さん、済まない……睡眠薬を飲ませたあと……文緒に……」

木戸崎プロデューサーはうつむいたまま顔をあげなかった。机のうえに立つ監督の遺影をそっと倒す。純一は柔らかな声で先をうながした。

「睡眠薬を飲ませたあと、どうした」

木戸崎渡は消えいりそうなちいさな声で、ぽつりぽつりと机のうえに言葉を投げだした。

「……まえもって、文緒に、アンプルと注射器を、渡していた……念のために用意した、強い睡眠薬だ、といって……間の悪いことに、文緒の、福井にいるばあさまが、糖尿をやってる……インシュリンの注射なら、文緒は、手慣れたものだった……」

「アンプルの中身は」

「よく知らないが、サクシンとかいう、筋肉弛緩剤だといってた……用意したのは、宮田で、借金の返済に、困った獣医から、手に入れたそうだ……最初の薬で眠っている、掛井さんに、睡眠薬だと信じて……文緒は、注射を打った……そして別荘を離れ、あとは宮田組の連中が、掛井さんの遺体を……どこか近くの、山のなかに埋めた……場所は、わからない……」

そして、すべてが始まった。あの悪夢の場所に帰っていく。

見つめていられないほどまぶしい星々とガラス片で削った三日月の空。視界の果てまで続くなだらかな山の稜線と夜の鮮やかな緑。地面に口を開けた四角い闇と底に横たわる泥まみれの裸の死体。

ぼくは長いあいだ、自分を殺した女を、必死になって守っていた。

眠っているぼくに、筋肉弛緩剤を注射した女と出会って、もう一度愚かな恋に落ち、彼女を守るためなら、できることはなんでもやった。

純一は笑いたかった。吠えるように、泣きたかった。

よく出来た脚本だとほめてやりたかった。

やりばのない憎しみと怒りが吹き荒れる心の闇に、かすかな光りが揺れていた。

純一は、それでも文緒を愛していたのだ。

だが、愚かな愛情の光りは、周囲を圧する暗闇を一層深くするだけだった。

純一の心の一部は、すでに知っている。

それは逃れることのできない真実だ。そうでなければ、なぜ楽しかった文緒との出会いや、ふたりでいっしょに過ごした日々まで、記憶から消し去る必要があっただろう。

眠りのなかで死の世界に滑り落ちた純一は、愛する女性が自分を殺したことを感じとり、すべての喜びと裏切りを永遠に封印するため、短い生涯の最後の二年間を記憶から削除した。ぼくが死ぬまぎわ、最後の一瞬にしたのは、生涯でただひとつの恋の思い出を殺すことだった。真実を知った今となっても、思い出はよみがえらなかった。喜びへの扉は決定的に閉ざされたまま、苦痛と裏切りだけが純一のなかで荒れ狂っている。

木戸崎プロデューサーは背を丸め、暗い廊下へと去っていった。純一は声をかける気にもならなかった。

長い夜だった。ここが最後だと思っていたが、この場所でも純一の旅は終わらなかった。今は跳躍の一瞬に訪れる、あの完全な空白が懐かしかった。

純一は跳んだ。

まだ、夜明けまでは時間がある。

彼女はきっと待っているだろう。

自分の子どもの父親になる男、自分が殺した男が帰ってくるときを。

見慣れた二子玉川のマンションで、純一は意識を取り戻した。室内の空気が冷たい。明かりはつけられたまま、エアコンも運転中だったが、人の気配を感じない。宮田組の連中は、あの事故で阻止したはずだ。

心が騒ぎ始めた。

コードレス電話がベッドのうえに投げだされていた。ベッド横のフローリングの床に、白く濁った液体が溜っている。濡れたものをひきずったような跡が玄関まで続いていた。ドアの鍵はかかっていなかった。出産間近の腹を抱えて、三月の真夜中、文緒はどこに消えたのだろう。

純一はその匂いに気づいた。塩辛いような、甘いような海の匂い。それは床に広がる液体から立ちのぼっていた。

あのときの匂いだ。純一の記憶は瞬時に武蔵野の産院へフラッシュバックした。分娩台のうえの母の姿、新生児のぼくの全身は確かにこの匂いに包まれていた。

破水！　文緒は破水したんだ。

彼女は救急車を呼ぶために電話をかけようとしたが、宮田組の工作で電話は不通になっていた。一週間ほど早かったが、厳しい緊張に文緒の身体は耐えられなかったのだろう。この液体は文緒の子宮から流れでた羊水に違いない。

突発的な「前期破水」。育児書で見かけた四文字が、黒々と心に浮かんだ。

純一は霧の底に眠る二子玉川を駆けた。病院の場所はわかっている。昔ながらの商店街を抜けた先にある総合病院で、名前は確か玉川病院。母子手帳に押されたスタンプを見た覚えがあった。

数分後、純一は病院に到着した。緑の多い正門だった。半円形の車寄せの奥に、救急外来の赤い灯が、霧にぼやけ回転していた。無人のロビーを抜け、暗い廊下を人の気配を探して駆けた。どこをどう通ったのかわからなくなるころ、人々のざわめきとドアの開け閉めされる音に導かれ、その部屋のまえに純一は立った。

第一分娩室。

看護婦に続いて正方形の部屋のなかに足を踏み入れた。中央に置かれた分娩台に文緒は横たわっていた。真上から無影灯の光りが降り注いでいる。看護婦の動きがあわただしかった。中年の女医がつぎつぎと命令を出している。全員が強く張りつめた緊張感で結ばれているようだった。これは通常の出産ではないのだろうか。

純一はゆっくりと分娩台に近づいていった。文緒は意識を失っている。汗で額に張りついた前髪。目のしたは深くくぼみ、暗い影が落ちている。最後に見た母の顔を思いだし、純一は不吉な連想を振り払った。

大丈夫だ、あの光りの玉がある。

視線をゆっくりとさげていった。白いシーツで覆われた文緒の腹のうえに、純一は見慣れないものを見た。

白い光りの玉の表面に、ひっかいたような無数の黒い線が走っている。ゆっくりと回転するその縞模様の球体は、目を細めると光りを失いくすんだ灰色に見える。純一の背を氷の柱が貫いた。見つめているうちに、灰色は濃度を増していくようだった。その玉が光りをのむほど完璧な漆黒に変化したとき、なにが起こるのか純一はよく知っていた。

突然の破水のせいだろうか、それとも胎児に異常があるのだろうか。詳しくはわからないが、文緒のお腹の子どもに生命の危機が迫っている。

「お母さん、がんばりなさい。あなたが気絶してどうするの。お腹の子だって必死で闘ってるのよ」

女医が叫んだ。文緒は蒼白の顔をわずかに枕からあげて、薄目を開いた。切れ長の目のふちから涙がこぼれ落ちる。

「純さん、ごめんなさい。私たちの赤ちゃん……」

頭が病院の硬い枕に落ちた。文緒は再び気絶したようだ。

純一は混乱する頭で考えていた。

これでよかったのかもしれない。

事件はまもなく、すべて明るみに出るだろう。

道具立ては揃っている。誰もが忘れられない週刊誌のカバーストーリーになるだろう。

この子は、父を殺した母から、生まれる。

資産家殺しの女優の物語は、一生この子についてまわるだろう。

どうせ、業務命令から始まった生命なのだ。

文緒の懲役も避けられないだろう。

最も母親を必要とする時期に、この子の母は刑務所のなかにいる。

かわいそうだが助かっても、この子はひとりきりで生きていくしかないのだ。

だが……

もし自分が、この魂を与えれば。

小暮秀夫のように全存在をかけて、あの黒い光りを消滅させることができるなら、この子が助かる可能性はあるのかもしれない。

しかし……

そのために純一は、再びすべてを失わなければならない。

二度目の「死」を、素晴らしかった死後の「生」の消滅を、今度は自分の意志で選び取らねばならないのだった。文緒の手によって薬物で殺害されたとき、純一は深い眠りに落ちていた。あのときは死の恐怖を感じる時間もなかった。

今回は違う。

この子を助けるためには、すべてを失う覚悟を、自分で決めなければならない。

決断の時は迫っていた。

文緒の腹のうえに浮かぶちいさな光りの玉は、すでに濃い灰色に変色している。表面を死と闇の色へ深めながら、その球体はわずかずつ成長しているようだった。

(さあ、決めるがいい)

純一は自分自身にむかっていった。

不幸な人生を送るだろう文緒と自分の子を救うために、今ここで消滅するか……

あるいは、この子をこのまま死なせ、空しく死後の「生」を生きるか……

どうすればいい？

決めることなど、できなかった。

そして、純一は逃げた。

純一はでたらめに、瞬間移動の跳躍をおこなった。

目的地など決められなかった。

最初に着いたのは、吉祥寺の住宅街にぽつりとひらけた児童遊園。

象の形をしたコンクリート製の滑り台が、深夜の公園に今も残っていた。子どものころほどおおきくは見えなかった。緑のペンキがはげ落ちた部分に、灰色の地肌が覗いている。ぼくに会うためにこっそりと家を抜けだした父さんは、最期の瞬間なにを見たのだろうか。

純一は跳んだ。

真夜中のボウリング場。

明かりを落としたレーンには人の姿は見えない。海の底のように静かだった。初めてブロック崩しに出会った思い出のゲームコーナーには、プリクラと3D格闘ゲームが並んでいる。それでもジュークボックスには、懐かしいディスコヒットが残っていた。百円玉を入れられないのが残念だ。

純一は跳んだ。

午前五時の渋谷センター街。

この寒さのなか、ミニスカートで地面に座りこんで始発電車を待っている少女が、あちこちで目についた。少年のグループが、つぎつぎと少女たちに声をかけていく。少女のショルダーバッグには、おかしなキーホルダーが揃いでぶらさがっていた。太ったふくろうの形？ひとりの少女が少年たちの誘いに、その携帯ゲーム機でこたえている。

「どっかへうせな、この不細工」

純一はほほえんだ。エンジェルファンド最後の投資に、こんなヒット作があったとは。西葛西研究所は、まだあのガレージにあるのだろうか。

純一は跳んだ。

高田馬場のひのまる製作所。

床のうえで寝袋にくるまって、トオルもヒメもモリちゃんも眠っている。知らない顔の青年が、モニターにむかいCGで屋形船をつくっていた。なかなかのマウスさばきだった。ディスプレイのなかを流れる、江戸時代の隅田川の両岸では、葦の緑が風にそよいでいた。水面に映るつつましい町明かり。

純一は跳んだ。

東京芸術劇場の大ホール。

そびえ立つパイプオルガンの尖端に座り、無人のコンサートホールを見おろした。ここで聴いた交響曲の数々を思いだす。モーツァルトの四十番、マーラーの九番、ショスタコーヴィチの十五番。評論家のいうように、どの楽章にも暗く死の影がさしていた。だが、音楽は決してそれだけではなかった。光りと喜びもまた、たくさん詰めこまれていた。歌と踊り、笑いと諦め、響きと祈り。

純一は跳んだ。

佃のマンションのリビングルーム。

初めて電気使いに成功したエアコンはまだ動いたままだった。部屋のなかを見まわしてみる。大型テレビとゲーム機、本とCDでいっぱいのオープンシェルフ、さんざん迷ったすえに決めたインテリアの数々。たぶん、文緒も座っただろうベージュ色のラブソファも見える。すべてひとつひとつ買い集めた思い出の品だった。最後に純一は、エアコンの緑のパイロットランプをそっと消した。

純一は跳んだ。

隅田川の遥か上空。

そこから見おろす東京は美しい街だった。乳白色の濃厚な霧で蓋をされても、星くずだらけの空よりも、足元に投げ捨てられた明かりはまぶしかった。ひとつの光りのしたにひとりの人がいるとしても、これだけの数の人間が新しい朝に目覚めるために、今は深い眠りについている。頭上には濃紺の大円盤が広がっていた。東の弧が透明な青に冴えかえっている。

そして、最後に純一は跳んだ。

すべてが始まったあの場所へ。

空に光る星々も、かつてほどまぶしくなかった。山並みが無限に折り重なり、ゆるやかな稜線が周囲を取り巻いていた。木々はすっかり葉を落とし、細い枝先で鋭く早春の空をひっかいている。

ここが、ぼくの最期の場所になるのか。

いいじゃないか。いつか魂が朽ち果てるときまで、山と緑と星を見て過ごせばいい。もう他の人間と会うことはないだろう。あの子を見捨てたことは誰も知らない。それで傷つくと自分を責める時間なら、たっぷりと残されている。純一は死体が埋められた場所にむかって漂い、夜露に濡れた草のうえに、静かに舞いおりた。

まもなく朝がくる。ぼくはいつものように、あの金色の渦にのまれていくだろう。つぎに目覚めるときには、すべての問題に片がついているはずだ。東の空は明るい青ガラスの屋根になった。

今夜は本当に長い夜だった。だがそれも、まもなく終わりになろうとしている。

純一はただ休みたかった。そして、自分の墓のうえ、荒れた土に点々と貧弱に繁る雑草へ、倒れるように寝そべった。

頭を横にむけると、冷たい露をのせた葉先が頬にあたり、とても気持ちがよかった。シロツメクサといったっけ、子どものころよく草の冠をつくって遊んだあの花に似た、可憐な白い花が咲いているのが目に入った。

眠りにつこうとした瞬間、頬にあたる葉先から、地を這う雑草の感情が奔流のように、純一の心に流れこんできた。

生きていることの避けられない不安。ちいさな花を咲かせた喜び。この場所を決して動くことができない悲しみ。もっと日あたりのいい場所に根づいた同類への妬み。熱烈に朝の日ざしを待ちわびる祈り。

そして、ちいさな雑草のなかには、すべての細かな感情を越えて、ただ今を生きたい、もっともっと生き続けたいという、素朴だが強烈な思いがあふれていた。

純一は泣いた。なぜ泣いたのか、自分でもわからなかった。

もう一度すべてを始めるために、純一は跳んだ。

文緒が待つ二子玉川の分娩室。

あれからどのくらいの時間が過ぎているのだろうか。たぶん十五分とは経っていないはずだ。文緒はまだ意識を取り戻してはいなかった。白いカバーで覆われた腹部のうえには、限りなく闇に近づいた球体が浮かんでいた。磨き抜かれた漆黒の地にかすかな亀裂が走り、そこからときおり力のない白い光りが漏れている。

純一は音声化にむけて、最後の力を振り絞った。

「文緒、その子を助けにいくよ。ぼくといっしょに生きよう」

もう、ためらうことはなかった。

純一は手を伸ばせば届きそうな黒い球体にむかって、無限の距離を飛んだ。

エピローグ

彼は目覚めた。
頭上には千の太陽を集めた無影灯が輝き
光りに慣れない彼の目と敏感な肌を灼いた。
初めて吸いこむ外気は凍りつくほど冷たく
羊水で濡れた気管と肺を隅々まで刺し貫いた。
彼は帰ってきた。
この絶えまない不安と苦痛の世界へ。
強烈すぎる感覚的刺激と磨り減った感受性の世界へ。
彼は帰ってきた。
生涯続く退屈な順列づけと
途中で投げだすことの許されない
幼稚な勝ち負けの世界へ。
彼はちいさな胸を思いきりふくらませると
この世界に初めての挨拶を送るために
全身を震わせ声の限り泣き始めた。

解説

豊崎由美

極楽浄土と地獄の違いにまつわる中国の仏教説話だったと思うんだけど、極楽と地獄どちらの世界にもご馳走はふんだんに用意されてるんだそうな。でも、それを食する手段は一メートルもの長さの箸だけ。地獄の亡者たちはその箸を使って何とか食べ物を口にしようとするんだけど、もちろんうまくいくはずがない。だから、いつも飢餓感に苦しんでる。目の前のご馳走が食べられない恨みが募るばかり。ところが極楽の住人たちはといえば、「どうぞ召し上がれ」と互いに食べさせあってるからいつもお腹はいっぱい。和気藹々《わきあいあい》と心も平安そのものなのだ。

さて、その伝からいって現代の日本が極楽か地獄かと問われれば、どちらかというと地獄寄りかなと答えざるを得ないのではないだろうか。いつの頃からか、わたしたちは一メートルの箸を持ったまま、心に飢えや渇きを抱えた孤独なわたしであることを選択してしまったように思えるのだ。今の世の中、ギブ&テイクならぬテイク&ギブの精神がまかり通っている。○○してもらいたがってる自分がまず先にありき、なのだ。「あなたが○○してくれたら、わたしも××してあげる」。誰かが長い箸で自分の口に食べ物を入れてくれる日を待っている。自分から誰かに食べさせてあげるという発想がないから、みんなお腹をすかせたまま、ただぼんやり立ち尽くしている。広漠とした宇宙の中に浮かんだ、今のところ知的生命体を宿すたったひとつの星である地球。孤独な惑星はわたしたち一人一人の似姿だ。しかし、石田衣良はそんな淋しい光景に首を振る。〝Ｆｏｒの精神〟をもって、孤独なわたしたちに極楽の光景をかいま見せてくれる作家なのだ。

おれの頭のなかではひとつの言葉がぐるぐるまわっていた。

リカのためにできること、リカのためにできること。

『池袋ウエストゲートパーク』（文藝春秋刊）の主人公マコトは、殺された仲間のためにしてやれることを懸命に考える。そして行動に移す。やがて真相が明らかになると、今度はその犯人のためにすら何かをしないではいられない。警察にも話せず金もないガキのトラブル解決ばかりに奔走する。ひきこもりになってしまったかつての同級生の部屋の前に座り込んで、ドアの向こうの無言の相手にいろんな話をする。何日も何日も……。

九歳の少女を殺した十三歳の弟を持つ『うつくしい子ども』（文藝春秋刊）の語り手「ぼく」は、弟の心の奥深くに隠された真実を知るため事件の調査を始める。その過程で自分と一緒に行動しているがゆえに、大切な親友二人が受ける同級生たちからの残酷な中傷に激しく傷つく。

ぼくはそれまで自分に嫌がらせをされて涙を流したことはない。でもそのときは我慢できなかった。ぼくはほんとうの友達ふたりのために、ぼくたち三人のために、そしてクスノキのしたの楽しかったいくつもの夜のために泣いた。

「ぼく」は、弟に影響力を持っていた事件の黒幕ともいうべき人物が書いた読書感想文を読んですら涙を流す。その深い絶望と孤独を思いやって。そして、彼を救いたいと願う。自分以外の誰かの気持ちを想い、寄り添い、敵対すべき人物にすら悪意を抱けない「ぼく」の心はやわらかい。だから、どんなことがあってもポキリと折れたりしない。どんな困難に遭遇しても諦めたりはしない。前向きの姿勢を決して崩さない。

石田衣良の小説の特長はそこにある。やわらかでしなやかで、〝Ｆｏｒの精神〟旺盛な心。一メートルの箸を持っていたら、真っ先に誰かに何かを食べさせてあげるに違いない登場人物たち。彼らの存在が石田作品を輝かせているのだ。『エンジェル』もまた然り。

物語の舞台は現代の東京。ある夏の夜、純一は自身の死体が埋葬されるところを、幽霊として目撃してしまう。何者かに殺された純一には、しかし、死からさかのぼって二年間の記憶がまったくない。失われた記憶と自らの死の謎を追って、彼は欲まみれの現世の人々の生活をのぞき見るのだが――。

この物語の主人公は幽霊。でも、死者が霊となってこの世に蘇り、生者の生活を垣間見たり、生前果たせなかった思いや復讐を遂げたり、はたまた愛しい恋人を守ったりといった設定自体は特に珍しいものではない。この小説の長所は、そうした(科学的に解明されていないという意味で)あり得ない状況を、読者に納得させるだけの説得力溢れる語り口、その工夫の仕方にあるのだ。

たとえば、霊となった純一が自分の死体が埋められるシーンを目撃するプロローグの次に配置されたフラッシュバックの章。ここで、作者は主人公に短かった自身の生涯をもう一度経験させ直す。この世に誕生した瞬間。と、同時に失われた母の命。生まれつき悪い足につけられた矯正器具がもたらす激痛。ゲームとの出会い。苦い後味しか残さなかった初体験。企業の売買と再建に巨額を動かす冷徹な父親との確執。その父から縁を切られる際に渡された十億円という冷たいお金。それを元手に、ゲーム製作を含むさまざまなプロジェクトを資金面でバックアップするベンチャーキャピタルという仕事を選んだ自分——。

大人になった今すでに結末がわかっている体験に、初めて挑むかつての自分を、主人公はなすすべもなく見守る。五十ページにわたる、高度成長期からバブル崩壊までを駆け足で走り抜けるフラッシュバックの人生に、純一の目と感情の動きを通してつきあうことで、読者は幽霊となった非現実的な存在としての主人公の心情にすんなり寄り添えるようになる。その心の下準備ゆえに、死後の生という空想の産物や、これから起こる時に奇想天外な出来事をリアルに受け止めることができるのだ。

唐突な交通事故死を遂げる資産家の父。親身になって純一の相談にのってくれていた、古くからつきあいのある弁護士。失われた二年の間に、純一の方針を越えた破格の資金提供がなされていたらしい映画を製作しているプロダクション。幽霊となった純一の心を奪う売れない女優。友人も少なく孤独を囲っていた生前の自分。パズルのすべてのピースがカチリと収まった時、純一は最後の大切な決断を下さなくてはならなくなる。失われた二年間の記憶を取り戻した時に明らかになる、意外な、そしてあまりにもつらすぎる真相を乗り越えて、主人公が選ぶ答えとは？

石田衣良の他作品がそうであるように、この小説の読後感もまた、感動の芯をガッンとつかんで爽やかだ。殺されて幽霊となった主人公とくれば、どうしたっておどろおどろしい展開に流れ、読み心地も殺伐とした、あるいは悲しみ一色に塗りつぶされたものになりそうなものだが、そうはならないところが、石田衣良の石田衣良たるゆえんなのだ。その理由は、先ほどから何度も唱えている〝Ｆｏｒの精神〟にある。主人公が選んだ職業が、まずはその典型的な象徴ではないだろうか。

ベンチャーキャピタルという言葉より、純一自身は「エンジェル」という呼び名を好んでいた。（中略）ベンチャーキャピタルほどは株数を要求せず、絶対的な経営権を確保しようともしない。金は出すが口も欲も（それほどは）出さない個人投資家のことで、ベンチャービジネスの創業者には天使のようにありがたく、日本では天使のように実際に出会うのがむずかしい存在だった。

ほぼ無私に近い形で、意欲と才気に満ちた誰かのために資金提供してサポートする仕事を天職に定めた純一は、〝Ｆｏｒの精神〟の権化ともいうべき人物なのである。読んでいて心配になってくるほどのお人好し。殺されたとはとても思えないほど、恨みや憎しみといったマイナスの波動を感じさせない幽霊なのだ。さまざまなコンサートホールにもぐりこんではうっとり音楽に身を任せたり、瞬間移動の能力を使って生前の懐かしい場所を訪れたり、幽霊それぞれが備えているという得意技（純一の場合は電気を操ること）の上達を無邪気に喜んだり、まるでヴィム・ヴェンダース監督の『ベルリン・天使の詩』に出てくるエンジェルのように穏やかでピースフルな存在なのだ。自分を埋めたヤクザのコンビを発見しても興奮を覚えこそすれ、すぐに復讐心を燃え上がらせたりはしないくらい、人間（？）ができているキャラクターなんである。

謎が徐々に解き明かされ、敵の姿が浮かび上がってきてすら、純一は自分を殺したからという理由では動かない。相手の言い分に静かに耳を傾けさえする。彼が幽霊としての能力を存分に発揮して攻撃に転じるのは、あくまでも大切な人を守り抜くためなのだ。怪物の理《ことわり》ならぬ、悪人の理。それを作者はおざなりにしない。悪人の命だからといって、決して粗末には扱わない。そうしたすべての生きとし生ける者に向ける温かい視線もまた、石田文学の特長なんではないだろうか。そのやわらかでしなやかな心は、だから、こんな心癒される死生観をも生み出す。

純一は生と死の不思議な逆転現象を思わずにはいられなかった。
ぼくは死んでしまった今、初めて思うぞんぶんに生きている。
この世界で死者として存在することは、純一にとってまったく悪くなかった。

もっともっと生きたい。正確には、もっと死んでいたい。

死のなかの「生」の醍醐味を見極めたい。

本当にそんな死後の生があったらいいのに……。幽霊の存在を一切信じていなかったのに、この小説を読み終えた後、深くそう願うようになっている自分がいる。先にこの世から旅だってしまった心親しい死者たちのために、いつか死者となる己のために。そして、祈ってやまない自分がいる。めでたく死後の世界に入った暁には、一メートルの箸を誰かのために使って心安らかに〝死のなかの「生」〟を生き抜きたい、と。

この作品は、一九九九年十一月、集英社より刊行されました。
日本音楽著作権協会（出）許諾第〇二〇八五九〇—二〇一号

集英社文庫

エンジェル

2002年8月25日　第1刷　　定価はカバーに表示してあります。
2007年6月6日　第18刷

著　者　石田衣良《いしだいら》

発行者　加藤　潤

発行所　株式会社　集英社
東京都千代田区一ツ橋2-5-10　〒101-8050
電話　03-3230-6095（編集）
03-3230-6393（販売）
03-3230-6080（読者係）

印　刷　中央精版印刷株式会社　株式会社美松堂

製　本　中央精版印刷株式会社

フォーマットデザイン　アリヤマデザインストア　　マークデザイン　居山浩二

ISBN978-4-08-747476-3 C0193